恋恋乡愁

朱仲祥 著

图书在版编目（CIP）数据

恋恋乡愁 / 朱仲祥著. -- 南京：河海大学出版社，2019.1
 ISBN 978-7-5630-5679-8

Ⅰ. ①恋… Ⅱ. ①朱… Ⅲ. ①散文集－中国－当代 Ⅳ. ①I267

中国版本图书馆 CIP 数据核字（2018）第 234655 号

书　　名 /	恋恋乡愁
书　　号 /	ISBN 978-7-5630-5679-8
责任编辑 /	齐　岩　毛积孝
特约编辑 /	李　路　仇雪敏
装帧设计 /	刘昌凤
出版发行 /	河海大学出版社
地　　址 /	南京市西康路 1 号（邮编：210098）
电　　话 /	（025）83722833（营销部）
	（025）83737852（综合部）
经　　销 /	江苏省新华发行集团有限公司
印　　刷 /	三河市元兴印务有限公司
开　　本 /	880 毫米×1230 毫米　1/32
印　　张 /	8.125
字　　数 /	168 千字
版　　次 /	2019 年 1 月第 1 版
印　　次 /	2019 年 1 月第 1 次印刷
定　　价 /	59.80 元

自序 记得住乡愁

乡恋是一种最质朴最恒久的情感,因这种情感得不到满足而生乡愁。

我们每个人都有一份恋乡的情结。无论你走得多远,都不可能忘怀自己的故乡。这种对故乡的爱恋与怀想与生俱来,自你跨出故园的那刻起就如影随形,相伴终生。

我们为生活所迫,不得不离乡背井,浪迹天涯,不得不把故乡的人和事打点成包裹背在肩上。这里面有父老乡亲,有兄弟姐妹,有童年、少年的回忆,有情窦初开的甜蜜,甚至是一湾小河的温馨,一片果园的丰硕,一扇柴门的呼唤,一支放牧的短笛。怀想中的故乡,也许并不那么美丽,甚至有些贫困和荒凉,但一旦远离了那里的山水田园,隔了距离来思念,就会被我们涂抹上深浓厚重的情感色彩，故乡因此美好起来，诗意起来，使我们在漂泊异乡的时候，在"床前明月光，疑是地上霜"的时候，情不自禁地想念起故乡。

特别是我们的祖先，他们受制于交通的困厄，骑马乘舟一离开故乡，那就是从此一别家万里，关山万重水万重，有的人一去数载不能回，有的人老死他乡成永别。我们的老乡苏轼就是这样，一生宦游在外，从眉州到杭州，到惠州、儋州，直到老死他乡，使"载酒时作凌云游"的梦想变成空想。现代的人们就幸福多了，大不了一阵车船飞机的劳顿，就能很快回到故乡。但也正因为交通便捷，人们出行的时候多了，进城谋生、出国留洋的人多了，远离故乡的机会也多了，思乡的情感油然而生，只是这种情感远不如古人浓郁罢了。

乡愁在古人的笔下，是"长安一片月，万户捣衣声"；是"燕草如碧丝，秦桑低绿枝"；是"开轩面场圃，把酒话桑麻"；是"白云生处有人家"的诗情画意；是"海上生明月，天涯共此时"；是"烟柳画桥，风帘翠幕，参差十万人家"。那时的故乡，天蓝，蓝得高远明净；地绿，绿得柳暗花明；水清，清得澄澈见底；人美，知道廉耻礼仪。这是容易让人思念的故乡，是容易滋生乡愁的故乡。他们离开这样的故乡，难免要产生"日暮乡关何处是，烟波江上使人愁"的情感。

而在此书中描写的故乡乐山，亦曾是"峨眉山月半轮秋，影入平羌江水流"；是"玉米三江金天府，峨山沫水秀嘉州"；是"栉比鳞排百万家，金镛倒影插平沙"；是"海棠香国荔枝湾，凌云一笑见桃花"；是"两三渔火疑星落，千百帆樯戴月收"。文豪郭沫若还有一首抒发乡愁的诗歌《峨眉山上的白雪》："峨眉山上的白雪，怕已蒙上了那最高的山巅？那横在山腰的宿雾，怕还是和从前一样的蜿蜒？我最爱的是在月光之下，那巍峨的山岳好像要化成紫烟；还有那一望的迷离的银霭，笼罩着我那寂静的家园。啊，那便是我的故乡，我别后已经十有五年。那山下的大渡河的流水，是滔滔不尽的诗篇……"郭老笔下关于故乡乐山的浓浓乡愁是峨眉山巅上的白雪，缠在半山腰的雾霭，滔滔不绝的大渡河水，皎洁苍凉的故乡月亮……

可曾几何时，我们的故乡改变了模样，被新区淹没了古街，被污水弄脏了池塘，被斧钺砍光了树木，被垃圾玷污了面容，被滚滚的浓烟涂黑了天空。城市里的古街古建正在逐渐消失，山上的林木越来越稀疏，江河溪水里的鱼儿也变得越来越少，甚至林子里鸟儿的叫声也不再清脆，夏夜里闪亮的萤火虫几乎绝迹，田野里的庄稼也被各种各样的毒素浸染。原本宁静的河湾被挖得满目疮痍，堆满了一堆堆坟茔似的待价而沽的沙石；小桥流水旁的人家里，是一座座没有生机的空巢。人们渴盼着春天的莅临，又惧怕春天的到来，因为雾霾总在这个季节前来捣乱。总之，能激起我们乡愁的东西，正在日渐稀落甚至消逝。回到久别的故乡，已很难看到激起我们乡愁的那些东西。

　　我们生活过的故乡，无论城市还是乡村，都是我们人生的起点，都有我们的父母和街坊、乡亲，都有我们为之骄傲的故事和传说。忘记了故乡就忘记了我们的根本，我们在未来的路上无论走得多远，都是迷了路的孩子，都是断了线的风筝。记住我们的故乡，记住萦绕一生的绵绵乡愁，我们才有前行的方向和动力。

　　请记住那些承载乡愁的东西：青山绿树、小桥流水，城市村镇、庙宇祠堂，柳暗花明、竹树生烟，耕读持家、淳美风情……

2016 年春于嘉定无聊斋

目录

第一辑 踏遍青山

缱绻多情峨眉云 003
白雪深情峨眉山 009
秀甲天下峨眉峰 016
佛国禅意峨眉茶 023
青山凌云佛凌云 030
崇楼丽阁老霄顶 038
青衣佳处千佛岩 044
诺亚方舟大瓦山 051
壮美金口大峡谷 058
妖娆多姿美女峰 063
神奇幽幻黑竹沟 069
神秘秀美大风顶 073
雄踞丝路五指山 079

第二辑　触摸绿水

江水潺湲绕郭流	087
千里岷江千里浪	092
大河奔流水滔滔	099
青衣女神舒广袖	105
东风古堰风景秀	110
碧水流芳竹公溪	117
乡情悠悠峨眉河	122
龙池平湖照影来	128
马边河水十八弯	133
鸟类天堂大佛湖	138
金牛河畔稻花香	144
杜鹃池映杜鹃红	149
峨眉温泉洗凝脂	156

第三辑　阅读乡土

海棠香国海棠香	163
历代名媛留芳踪	167
十里山水十里城	172
金口峡中小山城	177
竹风萧萧纸乡行	180
元宵节里高桩会	186
乌尤山上腊八粥	191
最忆乡村九大碗	195
麻辣鲜香豆腐脑	200
民歌悠悠唱三江	205
寻访罗城老戏台	210
沐川草龙舞起来	215
端午节里赛龙舟	220
跷起脚来吃牛肉	225
西坝豆腐西坝味	230
花灯锣鼓闹新春	235
夹江年画古风在	243

第一辑 踏遍青山

自父母把我交给了你
我就不停地读你
用天真或成熟的目光

读你春的妩媚 夏的蓬勃
读你秋的明丽 冬的高洁
读你的雄峻 你的磅礴
连同你的缄默 你的神奇
读你父亲般的坚韧 母亲般的慈爱
还有白云的情思 大海的气派

读一座山,就是
读一部史书,浩繁而跌宕
就是读一种人生,坎坷而执着
读一座山,就是
读一段警句,平淡而深邃
就是读一首民歌,悠远而苍凉……

缱绻多情峨眉云

古人常用"峭拔云霄，云鬟雾髻"来描绘峨眉山。其一是说峨眉山雄峻高耸，有峭拔云天之势；其二是讲峨眉云的柔美多姿，似美女发髻一般。

峨眉山是我故乡的一座仙山，也是我情感的归宿。平日站在栖居的大渡河边，举目眺望峨眉山影，那峭拔九天、云飘雾绕的倩影，总是令我心驰神往。峨眉胜景中的"萝峰晴云""金顶祥光""云蒸雾蔚，瑞霭缥缈"都和云有关，足见云在峨眉景中的重要地位。

常言道，距离产生美。峨眉山的云，远望更美。郭沫若青少年时，常常站在沙湾故园，遥望峨眉山上的白云，引发无尽的幻想和诗思。他在《峨眉山上的白雪》一诗中抒发了对峨眉山云霭的由衷赞叹和热情讴歌，以致后来成为他思念故土的乡愁。唐朝的诗歌皇帝李世民，是第一位讴歌峨眉云的诗人。当年他在成都做秦王时，站在蜀都极目秋日明净的天空，见峨眉山影在云中若隐若现，飘渺依稀，于是激情难耐地吟诵到："云凝愁半岭，霞碎缬高天。还似成都望，直见峨眉前。……日岫高低影，云空点缀阴。蓬瀛不可望，泉石且娱心。"他说虽然仙境蓬莱、瀛洲难有机会亲临，但峨眉的云岫林泉，却是可以去游玩领略的。还有一次他乘兴出游，来到城郊凤凰山上纵目望去，却见"修眉横羽"的峨眉山，从白云舒卷的云海中露出一点点山头，由高到低，由浓到淡，宛如少女新月弯弯的眉毛，轻轻地抹在淡蓝色的天空上，激起人无尽的遐想。只可惜"峨嵋岫初出，洞庭波渐起。"那时大唐王朝江山未定，洞庭湖畔又有人造反，难免生出身不由己的慨叹。

因为峨眉山在宗教和文化意义上的特殊地位，自古以来有许多文人墨客登临。二十岁时的李白就是其中一个。他怀着一腔侠义之士的热血登上金顶，亲见了峨眉耸立云天的雄姿，发出"蜀国多仙山，峨眉邈难匹"的慨叹。在山中他幸遇广浚和尚，挥笔写下《听蜀僧广浚弹琴》一诗："蜀僧抱绿绮，西下峨眉峰。为我一挥手，如听万壑松。客心洗流水，余响入霜钟。不觉碧山暮，秋云暗几重。"他借峨眉山的暮云，表达对朋友友情的依恋，生出人生聚散无常的感慨。乾道八年（公元1172年），范成大在成都任军政首脑时，来到属地嘉州。经过燕渡时，举目远望，峨眉山影忽然出现在眼前，那高高的山影在白云间缭绕，十分雄伟壮观，他不禁吟道："围野千山暑气昏，大峨烟霭亦缤纷。玉峰忽起三千丈，应是兜罗世界云。""兜罗"总称草木所生之花絮，佛家经典谓"兜罗绵"。这里既形容云彩的柔美，更包含"佛"的意味。

来到峨眉山游览，不管是晴天或是雨天，云都是你最好的旅伴。

我们常常选择在晴天登临，汗水津津地攀援在普贤峰、雷洞坪或者金顶上，远处青山清晰可见，山下的青衣江、大渡河如彩练飘舞。但仅在一瞬之间，便见白云从千山万壑中冉冉升起，很快汇集成茫茫苍苍的云海，如棉絮一般平铺在群山之上，洁白蓬松，远接天际。但就在你为之欣喜惊叹之际，忽然一阵山风吹过，绵密的云海又飘散开去，渐渐露出一些峻峭的山峰来，恰似座座青葱的仙岛。刚端起相机想拍张照片，山峰却又俏皮地藏进了云海里。

峨眉山的云，千姿百态，变化多端。有时候，云雾似炊烟，顺着山崖飘向峰巅。风紧时，云海忽而疾驰、翻滚，忽而飘逸、舒展。它们似天马行空，似大海扬波，似雪球滚地。此时站在云端，顿生飘飘欲仙之感。

其实峨眉山的云和雾是很难分开的。水汽漂浮在空中便成云，云团栖息在地面便是雾。因此峨眉云也是难以捉摸的，它们或成带状缠绕在山腰，或凝结成团状停留在空中，或变幻成絮状飞舞在林间。有时你厌烦似有似无的细雨湿了衣衫，其实是云朵拥吻后留下的痕迹。峨眉山有一处名胜叫"洪椿晓雨"，其实并不是洪椿坪经常下雨，而是特殊的地理气候造成那一带经常云遮雾罩，空气湿度浓于别处，很多时候都有雾气漂浮在空谷中，或凝结在树叶上，人们在这里待久了，时常会有"空翠湿人衣"之感。有时你感觉自己被一团浓雾围困住了，其实是你自己钻进云朵中去了。那时的你，被云蒸霞蔚神仙似地烘托着，飘飘然，悠悠然，临虚而独立，羽化而登天。翘首向上望，那些攀登在云雾之中的人们，也让人感觉不真实起来。他们仿佛不是脚踏实地地攀援在山路上，而是飘飘忽忽地行走在通往仙界的天梯上。而回望来时登过的山路、经过的山梁，却被大团的云雾笼罩着，全然没有了踪迹。

烂熟于心的峨眉十景中，关于云的就有两景："萝峰晴云"和"金顶云海"。

可当我们来到峨眉山，往往会忽略萝峰这处名胜。一次我到红珠山开会，便利用会间的闲暇时间，邀了朋友一道专程前往。在伏虎寺前，恰遇一年轻的比丘尼要去那里，我们便在她的引导下，一路来到僻静的萝峰庵。萝峰是伏虎山下的一座小山峦。草丰竹秀，涧谷环流，古楠耸翠，曲径通幽。山峦上，数百株古松奇枝异态，苍劲挺拔，是峨眉山上少见的松树聚生地。寺里的老僧给我们泡了两杯茶，我们便坐在寺庙前的石栏边，静静欣赏"萝峰晴云"的妙处。这时有山风徐徐吹过，阵阵松涛回荡在山谷之间，颇有"松威"气势。烟云从山谷袅袅升起，或从晴空缓缓飘过。我们从茂密的松林间望去，只见这些云朵们如山中美丽的精灵，时而曼舞轻飞于树梢，时而瀑布般泻落于山坳；时而亲近地缠绕在你身旁，时而矜持地悬浮在空谷。它们似漂浮的流泉，似舞动的白练，似屈原笔下妖媚的山鬼。丝丝缕缕的阳光从树间照射下来，使它们更显得妙曼圣洁。我不由想起明代文学家杨慎的诗《归云阁》，"云从石上起，泉从石下落。多少游山人，长啸倚山阁。晓钟有云出，晚钟有云归。游人应未惯，忽讶云生衣。"仿佛诗人记写的不是山中的华严寺，而是眼前的萝峰庵。

登金顶观云海是我的最爱。即便是大晴天，一早一晚也可欣赏到云海的舒卷变幻。观赏云海的至高境界是看"佛光"和日出。假如你来到峨眉山之巅，站在壁立千仞的舍身崖上，就会看见地平线上是云，头顶天空中也是云，人站在两层云之间，有羽化而登仙的感觉。俯身看时，却见云海之上出现一个五彩的朦胧光环，里面有个模糊的人影在晃动。再细看时，发现自己动时，那人影也在动。当年范成大见到此景时这样写道："光之正中，虚明凝湛，观者各自见其形现于虚明之处，毫厘无隐，一如对镜，举手投足，影形相随……"并口占一诗记载此情此景："重轮叠影印岩腹，非烟非雾非丹青。我与化中人共住，镜光觌面交相呈。非云非雾起层空，异彩奇辉迥不同。试向石台高处望，人人都在佛光中。"据说有福之人才能看到"佛光"，这说法只不过是美好愿望的寄托，其实"佛光"就是云雾和阳光共同描绘的自然景象。

至于峨眉山日出中的云海，不是想看就能看到的，也要凭个人的运气。

我往往选择晴好的天气，置身云环雾绕的金顶之上，在微明的晨曦中引颈眺望，等待着太阳金车的莅临。远望东边的天空，只见天边的灰色云层忽然被镶上了一道灼灼闪光的金边。随着金边光焰的变亮，灰色的云团渐渐裂开了一条缝，云缝中透出更多的橙黄的光芒。稍顷，红日露出一点闪亮的弧线，人们知道太阳即将升起。就在你眨眼之间，绚丽的霞光已冲破厚厚的云层，在云海上铺上一条鲜红的地毯，以迎接太阳的出现。随着太阳金车的隆隆行驶，它那张鲜红的脸露得也越来越大，整个过程仿佛孕妇分娩一般。在经历了艰难阵痛之后，太阳终于如新生儿一般喷薄欲出。云海此时也是激动不安的，它们被璀璨的霞光激励着，如海潮一般不断地翻卷奔涌，仿佛在为新的一天欢呼雀跃。但仅一眨眼的功夫，旭日就彻底冲破云层，在地平线上光芒四射。这时的云海彻底醒来了，云朵们的激情完全被点燃了，仿佛整个云海都燃烧了起来，纵目之间红霞万朵，锦绣千重。此时你真不知是该为太阳欢呼，还是该为云海喝彩。

峨眉山是普贤菩萨的道场，因此峨眉山的云也沾了不少佛家之气，有了其他山区的云所不具有的灵性。它们不仅会在云海之上，凸显出一尊圣洁的佛像，或者幻化出一圈圈飘渺的佛光来这，有时也直接飘进一座座古刹，仿佛是在接受佛的教化。它们用无穷的幻化来告诉人们变是永恒的，不变是暂时的；用奇幻的云霓来告诉人们"色即是空"，不要相信眼前虚幻的东西；用神奇的"佛光"告诉人们，要从迷茫中寻找希望，不要为一时的困扰轻言放弃。还有，比如"缘"，比如"禅"……

白雪深情峨眉山

"峨眉山上的白雪，怕已蒙上了那最高的山巅？那横在山腰的宿雾，怕还是和从前一样的蜿蜒？我最爱的是在月光之下，那巍峨的山岳好像要化成紫烟；还有那一望的迷离的银霭，笼罩着我那寂静的家园。啊，那便是我的故乡，我别后已经十有五年。那山下的大渡河的流水，是滔滔不尽的诗篇……"

1927年的冬天，故乡走出的文豪郭沫若，经香港秘密回到上海。旅途劳顿，又突然患病住院，后回家疗养康复。这期间，他又诗思如涌，神驰九天，索性将这些作品整理成集，取名为《恢复》。晚上，他心情放松下来，很快就进入梦乡。睡梦中，他又回到故乡了，他看见了窗外峨眉山上飘飞的雪花，和山巅铺满的一望无际的雪白……次日起床，他回忆起昨夜的梦境，不禁奋笔疾书，写下了这首洋溢着浓浓乡愁的《峨眉山上的白雪》。

峨眉山海拔3000多米，雄峻挺拔，傲视蓝天。山下到山上有近百里，高山区的气温常年比山下低十多度，尤其是山之巅金顶，即使夏天都会感到寒气逼人，再加上西天雪山的辉映,寒意就更加明显,因而被称作"广寒世界"。所以大诗人苏东坡春天来到峨眉山,令他深感意外的是山上的寒冷,他禁不住浑身瑟缩地吟道:"峨眉山西雪千里,北望成都如井底。春风日日吹不消,五月行人冻如蛭。"峨眉山一年之中,有四五个月的时间,都被皑皑的白雪覆盖着。山下还是菊花绽放、瓜果飘香的金秋时节,峨眉山上的第一场雪就迫不及待地到来了;而山脚早已春光无限、百花盛开了,峨眉山上却依然是一片晶莹剔透的冰雪世界。

我知道,峨眉山上的飞雪,常常是夜间降临。白天还是秋色灿烂,群山明媚,却没想在某个霜寒突至、西风凛冽的夜晚,趁着夜幕笼罩、万峰静寂,一场大雪就不期而至了。于是,准备上山欣赏峨眉秋色的人们,却喜出望外地看到了一片雪景。他们早上醒来推窗一看,视野里到处洒满晶莹洁白的雪花。白雪的纯洁代替了秋色的烂漫,真是"换了人间"。当然,峨眉山的第一场雪虽然来得突兀,但并不是君临天下的霸道,甚至还有几分羞怯。那些栖息在寺庙屋顶、林地草间或者亭亭冷杉上的雪花,稀稀薄薄的,蓬蓬松松的,情切切意绵绵却又欲语还羞欲行还止,惹人怜爱。一旦感到峨眉山的丝毫不乐意,那它们就会识趣地悄悄离去,把山岭又还原成绚烂的秋色,次日依然是秋高气爽秋阳暖照。

当冬天真正到来时,峨眉山上的雪仿佛知道这是它们表演的季节,立即铺天盖地地飘落,在山峰林海之上形成"白雪皑皑"之势。这时的峨眉山是雪们的温馨家园,是它们表演的欢乐舞台。它们在空中婀娜地飘飞舞蹈，画出一道道洁白柔美的曲线，表演着妙曼如诗的空中芭蕾；它们嘻嘻哈哈地占据了草地树梢，把漫山遍野的绿色都尽情揽入怀中，独自拥有峨眉山全部的秀色；它们飘临庄严寺庙的错落屋顶，亲耳聆听大殿里传来的诵经之声，静静地参悟；它们甚至直接飞到了室外佛像的身上，调皮地和佛像们来了一次亲密接触。此时的雪是峨眉山全部情感的主宰。记得郭沫若少年时，有一天早晨起来，站在窗前向外望去，见园子里的花草在寒风中瑟瑟，雀鸟在风霜中唧唧喳喳地鸣唱；而远处高高的峨眉山巅，一夜之间便飘满了白雪，闪着耀眼的银光。这时，他幼小的心灵有所触动，随意口占一绝《早起》："早起临窗满望愁，小园寒雀声啁啾。无端一夜风和雨，忍使峨眉白了头。"落满雪花的峨眉山，如满头白发的老翁一般，诗中融入了一个少年童话般的想象和深藏乡恋的才情。

  峨眉山高天流云，冬寒刺骨。我看见那些雪花们，拥挤着相互取暖，以至于越积越厚越靠越紧，最后凝结成了透明如水晶的冰。那些水滴一样的冰，一排一排地悬挂在寺庙的屋檐上，整齐而壮美；悬挂在人迹罕至的悬崖峭壁上，如遗失的各色透明珠玉，虽然凌乱却千姿百态，玲珑可爱；悬挂在横斜的树枝上，如荡着秋千的纯真少女，活泼而俏皮，灵动又矜持，且晶莹中透着几分绿叶的翠色，分外秀雅，清新迷人。眼前的峨眉仙山，雪是冰的基调和旋律，冰是雪的凝结和升华。雪与冰相互依靠，相互牵手，相互辉映。它们共同把峨眉山的生命和情感深藏于洁白之下，等待着又一个春暖花开的到来。

冬天的峨眉山雪落无声，茫茫苍苍，举目之处银光闪烁，妙曼奇异如梦幻仙境，纯净天真如童话世界。峨眉山据说有呼应、宝掌、玉女、天池、钵盂、宝华、九老、华严等七十二峰，连绵叠翠，姿态各异，出落如青葱螺髻，幻化如海上蓬莱。此时站在舍身崖或卧云庵，俯瞰云海中的众多山峰，全被冰雪覆盖着，雕琢着，银装素裹，粉妆玉砌，在太阳下闪烁着耀眼的光芒。这些起伏于雪被中的山峰，横卧的好似玉龙腾空，峭立的恰如芙蓉出水，给人无尽的遐想。满山遍野的洁白冰雪，消弭了向阳山峰的明媚与背阴山峦的沉郁，消弭了弯弯山道的崎岖、陡峭山崖的峥嵘。冬雪和冬雾总是相伴而生，你看山间飘浮的缕缕云雾，依旧像玉带一样圣洁缠绵，向峨眉山献上深情的情诗。

而那些曾经妖娆在秋风中的树们，冰雪给它们披上了洁白的盛装，将它们赤橙黄绿青蓝紫的五彩霓裳包裹得严严实实。眺望远远近近的山林，全是白茫茫一片。那些高大的冷杉、楠木，在白雪的映衬下更显挺拔，即使是还没长成参天大树的年轻松树，也高高托举着圣洁的冰雪，显得卓尔不凡，亭亭玉立。怪不得东坡先生有这样的名言："何人遗公石屏风，上有水墨希微踪。不画长林与巨植，独画峨眉山西雪岭上万寿不老之孤松。"乔木下面的灌木丛，也极力显示出自己的洁白，一根根纤细柔韧的枝条，全都积满了莹洁的冰雪，被压出优美银白的弧线，纵横交错彼此勾连，如一幅抽象的现代派画作。偶尔会发现三五颗夺目的红点，鲜艳地点缀在雪白中，那是秋天里成熟的浆果。此时的树林是寂静的,静得能听见雪落的沙沙声,静得能听见自己的心跳,此情此境,恰如苏轼诗:"雪近势方壮,林远意殊深。"不时有被风吹落的雪花,倏然飘进你的颈脖或脸颊,一阵清凉带给你别样的感受。双脚踩在林中厚厚的积雪中,发出情话似的沙沙低语。

峨眉山十景中,"大坪霁雪"是著名的一景。大坪左与华严顶、长老坪、息心所、观心坡诸山,比肩相望;右有天池、宝掌、玉女、呼应诸峰,四绕回环;牛心顶鼎峙于前;九老洞屏临于后。海拔1450米,山势险峻,孤峰脊岭,仅东北两侧各有一陡坡上下,东面蛇倒退险,北面猴子坡高,悬崖绝壁,行者如走在刀背之上,罕见人迹。峰顶平坦,林木荟郁,云霞幻变。经过一冬雪花的浓妆淡抹,大坪和周围的群峰变成一片洁白的净土。晴雪初霁,杉条掩盖,咸如瑶树琪花。仰视九岭如屏风九叠,横遮天半;俯眺青莲、白云、宝掌、天池诸峰,玉琢银妆,幽峭精绝。如在更高的山峰上鸟瞰大坪,只见大坪和环绕四周的群峰,组合成一朵巨大的莲花;大坪和丛丛参天古树活像花蕊,周围的峰峦宛似一裂裂花瓣。这朵洁白的雪莲花,正展瓣吐蕊,盛开在广阔无垠的天地之间。冬阳下白中泛红,温润晶莹,冷艳妖娆……倘若此时你在后山的霁雪亭上,倚栏静观,举目回望,你会感到自己如处于雪莲花上,飘飘然欲羽化成仙。

峨眉天是有情天,峨眉雪是有情物。你看,大雪并不抹杀一切、唯我独尊,雪中也蕴含了许多生趣。峨眉山雷洞坪的滑雪场,雪橇飞驰如流动的旋律，激起的雪花和笑声一道飞舞。雪中的藏猕猴，毛茸茸的，蹲在山道边或屋檐下，一双小眼睛可爱地骨碌碌转动，皮毛上的雪花如洒满了白色的粉末。有不少小孩被大人带了来看雪，他们蹲在地上轻轻触碰着白雪，小心感受着雪的温度，接着就照着小人书上的画面，放开手脚堆起了雪人，搭建起了雪做的房子，冻得红扑扑的脸上溢满了开心的笑容。有一些小伙姑娘在雪地上打起了雪仗，洁白的雪团在他们之间飞舞，雪的飞沫洒满彼此的头发、衣领，人群不时爆发出欢快的笑声。

如果说峨眉雪是平常物事，那雪中的花朵就是神奇之物了。在清音阁一线天一带，在背风的山崖上，即使是寒冬腊月，依然有山花盛开，常给你猝不及防的欣喜。五月春暖艳阳照，冰雪消融成汩汩溪流，杜鹃满山遍野舒枝展叶，含蕾吐蕊，一片如火如荼的景象。不料一阵倒春寒突至，雪花又卷土重来纷纷而下，落满了杜鹃的叶面和花瓣。雪中杜鹃的那种娇艳欲滴，总是令人心醉。峨眉山的冬天，还有两样神奇的花卉。一是历史上有名的万年寺寒牡丹，在冰雪覆盖、百花凋零的季节，这里的牡丹却悄然绽开，在冰雪的世界里一花独放，实为人间少有。一是冬兰，峨眉山中出兰草，其中"嘉定朱砂"最为有名。兰草分春草和夏草两种，嘉定朱砂属夏草，叶子只有五六寸长，叶片肥厚有光泽，花呈朱砂色，花形很好看，享誉兰花界。在石笋峰一带的山林中，还有一种"雪中兰花"，令人叫绝。冬兰生性抗寒性好，坚贞高洁，越是白雪皑皑，越是碧草青青；越是天寒地冻，越是兰香幽幽。试想，能够在皑皑白雪中忽然看到一株葱绿清香的兰草，该是怎样的一种幸运和惊喜？邂逅了这些雪中的绿色精灵，一个冬天的记忆都会变得诗情画意起来。

冬天登上峨眉山，我会选择一处清静的寺庙住下来。然后站在山门前，看屋外飞雪飘舞，看眼前满山雪白，或欣赏"大雪压青松，青松挺且直"的意境，期待春暖花开冰雪融化的时节，是一件很惬意的事情。入夜，躺在寺院宁静的客房里，聆听外面呼呼的林涛声，或者品味雪落的沙沙声，再浮躁的心也会安静下来，也会熨帖下来。甚至只是沏上一杯茶，张开一双耳朵，感受鸣钟击磬之声回荡在雪山之间的古老与悠远，以及僧人们唱经时的执着与虔诚，借此梳理和思考自己杂乱而肤浅的人生，也会有所收获，有所禅悟……

那时，我们真的要感谢这洁白深情却又如哲人般深邃睿智的峨眉雪了！

秀甲天下峨眉峰

"青城天下幽,峨眉天下秀。"这是人们对蜀中两座名山的中肯评价。

从小便熟知李白的诗句:"蜀国多仙山,峨眉邈难匹。"峨眉山峭拔云端,雄视天地,为西南一奇伟之山。峨眉山的雄秀山势,与造山运动有关。自白垩纪末的地壳运动以来,这一断层伴随着强烈的褶皱、断裂活动,开始逐渐上升,并奠定了本区地貌的基本骨架。第三纪末,由于喜马拉雅山运动,运动板块与西藏地块强烈碰撞,一次次的强烈挤压,使峨眉山山体沿峨眉大断层面向上滑移,致使峨眉断块抬升,至第四纪中期(100多万年前)已上升2000多米,在近数十万年中,又上升1000米左右。于是就形成了一座拔地而起的断山。

其实故乡的峨眉,不是孤立的一座山峰,而是连绵起伏的群山,自古分为大峨山、二峨山、三峨山、四峨山,通常我们游览朝拜的是普贤道场大峨山,其主峰为金顶,但不是最高峰,最高峰是万佛顶,海拔3099米。登山金顶,天空高远,寒气逼人,如置身广寒世界。来到千仞绝壁舍身崖,脚下是万丈深渊,眼前是茫茫云海，有临虚御风之感。纵目远眺，近处山峰峭立，如海上蓬莱；远处雪山横亘，晶莹剔透。相邻的瓦屋山、大瓦山如同两只巨舰航行在云海之中，蜀山之王贡嘎山在遥远的天际闪烁着银光。因峨眉山高耸云天横亘西南，历代统治者都把其作为护卫四川盆地的屏障。

峨眉秀甲天下，源自满山绿树；满山绿树葱郁，源自良好气候。峨眉山区云雾多，日照少，雨量充沛。平原部分属亚热带湿润季风气候，一月平均气温约7℃，七月平均气温26℃；因峨眉山海拔较高、坡度较大，气候带垂直分布明显，分别属暖温带气候、中温带气候和亚寒带气候。海拔2000米以上地区，约有半年为冰雪覆盖，时间为十月到次年四月。清音阁以下为低山区，植被葱郁、风爽泉清，气温与平原无大差异，早晚略添衣着即可。清音阁至洗象池为中山区，气温已较山下平原低4～5℃，游客需备足衣物。洗象池至金顶为高山区，人行云中，风寒雨骤，气温比山下报国寺等处低约10℃。

"一山分四季，十里不同天"的峨眉山，处于多种自然要素交汇地区，形成了丰富的植物种类和复杂的植物区系。在峨眉山一百五十多平方公里的风景区范围内，现已知拥有高等植物二百四十科三千种以上，约占中国植物物种总数的十分之一，占四川物种植物总数的三分之一。同时，全山森林覆盖率达91%，并保存有千年以上古树崖桑、连香树、梓、楠、栲、黄心夜合、白辛树、百日青、冷杉等重要的林木种子资源。峨眉山是世界植物资源的重要宝库。

峨眉山中，最让人心动的是五月杜鹃。无论是中山区还是高山区，都有很多杜鹃树生长。一到阳春四月，满山遍野的杜鹃花便姹紫嫣红地开了，一丛丛一簇簇，组成花的海洋，锦绣般洋溢在万绿丛中，成为那个季节最美的景色。峨眉山的杜鹃，不仅多，而且品质好。1177年，"南宋四大家"之一的范成大，从成都来到峨眉山。他行过新店、八十四盘，来到了娑罗坪，走进了一大片开满红色花和白色花的树林中。那些树木叶如海桐，又似杨梅，这就是其他地方少见的娑罗树，即所谓"娑罗鹃海"。范成大在《峨眉山行记》中写道："草木之异，有如八仙而深紫，有如牵牛而大数倍，有如寥而浅前。"说这里的杜鹃树，花开得比牡丹还大，像牵牛花却又比牵牛花大数倍，姹紫嫣红，黄、紫、白、蓝、粉红、深红、玫瑰红各色争艳，煞是诱人。这些珍稀的娑罗或杜鹃，令人欣喜不已，范成大觉得这峨眉山的一切总是那么让人惊奇，那么不可思议。最后他感叹道："大抵大峨之上，凡草木禽虫悉非世间所有。昔固传闻，今亲验之……"

除了杜鹃，万年寺的牡丹也很有名。古代在蜀中，除了天彭牡丹，就数万年寺牡丹了。三月谷雨时节，是赏牡丹的最佳时候，万年寺园中花芳姿艳，白的如玉盘，红的似绣球，娇媚富贵，美不胜收。双开的有十株，黄的、白的各三株，黄白相间的四株，其余深红、浅红、深紫、浅紫、淡花、巨黄、洁白、正晕、侧晕、金含棱、银含棱、傍枝、副搏、合欢、重叠台，多至五十叶，面径七八寸，有的檀心如墨。更为奇特的是，史传这里的牡丹不仅春天开花，冬天也开花，人称寒牡丹。每年寒冬腊月，万年寺就会出现牡丹与腊梅同时绽放的胜景，令人叹为观止。

各种绿树始终是峨眉山的主宰。低山区的古木，以挺直的桢楠居多，中山区树种复杂，以混交林为主，高山区以冷杉为多。山中的珙桐有植物活化石之称。开花时节，花如白鸽栖息在枝叶间，清风吹来时迎风飞舞，非常好看。峨眉山的僧人却觉得这花长得像普贤菩萨白象坐骑的双耳，所以把它叫作象耳花。雪片般的桐花丛中，常有叉尾太阳鸟成群飞来饮露吸蜜。这种高雅的五色小鸟约10厘米长，头部长着凤凰似的绿色羽冠，古人视其为珍禽，管它叫"桐花凤"，苏东坡曾在他思乡的诗句里亲切地写道："故山亦何有，桐花集幺凤。"

金顶的冷杉最令人肃然起敬。它们置身这广寒世界，却绿意不减，从容淡定。春天来了，它们沐春风而不惊喜；冬天来了，它们迎风雪而不畏惧。它们每日聆听着梵音，早已进入"悟禅"的境界。

峨眉的秀色，不仅在于青枝绿叶、鸟语花香，更在于山中的泉水叮咚、溪水潺潺。没有水的滋润，就没有满山的葱茏。"双桥清音"是峨眉一景。清音阁地处峨眉山上山下山的中枢，与龙门洞素称"水胜双绝"。清音阁前有两大水系——黑龙江和白龙江。两条山间溪流，交汇于黝黑光亮的牛心石，展开的是一幅青绿山水画卷，浓绿重彩，精工点染。高处，玲珑精巧的楼阁居高临下。中部，是丹檐红柱的接御、牛心二亭，亭两侧各有一石桥，分跨在黑白二水之上，形如双翼，故名双飞桥。近景，则为汇合于牛心亭下的"黑白"二水。右侧黑水，源出九老洞下的黑龙潭，绕洪椿坪而来，流经十五公里，水色如黛,又名黑龙江;左侧白水,源出弓背山下的三岔河,绕万年寺而来,流经十五公里,水色泛白,又名白龙江,滔滔白浪,冲击着碧潭中状如牛心的巨石。

牛心石黝黑光亮,凝聚着两亿多年的历史和生命,任其黑白二水汹涌拍击,仍岿然不动。惊涛拍石,发出阵阵的轰鸣,声传四周的深谷幽林之中,恰如古琴弹奏,时而清越,时而深沉,时而激昂,任人领略"清音"之趣。"双飞两虹影,万古一牛心。"刘光第的联语,用传神之笔描绘出"双桥清音"的风韵。谭钟岳的记游诗《双桥清音》云:"杰然高阁出清音,仿佛神仙下抚琴。试立双桥一倾耳,分明两水漱牛心。"月朗风轻之夜,山色朦胧,万籁俱静,唯有悠扬清越的水声,化作声声动人的清音,萦绕于空濛的山谷。此时坐在水潭前的洗心台上,细品绝尘的缕缕轻音,让人有恍入清凉境界之感,心灵因之而宁怡、超脱,达到天人合一、物我皆忘的境界。

到了清音阁,牛心岭下的一线天不能不去。沿着黑龙江西行上山,人工栈道在江两岸迂回曲折;行至"山重水复疑无路"的纵深处,眼前出现一处奇特的天然峡谷,峡外开阔明朗,峡内险壮清凉,峡内外温差较大,感受强烈。进入峡谷昂首望去,两面险崖绝壁,直插湛蓝的天空,站在栈道上举目眺望,透过疏藤密蔓、枝梢叶尖,可以窥见隐隐的蓝天一线。崖壁最高处二百余米,而崖壁之间最窄处仅三米,只能容两人侧身而过。行走于开辟在峭壁的九曲栈道上,沿途瀑布如绢,山鸟吟唱,野花点染,怪石峥嵘,山道曲曲折折,随着溪流峰回路转，颇有"曲径通幽"之感。

"一线天"又叫白云峡，山崖、树木和流水在这里和谐共生，组成意蕴天成的山水画卷。与北方由山岩崩裂而形成的山崖裂缝奇观不同，它是由流水溶蚀石灰岩而形成的奇异峡谷。据科学考证，在大约七千万年前，由于地壳运动，地表迅速上升，河水强烈下切，从而形成奇妙的"一线天"景观。

在峨眉山十景中，有关秀色的还有"洪椿晓雨""灵岩叠翠"。以清幽静雅取胜的洪椿坪，坐落在中山群峰环抱之中。坪上云雾丰盛，古木葱茏，山鸟长吟，涛声殷殷。洪椿坪上的古刹，原名千佛禅院，建于明万历年间，因寺外有三株洪椿古树而得名，据说"大椿以八千岁为春，八千岁为秋"，算得上是树中的寿星。春夏雨后初霁的早晨，山野空气格外清新。此时的禅院内外，入目皆是霏霏晓雨，似雨非雨，如雾非雾，清凉湿润，沁人心脾。纵目四望，楼阁、殿宇、花木、山石、游人、影壁，一切都飘忽迷离，似真似幻，恍然进入太虚仙境。每当这时，我们或倚立庭院，或漫步寺外，惬意于"晓雨"的缠绕拥抱，感慨于洪椿坪清晨的缠绵多情，感叹于"空翠湿人衣"的妙处。

灵岩地处峨眉金顶三峰的后山脚下，是人们很少会去的景点。这里其实有名无寺，仅有灵岩寺遗址述说沧桑。我来到这里，总会感叹"叠翠"一词的贴切精妙。你看，近处青峰绵延起伏，茂林修竹，点缀其间；远处的万佛顶、千佛顶、金顶三峰挺拔，宛如三座翠屏横亘天际。这些画屏中的山们，山峰由低至高，由近及远，山色由绿到黛，由青到蓝，层层叠叠，渐次展开，层次极为丰富，给人以刚与柔、壮与秀相互依存的、美到极致的享受。

佛国禅意峨眉茶

我对很多美好事物的追求，不在乎结果，而在于过程。比如品茶，我看中的就是采茶、制茶、泡茶的一系列程序，其间的每一个环节都具有审美价值，都充满生活的情趣。不仅如此，我的有些朋友，对去山间寻茶也十分热衷，曾数度置身茶林不知归。

被诗仙李白惊为"邈难匹"的峨眉山，良好的气候和地理状况，使这里成为植物王国，也是茶树生长的乐园。这里产茶的历史可追溯到唐宋时期，唐代学者李善在其所著的《昭明文选注》中记载："峨山多药草，茶尤好，异于天下。"竹叶青、峨蕊、雪芽、毛峰等仙山名茶，主要产在中山区的清音阁、白龙洞、万年寺一带。这里群山环抱，云雾缭绕，是茶树生长的理想之地。明万历年间，由于神宗朱翊钧与其母慈圣皇太后独尊峨眉山，明神宗曾御赐茶园数亩给万年寺，寺中僧众在当家住持的引领下，在寺侧开地建茶园近十亩，精心管理，每年采焙雪茗进贡。神宗的赏赐之物不是别的，而独独是一座茶园，峨眉山寺庙茶事之盛可见一斑。后来茶马古道的兴盛，也为这一地区茶叶的发展，起到了重要的推动作用。

传说康熙皇帝游峨眉，觉得峨眉山的茶特别好喝，便降旨每两年向皇宫进贡一次。圣旨一下，到了采茶季节百姓们不能采摘，只能守着茶树哭泣。一位绿衣仙子见状，将手中白纱巾在茶树上一绕，茶树全变成了白枝白叶。康熙得知后大怒，传旨将峨眉茶树全部砍光。但刀斧砍不尽，春风吹又生，峨眉山茶还是那么茂盛。有棵老茶树，越砍越长，越长越大，眨眼间枝繁叶茂茶果累累。那县令再叫砍树时，满树茶果突然像下冰雹一样直砸向县令头上。这拨人以为得罪了茶神，吓得逃之夭夭再不敢来，于是"抗贡茶"的"美名"便传扬开来。茶树有灌木、小乔木和大乔木三种。大乔木有的非常高，可以长到几十米，寿命达几千年，也许"抗贡茶"就是大乔木茶树。

我们到峨眉山访茶问道，一般从五显岗下车，一路步行上山。山道边苍山耸立，林木蓊郁，山岚浮动，一片空濛。待到万年寺时，山势更加陡峭，树木更加茂密，那印度式淡黄浑圆的砖殿屋顶，耸立于墨绿的林木之上，显得格外庄严醒目。此时空气的湿度更大了，细小的水珠漂浮在空中，有些"空翠湿人衣"的意思了。茶叶中品质最好的就是高山云雾茶。这样的海拔，这样的生态环境，最适合茶叶生长。现在虽然已经没有人知道什么"抗贡茶"了，但运气好的话，有些明清时期留下的老茶树倒是可以寻见。尤其在万年寺附近转悠，有时会与一两株老茶树不期而遇，给你万分的惊喜。

中山区的万年寺，海拔一千多米。"白水秋风万年寺"是峨眉山十景之一，秋天到来时，这里山色空明，林木萧然，水流澄澈，秋风清朗，一派天高云淡、风和景明。这景致与"云海""佛光""日出"等相并列，而且是以海拔、林木、流水、气候等良好生态为构成要素，因此春天这里产出的茶叶，必定叶润汁浓，色碧香远。据资料介绍，在唐代以后，每年春天到来的时候，僧众农禅并重，此中农事即为茶事。在黑水寺、意月峰、白岩峰、天池峰、宝掌峰一带的中山区，各寺皆有自己的大片茶园，采摘、炒制都有自己的讲究，从而形成了独特的禅茶文化。

来到寺里，在寺庙后面一面森林簇拥的缓坡上，我找到了那十亩御赐的茶林。虽经历数百年的风雨冰霜，那万株茶树依然葱葱地绿着，只是比普通茶园的茶树高出了不少；也有个别茶树布满苔藓，已显出龙钟沧桑之态，只因为寺庙的僧人精心照料着才没有死去。

峨眉山是普贤道场，寺庙僧众皆多，禅茶之风自古盛行。在游览了无梁砖殿、巍峨宝殿、白水池，以及牡丹园、弹琴蛙等景点之后，在寺庙特定的环境中欣赏一下峨眉山禅茶，还是不错的体验。

禅茶的境界，是慢慢品出来的。这"品"自然也包括冲泡过程中的观赏。

说到禅茶的冲泡，就不能不说到茶具。自古以来，文人雅士们喝茶，对茶具是十分看重的。没有相应的茶具与优质的茶叶配套，那茶就没法喝了。因为茶具若是选择不好，不仅会影响到茶水的品质，而且破坏了观赏茶叶嬗变升华的心情。禅茶的四个标准中有个"雅"

字，选用雅致、美观、优质的器皿作为茶具，用以衬托茶汤的液色，保持浓郁的茶香，是品味禅茶的重要条件。纵观中国的茶具，先后出现的有陶器、瓷器、铜器、锡器、金器、银器、玉器、玛瑙器、漆器，近现代出现了紫砂陶壶、玻璃器具、搪瓷茶缸等等，真可以说是琳琅满目，丰富多彩。但我不大赞成茶具过分讲究奢华。我在电视上见过一个清末紫砂壶，壶出自名家，做工很好，价值不菲，但主人只把它作为观赏品而不是用于泡茶。因为茶具太名贵，观赏和收藏价值跃居第一位，泡茶的功能反而不那么重要了。

峨眉山地区的茶是绿茶。所以在茶具的选择上，一般人只钟爱玻璃茶具。这种茶具可塑性大，形态各异，有雍容大度的玻璃茶壶，也有亭亭玉立的玻璃茶杯，有刻花繁复造型别致的，也有简洁大方形体匀称的。一只或一套玻璃茶具摆在案几上，看起来赏心悦目，不落俗套。用它泡茶的优势更在于，茶汤的鲜艳色泽，茶叶的细嫩柔软，茶叶的上下穿动，叶片的逐渐舒展，全在你的注视之中。

万年寺的禅茶，所用茶具是青花茶盅。你看小师傅拿来几只青龙盘绕的陶瓷茶盅，放在一张藤条编织的小圆茶几上，古朴典雅，庄重大方，不奢华也不流俗，和佛家追求的境界极为吻合。他用勺子将茶叶分别往里一放，再将茶壶高高举起，让煮沸的茶水飞流直下；待茶水满及杯沿，便将茶盖轻轻盖上。稍等片刻之后，再将茶盖揭开慢慢观赏，只见那外形扁条、形似竹叶的茶叶，经开水冲泡后，仿佛又活了过来。一片片叶子先是上上下下舞蹈般漂浮，不久后就都陆续沉到杯底，整齐而庄严地直立着。不知它们是否也是在经历了人生沉浮后，逐步悟透世事看破红尘，进入这般超然物外的境界。师傅说："瓷器茶具的魅力就在于，先是给你一种神秘的期待，在期待中增加对禅茶的敬畏和遐想。如果用玻璃杯泡茶，就失去了喝禅茶的魅力，不能领略禅茶的况味。"

冲泡铁观音等茶叶，讲究的程序很多很复杂，有百鹤沐浴（洗杯）、观音入宫（落茶）、悬壶高冲（冲茶）、春风拂面（刮泡沫）、关公巡城（倒茶）、韩信点兵（点茶）、鉴赏汤色（看茶）、品啜甘霖（喝茶）等多种程序，里面不少环节有乱世纷争和低俗浅陋的嫌疑，和佛家提倡的"禅"大相径庭。而冲泡绿茶就简单多了，在简单的冲泡过程中，我们可以把更多的心思从繁冗的仪式中解脱出来，更多地领悟茶中的"禅意"。

大多数人在平日生活中，因社会生活节奏快，在喝茶上也就比较随意。通常是在早晨起床洗漱完毕，用钢精水壶烧上一壶水，然后将水倒入早已准备好茶叶的杯子，再一口一口地浅斟慢饮。如果是晴好天气，便约几位朋友去太阳下的茶园（有临水或邻树的位置最好），泡上数杯绿茶拥茶而坐，然后漫无目的地东拉西扯；或者什么也不谈，就那么静静观赏茶杯里景物的变幻。人们喜欢茶叶在杯中的翻腾旋转，浮浮沉沉，在观赏翻腾起伏中去想一些乱七八糟的事情，甚至去梳理自己半个世纪的人生。正如有副茶联所讲："香茗入杯中，起落沉浮昭事理；佛茶来水上，屈伸舒卷悟人生。"

掺茶的师傅讲："冲泡禅茶，除了茶叶要好之外，水也要优质。明代许次纾在《茶疏》中说：'精茗蕴香，借水而发，无水不可与论茶也。'说在茶与水的结合体中，水的作用往往会超过茶，这不仅因为水是茶色、香、味的载体，而且饮茶时，茶中各种物质的体现、愉悦快感的产生、无穷意味的回味，都是通过茶水的冲泡，经眼看、鼻闻、口尝的方式来达到的。如果水质欠佳，茶叶中所含的多种物质受到污染，人们饮茶时既闻不到茶的清香，又尝不到茶味的甘醇，还看不到茶汤的晶莹，也就失去了参禅悟道的缘由。"他强调说："我们万年寺泡茶，用的是门外'弹琴蛙井'里沁出的山泉水，这水纯净无污染，富含矿物质，加上它是流动的，泡出的茶活性元素也较多。所以同样的茶，用这里的水冲泡，感觉就不一样。"我心里暗自思想，还因为是沾染了佛家空灵的禅意。因为这里的一石一溪一草一木，每天都受到寺庙晨钟暮鼓、唱经念佛的熏陶，它们在耳濡目染中其实也在修行，它们最懂得"能彻悟自性便成佛"的禅机。参透禅机的茶水，当然与众不同。

当然有了好水，还要讲究煎茶的方法。古人煎茶，是比较麻烦的，一是在炉子上将茶煮来饮用，一是在炉子上现烧水现沏。当然，泡好茶还得用心尽情。首先对好茶怀有真情实感，其次自始至终要静心泡茶。同时，泡好茶，必须懂得泡茶之道。这个道，就是"天人合一"的茶道。唐代"茶圣"陆羽认为，一个懂得喝茶的人，一定是"精行俭德之人"。善茶之人，必须有"五美"，即位之美、器之美、火之美、饮之美、境之美。有句话叫"喝茶如修行"，茶道是通往内观世界的方便之门。只有境界高的人，才能泡出"天人合一"的好味道。

泡好茶，静静观赏茶叶在水中升腾沉浮，也是一种享受。片刻之后，再轻轻揭开茶盖，只见悠然飘出的水雾，如出岫之云一般升腾变幻，或直如大漠孤烟，或袅如敦煌飞天。而伴随水雾升起的茶香，带着或浓或淡的草木馨香，伴随香炉里弥散的袅袅的佛香，扑入你的鼻孔，直入你的脏腑。你的心态自然平和下来，如茶盅里翻腾的茶叶回落到了杯底，进入一种宁馨超然的境界。这时你举盅慢慢啜饮，耳听着大殿僧人们鸣钟击磬、唱经念佛的梵音，眼观着茶雾与香炉的青烟相互交融，心便杂念全无，变得安宁澄净起来，灵魂也仿佛被茶水洗濯过一般。记得《红楼梦》里的妙玉说过，喝茶"一杯为品，二杯即是解渴的蠢物，三杯便是饮牛饮骡了。"所以喝一杯好茶要慢，正如读一本佛经要慢，慢才能细心体味，慢才能排除俗世的烦思杂念，达到"禅茶一味"、空灵通透、澄澈明净的至高境界。

昌福禅师曾说，品味禅茶的至高境界是"人水合一、人茶合一、人壶合一、天人合一"，讲求茶品、茶人、茶道、茶事四大理念，"揽天地山水、人文性情于一体……"我们谁也不敢说自己达到了那样的境界，但却能在浅啜慢饮中，让甘醇清香的茶汤，从茶杯流到喉咙，浸润着你的心脾，舒展着你的神经，渗透着你的灵魂，达到"静虑"的目的。这时，一切俗念已置之度外，感觉灵魂已被茶水洗涤得空灵纯净，眼前有岸芷汀兰，胸中有清风明月……

青山凌云佛凌云

发源于川西北高原的岷江，悠悠穿过富饶的成都平原，穿过秀美的岷江小三峡，来到乐山城下，同波涛汹涌的大渡河、水流湍急的青衣江汇合，然后滔滔东去汇入长江。在三江汇合处矗立着一壁山崖，下临碧波万重，上有奇峰凌云。这就是乐山著名风景胜地凌云山。

凌云山是造山运动留下的奇迹，形成于距今1亿2千万年前的晚白垩纪，发育在巨厚层棕红色沙砾岩沉积层上，在漫长的地质构造升降过程中，经气候、侵蚀、风化、河流长期冲刷下切等共同作用，于距今1万多年前，最终形成屹立江岸"色如渥丹，灿若明霞"的丹崖绝壁。凌云山峰顶圆缓、山腰陡峭、岩崖丹红、山形多姿。站在山崖上眺望江面，只见碧水婉转，江涛回旋，令人胆寒。它的背山面是一片水网交错的平坝，烟村十里，阡陌纵横。从空中俯瞰凌云山，宛如一条腾跃的蛟龙。更为震撼的是，凌云山巅峰峦叠嶂，九峰峥嵘，山势错落，气势磅礴。其间古木参天，修篁深秀，举目四望，满眼青葱。站在山巅纵目远眺，三江水尽收眼底，凤洲岛、太阳岛如漂在波涛之上的阔大绿叶；而在大渡河尽头，在一片云烟缥缈之处，峨眉山横眉修羽，如画家笔下不经意的一抹黛青，令人神往。乐山自古有西南山水之冠的美誉，凌云为历代文人墨客所咏赞。古人感叹："夸父之巧，巨灵之工，一至是耶！"宋代文人邵博曾赞美说："天下山水之冠在蜀，蜀之胜曰嘉州，嘉州之胜曰凌云。"

凌云山上九峰环立：东面就日峰、丹霞峰，东北望云峰，南面祝融峰、兑悦峰，西面栖鸾峰、集凤峰，北面灵宝峰，居中拥翠峰，九个峰呈莲花状分布于乐山大佛身后。明朝安磐《凌云山》诗云："林竹斑斑日上迟，鸟啼花暝暮春时。青衣不是苍梧野，却有峨眉望九嶷。"诗人把风景优美的九座山峰，比作洞庭湖畔有着娥皇女英传说的"九嶷山"，足见对凌云九峰之喜爱。

由山门拾级而上，右边绝壁之下，大江东去，舟如漂叶，令人目眩；左边崖壁雕刻着唐代至清代的石像和题咏。上行数十步有一长坪，江风阵阵，湿气袭人，水池中滴滴答答的水声时缓时急。唐代诗人岑参《登嘉州凌云寺》一诗有"回风吹虎穴，片雨当龙湫"的句子，后人即取其意称这里为"龙湫"。清朝嘉定知府史致康草书的巨大"龙"字镌于水池岩壁之上，字大约三米，一笔书就，矫然遒劲，就像一条飞舞的巨龙，因此，龙湫又被称作"一笔龙"。龙湫左上方岩壁上还刻有一草书"虎"字，也取意于岑参诗中"虎穴"二字。

由龙湫上行不远，有明代开凿的兜率宫，内有弥勒菩萨像一尊，高约二米。宫左是明代雨花台故址，岩壁上刻有"雨花台"。雨花台现已不存，台址改建为载酒亭。据《吴船录》载：东坡诗"少年不愿封万户侯，亦不愿识韩荆州。颇愿身为汉嘉守，载酒时作凌云游。"后人取其意筑载酒亭于山上。原载酒亭已毁，现为新建，正好与兜率宫右面石壁上明朝嘉州知州郭卫宸书"苏东坡载酒时游处"石刻相对。在载酒亭上小憩，近瞰三江，烟波浩渺；远眺峨眉，青山隐隐。宋代诗人范成大亦曾到嘉州，登上丹崖峭立的凌云山，遥望飘渺的峨眉连山，凭吊苏轼载酒泛舟的遗迹，写诗赞曰："聊为东坡载酒游，万龛迎我到峰头。江摇九顶风雷过，云抹三峨日夜浮。"可谓赏景绝佳之处。

在凌云山之巅，耸立着千年宝塔灵宝塔。灵宝塔又名凌云塔，因其耸立在凌云寺后的灵宝峰巅，故以山峰命名。塔建于唐代，塔形呈密檐式四方锥体，砖砌而成，坐东向西，高38米，共十三级。塔体中空，内有石阶沿塔轴盘旋至顶。塔顶为四角攒尖式。灵宝塔的结构和风格与西安小雁塔相似。灵宝塔每级都开有窗眼，既可以采光，又能供游人四处眺望。登临塔顶，视野开阔，东面山峦重叠，气势雄伟；南面可见藏经楼、东坡楼；西面江水似天外泻来，三峨如舟浮云海；北面鸟瞰乐山全城，如一只展翅彩凤俯卧在绿波之上。真是东西南北，气象万千。清人有诗："秘开灵宝擘云根，三水交投万马奔。光相婆罗坪外见，诸峰罗列此峰尊。"据专家介绍，修建此塔的目的，主要是作为三江合流处的标志，使过往的船工提高注意力，以便他们安全渡过急流险滩。

凌云山是乐山睡佛的壮美身躯。上世纪八十年代末，一位广东游客在大佛附近发现了乐山大佛背后的由乌尤山、凌云山、龟城山构成的乐山巨型睡佛景观。山形似一尊巨型睡佛，形成了"佛中有佛"的奇观。巨型睡佛四肢齐全，体态匀称，安详地漂卧在青衣江山脊线上，仰面朝天，慈祥凝重。乐山大佛不偏不倚正好端坐在巨佛的心胸部位，巨佛的头、身、足，分别由乌尤山、凌云山和龟城山三山连襟组成。佛头由整个乌尤山构成，山上的石、翠竹、绿荫、山径、亭阁、寺庙，分别呈现为巨佛的发髻、睫毛、鼻梁、双唇和下颚，景云亭如"睫毛"，山顶树冠各为额、鼻、唇、颔。由凌云山构成的佛身，山上九峰相连，犹如巨佛宽广的胸膛、浑圆的腰和健美的腿，脚板翘起的佛足是龟城山的一部分。佛的整个体态十分逼真、自然、和谐，这是大自然无意的巧合，是鬼斧神工的奇迹，一睡佛，一坐佛，一天然生就，一人工凿成。这究竟是山水的杰作，还是佛的禅意？无人能够明白。

　　凌云大佛所在的山岩，被称作大佛岩。大佛右侧，有九曲栈道垂挂在绝壁之上。欲观赏大佛全貌或要朝拜大佛，就须沿着九曲栈道下到江边，站在大佛脚前的平台上，以最大角度仰视才行。即便如此，也只能看到大佛的下颔，看不全整张脸。不知当年苏轼或者陆游载酒泛舟，是否就是从这里登舟的。大佛左侧的山崖上凿有幽深隧洞，是分流朝拜人群用的。人们从这里可以到达大佛左面的碧津楼，从碧津楼处乘船过江；或者经过麻浩崖墓旁的濠上大桥，去往紧邻的乌尤山。

乌尤山原本和凌云山是连体兄弟，战国时开明王鳖灵率部族掘开连接处，使乌尤山独立于江心，成为四面环水的离堆。秦时蜀郡守李冰在这里继续治水，使凌云与乌尤之间的河床进一步下切，江水得以分流。《史记·河渠书》载："蜀守冰，凿离堆以避沫水之害。"乌尤山与凌云、马鞍三山并立畔，统称青衣山。凌云山峙其右，马鞍山居其左，乌尤山介于中，古称青衣中峰。相传远古时代，有青衣女神在山中种桑养蚕，人们为了感激其教民蚕桑，在山上供奉青衣神。它中流砥柱，孤峰兀立，林木茂盛，绿荫重叠。古人曾赞道："何处飞来缥缈峰，独立江心江四曲。环水有山不见山，一丛云树插天绿。""乌尤"二字的由来，一说因山形似乌牛突出水中而被古人称作乌牛山，到宋朝时，诗人黄庭坚觉得"乌牛"二字不雅，遂改名为乌尤山，取意此山竹树茂盛，墨绿尤甚。另一说山中原有唐时铜铸观音菩萨的化身"面然"，也称"乌尤大士"的佛像，因名"乌尤"。

从凌云山经麻浩东汉崖墓，过濠上桥登山，沿石阶而上至乌尤山顶。石阶两旁竹木凝翠，不时传来阵阵鸟语，缭绕在浓荫之中，十分幽雅恬静。行到半山有止息亭。亭内石壁上刻有晚清名士赵熙的题词："登山有道，徐行则不踬，与君且住为佳。"饶有风趣，耐人寻味。由止息亭向前，过普同塔，登完石阶，便到乌尤寺寺门了。寺门左侧数十步有一牌坊，上书"万松深处"四个大字。由牌坊前向左下行，半山处有化城亭，再往下便是连通乌尤、凌云两山的濠上桥，也就是同凌云相通的陆路了。乌尤山景色幽美，无论是三江春潮，还是烟雨秋波，皆清秀俊美，四时滴翠，极富诗情画意。清人张船山有诗云："凌云西岸古嘉州，江水潺潺抱郭流。绿影一堆漂不去，推船三面看乌尤。"山上除千年名刹乌尤寺外，还有旷怡亭、尔雅台、景云亭、结茅亭等名胜古迹。

旷怡亭位于罗汉堂右侧，原是明代以前尔雅台的故址，明成化年间改为旷怡亭。旷怡亭悬于壁之上，为竹树丛荫所环绕，凭栏面江，景色悠远，是旷览江山胜迹、怡悦心志的好地方。当年岑嘉州来到乌尤山中访问惠净法师。他走进惠净幽寂的禅房，感觉心里特别熨帖。拥着一杯清茶，他和法师进行了深入的交谈。之后，他们来到临江绝崦上，观赏青衣美景。还是三江眼底来，峨眉秀天外，但在佛家禅林中，心情和感受又有些别样。猿啼和鸟声交织于树林中，使人忧乐参半，有说不出的感慨。回到禅院，惠净抓住机会请他赋诗。岑参也不推辞，慨然吟道："……诸岭一何小，三江奔茫茫。兰若向西开，峨眉正相当。猿鸟乐钟磬，松萝泛天香。江云入袈裟，山月吐绳床。"诗后标注："上嘉州青衣山中峰，题惠净上人幽居……"

亭内左边悬匾上刻着苏东坡手书的《念奴娇·赤壁怀古》，笔墨飞舞，气势磅礴。据说苏东坡曾在凌云、乌尤山中苦读，在岷江之上载酒泛舟，从而深爱这里的山水风光，至今还存留洗墨池、载酒亭等纪念他的遗迹。右边悬匾上刻着赵熙撰书的《如此江山》，描绘了乌尤山的幽雅和雄奇。亭门柱上悬一对联："苏和仲山高月小，范希文心旷神怡"，是赵熙集苏轼《后赤壁赋》和范仲淹《岳阳楼记》语句而成。旷怡亭周围珍楠挺拔，竹木相映。这里可览乐山城廓，三江汇流。水光山色，荡人心目，确实令人心旷神怡。

而景云亭是观赏乐山风光的最佳景点之一。登亭向西北眺望，嘉州古城尽收眼底。三江绕廓奔腾而下，凌云山峰拔江而起，惊涛拍岸，卷起千堆雪。这惊险壮观的场面，自然使人想起乌尤山临江危崖上四个巨大的古代刻字——中流砥柱。真正是江山这边独好。难怪清康熙年间刑部尚书王士桢要大加赞美："真作凌云载酒游，汉嘉奇绝冠西州。九峰向日吟江叶，三水通潮抱郡楼。山自涪翁亭畔好，泉从古佛髻中流。东坡老去方思蜀，不愿人间万户侯。"

凌云山的山川形胜，还与一个词有关：三龟九顶。九顶所在凌云山上游有龟城山，也是临江而立，峰峦叠翠，连绵起伏，横亘数里，和山脚下的滚滚岷江，以及上游的东岩山一道，成为乐山城的天然屏障。龟城山自上而下，分为上龟城、中龟城、下龟城，和凌云山的就日峰、丹霞峰、望云峰、祝融峰、兑悦峰、栖鸾峰、集凤峰、灵宝峰、拥翠峰等九座山峰一道，组成"三龟九顶"的壮丽山水画卷。在龟城山与凌云山相接处有一条沧桑的小街，长仅二百米，居者数百人。据传此街为蜀王开明鳖灵的肇始之地，也就是最早建"开明故城"的地方。鳖灵去了成都平原之后，这里便称作"鳖子街"，今实口误为"篦子街"。《水经注》载："南安县（今乐山）治青衣、江会，襟带二水焉。即蜀王开明故治也。"乐山三千年的悠久历史，自此算起。龟城山后有道教遗迹八仙洞，那里排列着八个神奇的山洞，传说是铁拐李、何仙姑他们曾经修炼的地方，绿树掩映，洞穴幽深，清风徐来，野花飘香，如世外仙源。

凌云山，以其独有的地位和魅力，襟带三江亦连缀三山，组成一幅天然的画，写成一首绝世的诗。

崇楼丽阁老霄顶

位于岷江、青衣江、大渡河三江汇流处的乐山古城，绿水环绕，青山如屏。除岷江对岸的凌云山、乌尤山、龟城山、东岩，单就西岸来讲，就有白岩山、鹈子山、虎头山、海棠山等。它们连绵起伏，成为乐山主城区的"绿色心脏"或者"绿色之肺"。所以，上世纪九十年代，联合国教科文组织给乐山城市的评价是："城市在山水中，森林在城市中。"

白岩山在城市西北面，是面朝城区的一壁断岩，因其山崖呈灰白色而得名。山上林木森森，鸟语花香，远望如绿色屏障，矗立在城市的楼宇之中。紧邻白岩山的是鹈子山，也是山峦叠翠，林泉清幽。据说山的得名与鳖灵有关。鳖灵从荆楚之地来到三江汇合处，然后将他的部族骨干鹈子、莫子、车子、牟子等分别派驻四周，其中鹈子所在的开发之地就在这白岩山附近。如今除鹈子山外，乐山周围不少地方的名字还保留有最初的痕迹，如篦（鳖）子街、牟子镇、车子镇、磨子场（五通桥金粟镇）等。而嘉木幽秀、嘉篁撑绿的虎头山，则如一头猛虎雄踞在大渡河畔。不过当地村民比较务实,也将其称作斧头山。

上得山去,小路盘曲,青枝拂面,松林遍布,山花烂漫。间或有几片庄稼果园,散落在绿色坡地上;有三两人家,掩映在青枝绿叶间。城市、山野、田地和乡村,在这里和谐共处,相互兼容。城里人一抬腿就走进了乡村,乡村人一抬腿就走进了城市,这是其他城市不多见的。

穿行在山野,你还会在不经意间,发现几处汉代岩墓,空洞深邃,如沧桑的眼睛。史载,乐山地区在秦汉时期就很发达,居住人口密集。当时的土著居民盛行的安葬方式就是在半山崖壁上挖洞进去,凿成生前居住房屋的样式,卧室、厨房、储存室一个都不能少,门楣、崖壁上还有精美的雕花图案,棺木旁还要陪葬一些马车、瓦罐等,富贵人家还有金银制品。岩墓结构大致可分为单室、双室与多室类型。各类型墓葬的规模悬殊,这与墓主的社会地位、经济条件分不开。白岩山中,最著名的岩墓是濒临竹公溪的三个洞穴,分别叫朝霞、白云、清风,宽阔高大,气势恢弘。汉崖墓是秦汉时期乐山的一种墓葬形式,与当地地理情况和风俗有关,应该与"悬棺"墓葬齐名。乐山地区的岩墓,成片集中的有麻浩崖墓、棉花坡崖墓和白岩山崖墓。据说陆游煮茶品茗的叮咚院,所用之水就是从1000年前的岩墓中沁出的。今天在乌尤与凌云之间,建有乐山崖墓博物馆,通过棺椁、瓦罐、雕塑、兵器、陶车马等一件件珍贵文物,真实展现了秦汉时期先民们的生产生活状态和战争能力。

乐山城区的最高峰是老霄顶，因其巍然高峙，万象在前，江山千里，一目可尽，故亦名高标山、高望山。老霄顶是一个相对孤立的山峰，其山直从城隅屹立，危磴从山麓起始，曲折数百级，始达其顶巅。它在城市群落和起伏山峦中，临江而立，拔地而起，有孤芳自赏、卓尔不群之姿。站在山巅举目四望，有三江来仪、群山簇拥之势，堆碧叠翠、气象万千之感，仿佛汉嘉山水灵秀之气，全都汇聚于老霄顶一山，故素有"府之主山"的美称，其实是说它是嘉定府城的主峰。范成大在《吴船录》卷上称：万景楼"在州城，傍高丘之上。汉嘉登临山水之胜，既豪西州，而万景所见，又甲于一郡。其前大江之所经，犍为、戎、泸，远山缥缈明灭，烟云无际。右列三峨，左横九顶，残山剩水，间见错出。万景之名，真不滥吹。余诗盖题为西南第一楼也。"

万景楼位于万寿观南面，现存万景楼为清嘉庆年间重建，重檐歇山式顶，屋面盖琉璃瓦。四柱三开间，建筑面积一百四十多平方米，其规模仅次于万寿观。灵官殿位于万景楼西南，1813年建于古代石砌城墙的城垛上，中间砌券拱门，造型浑厚，殿宇庄重。灵官殿在城门上，单檐歇山式木结构，台梁式五架梁，面阔三开间，古朴典雅，小巧玲珑。

老霄顶一带，自古种植了许多名贵花卉，比如初春盛开的海棠，寒冬吐蕊的腊梅，金秋绽放的桂花，三月落霞的桃树，等等，一年四季都有花开，江风一吹香气袭人，故山下的江边建了一座城门名"来薰门",这是对老霄顶花香飘散的赞美。自古以来,许多文人雅士来到嘉州,都要登临老霄顶观景赏花。他们把酒凭栏,临虚纵目,东可望三江奔流,大佛崔嵬;西可望峨眉飘渺,如云天一抹。春可赏山脚的海棠,冬可弄山上的梅花,夏夜月下聆听蝉鸣,重九登高把酒赏菊。如此江山如画,不觉诗思如涌,才情勃发,留下不少诗章。

而今的老霄顶,虽饱含沧桑,却依然风景独秀。

从乐山名胜叮咚井登山,沿乐山文庙宫墙外的步行道,便来到一座古朴山门。山门全由石头堆砌而成,整体为古代烽火楼的造型,呈现淡淡的赭红色。再沿着山门两侧的阶梯上去,一座葱绿的山峰便出现在眼前。这就是有着1500年历史文化的老霄顶。

通向山顶有两条道,一条是古代修筑的石阶,盘盘曲曲地穿行于绿草之中,石梯经历千年风雨,棱角已经被磨损了不少,且两边的石栏上布满苔藓,石缝里生长着杂草。另一条是近年修建的九曲游山栈道,由木质护栏和水泥平台相连接,悬空在山岩之外的林木之中。路边生长着粗可合抱的桢楠和香樟,树干挺直,藤蔓披拂,枝叶繁茂,隐天蔽日。它们的树龄大都在百年以上,有的已有上千年的历史。林中夹杂着纤细的绿竹和茂盛的灌木,闪烁着丛丛野花,共同营造出一块清静之地,仿佛都市中的世外桃源。

山顶为一平台,也生长着不少参天古树,多为珍稀的润楠,间杂着近年新植的桃树、海棠、桂花、玉兰等,给老霄顶的绿意增添几许别样的色彩与风情。平台中间有石砌的水池,游弋着几尾锦鲤;两三方园圃簇拥着楼阁，里面开放着一丛丛菊花，点缀着四季开放的杜鹃。而古代留下的万景楼、灵官殿、万寿宫等建筑，就掩映在葱茏的树木之中，殿宇轩昂，气势不凡，飞檐翘角犹见昔日风流，雕梁镂窗依稀昨日风景。虽然如此，毕竟春来冬去，沧海桑田，时间老去的同时，曾经的辉煌也会老去。一些枯黄的落叶填满了瓦楞，由此生长出几茎衰草和藤蔓。那些潇洒典雅的楹联、匾额也不知去向，只留得寂寞而色彩斑驳的檐柱，回忆着往日的辉煌。走在经历了风雨沧桑的石级、廊檐或道观之间，眼前的景象让人有既清晰又模糊之感。清晰在于这一切都实在地存在着，古树、石径、道观、轩榭，却又不是记载中的模样，我确切地感受到今天的老霄顶，再没有了昔日的那份风雅，更没有往昔的壮丽辉煌，这似乎印证了南唐皇帝李煜的绝唱："雕栏玉砌应犹在，只是朱颜改。"

当你站在万景楼中凭栏俯看，一片琉璃覆顶的建筑铺陈在山下，那就是保存还算完整的乐山文庙。文庙最初建于唐朝武德年间（618-626年），当时的地点是在乐山城南与大佛相对的育贤坝上。由于水患和其他原因，经宋、元、明三次搬迁，直到天顺八年（1464年）才定址于今天的老霄顶下。现存文庙为康熙时张能麟重建，尚存泮池、棂星门、圣域、更衣房、执事房、名宦祠、乡贤祠等十五座古建筑，形成了宏大巍峨的古建筑群。文庙建筑群，坐西向东，依山就势，渐渐升高。其中大成殿为主体建筑，系单檐歇山式屋顶，屋面覆盖琉璃筒瓦，鳌角飞翘，庄严古雅。左右庑殿系单檐歇山式，穿斗木结构。

文庙前面是嘉州名胜叮咚井，又名方响洞，有清澈泉水自洞中流出，发出清脆悦耳的叮咚鸣响，故名。传说用叮咚井之水沏茶，味道醇香。岑参、陆游等诸多文人墨客都曾在此煮茶品茗。至今还留存着黄庭坚题写的诗句："古人题作丁东水，自古丁东直到今。我为更名方响洞，信知山水有清音。"

再往前，就是古代州府署衙旧址。从山顶到署衙的这段绿色侵道的曲折山路，晚唐的女诗人薛涛走过，落寞的嘉州刺史岑参走过，宋朝的山谷道人黄庭坚走过，南宋的四川军政长官范成大走过，主政嘉州的陆游走过。风华正茂书生意气的郭沫若，求学时无数次走过；"九叶诗人"陈敬容和"中国第一比丘尼"隆莲法师，少女时更是一遍遍走过。

走过的人早已远去，连同白岩山、鹅子山岩墓中的故事。而不变的依然是叠绿堆碧的绿林，是拂过面颊的徐徐江风，是道观上年年筑巢的翩翩紫燕，是山下滚滚滔滔的三江流水……

青衣佳处千佛岩

故乡乐山,被称为仙山佛国之地。夹江千佛岩,就是其中一处因佛著称的森林公园。这里两山对峙,一水中流,题咏处处,佛像千尊,有石刻艺术长廊之美誉。

夹江县是我的出生地。这里位于四川盆地西南沿,自古有"天府良邑"的美誉。境内平畴沃野,水网纵横,竹笼农舍,烟村十里,被清代学者、诗人王渔洋在《蜀道驿程记》中赞为"类吴中风物"。千佛岩森林公园就坐落在夹江城西三公里处的青衣江边,林木森森,丹崖峭立;佛像众多,楼阁崔巍,历代被赞誉为"蜀中名胜"。

千佛岩自然风景优美,文化底蕴深厚,被古人盛赞为"青衣绝佳处"。来到这里,只见临江耸立的化成山和依凤山相对而出,形成一道狭窄的峡关,如两扇即将关上的大门。清澈的青衣江自贡嘎山脚下蜿蜒而来,从峡关中奔突而出。山与水构成"两山对峙,一水中流"的独特地形。两山雄峻挺拔,丹岩千仞,古木参天,葱茏如黛,远望如巨大的画屏一般。因夹江秦汉时期为古南安县地,史书上便称这里为"南安峡",亦称"熊耳峡"。东晋《华阳国志·蜀志》载:"南安县:(犍为)郡东四百里。……西有熊耳峡。南有峨眉山……"郦道元《水经注》曰:"江水又东南径南安县西有熊耳峡,连山竞险,接岭争高。"

化成山下临江边,有丹崖横亘,佛像百千,古堰穿山,古道蜿蜒。站在绝壁之下的古栈道上,或登临依山而筑的楼阁里,眼前是一脉清流推波涌浪,背后是茂密的原始林木,人仿佛置身于化不开的浓绿之中。透过密密的枝叶空隙向江面望去,见有古渡口突出于江之湄,有过渡的木船自江边的古渡口出发,悠悠如柳叶一般漂向对岸的河滩码头,再换了一批过渡者,悠悠地漂了回来。"古渡夕照"为夹江一景,大概是说来到夕阳西照下的渡口,会看见"一道残阳铺水中,半江瑟瑟半江红"的画面,景色与意境俱佳。而身后是造型各异的座座楼台,飞檐翘角,雕梁镂窗,古朴雅致,古木掩映,修篁簇拥。若从江上翘首回望,青枝绿叶间飞阁隐现,红墙流丹,高高低低,错落有致,大有"南朝四百八十寺,多少楼台烟雨中"之意景。

沿林中石径拾级而上,周遭的浓荫便将你淹没其中,伴随窸窣的露滴滑落声,头顶上不时传来两声清凉的鸟叫或蝉鸣,浸润得你心里甘甜纯净。登上千佛岩之巅,视野顿然开阔。望对岸重峦叠嶂,连绵起伏,天高云低,空阔无边。而壮阔的青衣江此时低匐在脚下,如一段闪光的银练飘舞在群山之间。而更远处的蓝天下,一抹黛影出现在白云间,那便是横眉修羽的峨眉山了。难怪清代诗人王渔洋有"骑马青衣江畔路,一天风雨望峨眉"之感叹了。

山巅有一古朴庄重的古庙,常年鸣钟击磬,香火袅袅。寺庙是在原址上新建的,但建筑却是文物,为撤除城里文庙原样搬迁至此,一砖一瓦都是古董。过古庙后往山下走去,脚下绿草漫道,头上浓荫遮天,山野的气息非常浓郁。也许因为山路陡峭如挂在壁上,便修筑了揽月、挹翠、卧云等若干小亭供歇脚,望下去如栖息林间的小鸟一般,煞是可爱。

因青衣江清流婉转,故自古又有"川西玉带"的美称。沿江有突出江边的望龙坪,是一块被灌木簇拥的巨石。站在巨石上凭栏下望,但见急流江水之中,一座恰似龙头的奇石如中流砥柱。据说一到夏天洪水暴涨,龙脑石的洞穴就会浪花飞溅,如巨龙飞珠吐玉一般。明代嘉定知州郭卫宸有诗赞曰:"江头一块石,独立不能移。相彼波流者,谁将砥柱之。而渔纲竞急,以济舟难迟。"望龙坪前有一座"铁石关隘"坊,南临百尺深渊,北依千仞绝壁,大有"一夫当关,万夫莫开"之势,这便是古代的铁石关,也是一处古战场遗址。《三国志》记叙的南安峡口伐黄元之战,就发生在这里。"蜀汉章武三年,汉嘉太守黄元叛,杨洪度其必乘水东下,敕诸将陈等于南安峡口邀遮,果得元。是也。"南宋时嘉州抗击元蒙铁骑的第一仗也在这里打响。

经关口往下走,是秦汉古栈道遗址,今天犹可见岩壁上凿出的一排排安放栈桩的凹痕。现在的栈道直接搭建在东风古堰之上,连接铁石关岩基上开出的石级,从下至上共一百零八步,一排排石级赭红古朴，中间被磨损了不少，但总体上依然保存着原始的风貌。穿过峡关的这条古驿道，是古代一条重要商道。它自雅安至乐山接古代五尺道，为古代连接南方丝绸之路和茶马古道的重要商道，这就是历史上有名的"南安平乡明亭大道"，又被称作"嘉阳驿道"。清代学者、诗人王世祯曾在《夹江道中》写到："嘉阳驿路俯江流，寒雨潇潇送暮秋。"对这条傍青衣江而行的古驿道做了诗意的记载。

铁石关左侧的巨石上有亭翼然，名万象亭。其旁的石壁上镌刻着斗大的"古泾口"三个字，为夹江明嘉靖年间进士张庭所书，苍劲有力，庄重古朴。据载，公元前316年，秦惠王派兵灭蜀之后，为了教化本地土著居民，以巩固其对新征服地区的统治，"移秦民万家实之"。这些背井离乡远道而来的中原移民们，仍然念念不忘故土，常思念家乡的泾水。夹江官吏便指青衣江水为泾河之水，千佛岩便是家乡"泾水之口"。于是这些外来的秦民从此安心于此。至今千佛岩还有一通石碑记载此事。

千佛岩上游，丹崖壁立，苍岩肃穆。山脚屹立着一墩巨石，背倚青山，下临沙滩，这就是传说的点将台。在山与水之间有一片平阔的沙地，据说三国时期蜀汉丞相诸葛亮曾在此练兵。蜀汉建兴三年(225年)，南疆孟获反蜀。诸葛亮率军南征，七擒孟获，平南得胜。其后诸葛亮请孟获"礼让一箭之地"，再次智胜孟获的故事就发生在这里，点将台由此亦称为"箭台石"。至今，点将台上还有不少排列整齐的凿石凹痕，据说是当年孔明点将搭设营帐留下的。后来，人们又在上面建了一亭，上书"点将台"三字，并将岳飞手书的诸葛亮《出师表》镌刻于上，供今人凭吊。

千佛岩下聚贤桥头，有依山傍水的聚贤街，数百米长的街道由石板铺就，两边房屋错落，临江一面不少房屋为虚脚楼，望去颇有湘西风情。据考证，这里曾经是夹江县城所在地。夹江古称南安，置县今木城镇，隋开皇十三年建县夹江，迁县城于大观山麓聚贤街一带。如今有千佛岩上密如蜂巢的佛龛和附近众多的崖墓可以作证。晚唐边塞诗人岑参，从杀敌疆场发配到嘉州（今乐山市）任刺史，路过夹江时曾在临江的客栈歇脚，一夜松涛声激起他无尽的愁思。次日起来，他见苍山峭立，江流回旋，古木森然，藤萝披拂，惊涛拍岸，吼声震天；茂密的山林深处，不时传来羌人悲凉的笛声，夹杂着稚童的打闹声。他冒雨登舟向嘉州城而去，只见江水暴涨，波高浪急，令人胆寒，不觉吟道："侧径转青壁，危梁透沧波。汗流出鸟道，胆碎窥龙涡。骤雨暗谿口，归云网松萝。"诗中表现了夹江旧县城外千佛岩胜景的奇异山水景色，狭窄的山道，苍翠的崖壁，高耸的山梁，幽深的江水，更有惊心胆寒的鸟道和漩涡，突如其来的暴雨幽暗了峡谷，苍松上的藤蔓与云朵相互纠缠……

唐代崇尚佛教，县城的人家里有了喜事，比如中举、升官、建房等，都要找一处山崖刻佛，祈求吉祥安康，因此在千佛岩的茂密森林中，逐年累积的石刻佛像多达千尊，被称为古代石刻艺术长廊。

石刻佛像密集分布在铁石关栈道右边临江的崖壁上。据调查统计，这里的162窟石刻造像共2470多尊。这些摩崖造像略早于乐山大佛，开凿于隋，兴盛于唐，延及明清。但与乐山大佛不同的是，千佛岩的这些摩崖造像基本上是由民间自发镌造的，因而内容更加丰富多样，艺术形象也更加多姿多彩。这些佛像，镌刻在临江的山崖上，掩映在茂盛林木中，排列错落有致，少则独占一窟，多则上百尊集于一窟，大可逾丈，小不及尺，造型优美，技艺精湛，姿态各异，绚丽多彩，显示了中国古代高超的石刻艺术水平。造像中最大的是一龛弥勒像，佛高2.7米，造型优美，比例适度，姿态与乐山大佛相似。弥勒佛菩萨服饰华美，衣纹流畅，肌肉丰硕。这龛弥勒像和天王龛及多窟观音像龛，都是盛唐造像的精品，具有很高的艺术价值。

这里还是一处风雅之地，留下了历代文人骚客的诗词题咏。在佛刻长廊的西端，"万咏崖"三个大字十分显眼，意即这里有众多的吟咏题刻。一路浏览过来，果见赭红的山崖上，各种题刻琳琅满目。有的刻在栈道旁的崖壁上，有的题写在半山腰的森林中；更有甚者，把题咏刻在临水的绝壁上，不泛舟江面就无法欣赏。因人们题咏太多，以致到后来无处可题。题刻中书法隶楷行草皆有，或如山岩般典雅端庄，或如江水般潇洒奔放。从字数上讲，有三言两语，如"古泾口""逝者如斯"，字大如席，引人注目；也有律诗绝句，洋洋洒洒，耐人品味。从身份上看，有落魄书生、隐士乡贤，也有位居高堂的达官贵人。从年代上看，有古人的题咏，也有今人的吟唱。他们或赞山水并秀，或抒览胜情怀，其中不乏辞美意雅、雄浑秀丽之作。遥想当年，众多的文人雅士登临此地，把酒临风，吟咏唱和，勒石以记，不失为风雅之事。

千佛岩之美，美在山之雄奇，水之婉转，更美在佛刻之精美，历史之厚重！

诺亚方舟大瓦山

从峨眉山上眺望大瓦山，常见它在茫茫云海中依稀的身影，平坦的山脊，壁立的山崖，傲然矗立在云涛雾浪之上。1930年6月30日，英国植物学家、探险家欧内斯特·亨利·威尔逊（Ernest Henry Wilson）先生从嘉定（今四川乐山）出发，踏上南方丝绸之路的西夷道和南夷道之间的"阳山江道"，经峨眉山麓土地关和金口河区境内蓑衣岭，在六天的艰苦跋涉之后，到达大瓦山下的大天池。气喘吁吁之际仰首望去，出现在眼前的大瓦山，恰似一艘永不沉没的"东方诺亚方舟"，让见多识广的探险家威尔逊先生也惊叹不已。

我们常选择节假日，邀了朋友驱车沿大渡河而上，去大瓦山猎奇探险，返璞归真。

大瓦山坐落在乐山金口河区永胜乡境内，峡谷幽幽的大渡河畔，海拔2300多米，与峨眉山、瓦屋山成三足鼎立状，三山为一脉相承而成"姐妹山"。 山顶高出东面的顺水河谷近2000米，高出南面的大渡河水面2600多米，其相对高度仅次于罗奈马山。大瓦山在平面上近似一个底边朝西、顶角朝东的等腰三角形，朝向东北、东南和正西的三条边分别长2000～3000米，三面全为绝壁，恰似一艘航船。在五池村一带，看到的是它东北面的绝壁，高差约1400米。由大渡河金口峡左岸的支沟白熊沟、丁木沟而上，可分别到达大瓦山西面和东南面的绝壁脚下，绝壁高度都在1600米左右。

从大渡河谷盘旋而上，山更深，路更弯，海拔也逐渐升高。回望大渡河谷，汹涌的河流就成了弯曲曲、亮晶晶的一条线。若你伫立山巅眺望，近处一片逼眼的葱绿，远处一片沉郁的黛蓝。那些大渡河畔的山峰，高低起伏重重叠叠，好似腾跃着无数莽莽苍苍的蛟龙。云雾在山间舞蹈着，时而长袖当空，时而裙裾拂地，舞姿翩跹，婀娜妖娆。

再往上行，雄峻的大瓦山就出现在眼前。它像一艘巨大无比的船，高矗于巍巍群山之上，航行于湛蓝天空之下。平直的山脊如船舷一般，壁立的山崖恰似船体，浮动的云海好似滔滔水面，流动的山岚又给人强烈的动感。正如探险家亨利·威尔逊所言："从峨眉山顶望去，大瓦山像一只巨大的诺亚方舟，船舷高耸在云海中⋯⋯"

我的专家朋友介绍，大瓦山山体分为两层，下部是普通的石灰岩，上部则是被称为"峨眉山玄武岩"的火山岩。在壁立的绝壁之上，二者颜色分明，石灰岩呈浅灰色，火山岩呈暗褐色，而"峨眉山玄武岩"构成了大瓦山绝壁最精彩的部分，它那层层叠叠的构造，是远古的火山一次次喷发时，一层层堆积的火山熔岩流和火山灰依次堆叠的反映。

在雄峻的大瓦山脚下，有一片宽阔的水域，湖水在群山怀抱中闪烁着粼粼的波光，这就是大瓦山脚下五连池（又叫五彩池）之一的大天池。大天池是五连池的第一个天然湖泊，也是海拔最低的一个湖泊。平静的湖面上时常波浪千叠，湖水如眼睛一般蓝得纯净。它用蓝蓝的宽宽的水域，给大瓦山增添了无尽的神韵，也给这片高山湿地做了最初的无声阐释。一些水鸟在水面翩跹，在水草中栖息，这里显然是它们快乐的家园和自由的天地。因为大天池海拔较低，湖边建起了不少农家小楼小院，开辟出了一片片菜地或果园，在明丽山水的映衬下，真如人间仙境。

过大天池后不久，我们的右边突然出现了一大块干涸的湖盆，湖盆上铺满厚厚的腐殖质泥土，这便是五连池中的另一个天然湖泊，只不过早就干涸了，再没有荡漾的湖水和翩飞的水鸟。站在这死去的天然湖泊前，你可以深刻理解什么是沧海变桑田。与它一样干涸的还有另一个池子，就在前面一公里处，干涸的湖底没有一点水的迹象，黑黝黝的土地上已经长满了野草。专家们望着干涸的湖盆，也不住地摇头叹息。他们讲，五连池的湖水和昆明滇池、西昌邛海的水一样，都是从地下上涌的泉水汇积而成的。这两个湖泊的干涸死亡，是因为地下河改变了流向，没有了上涌的泉水所致。当地人告诉我们，这湖床上的枯木和别的地方不一样，可以燃烧出旺盛的火苗，是大瓦山的一大谜团。不过据人们推测，应该是千百年来，湖底的沉积植物碳化了之后，形成的这一奇异现象。

大瓦山半山腰的一块台地，铺展着一片古老的原始森林。幽深静寂的树林里，全都生长着粗大挺直的高山冷杉，笔直站立成威严的阵容。山风吹过，发出阵阵林涛声。因海拔较高和阳光照射等，森林中没有其他原始森林里那么多的寄生植物，也就没有其他原始森林那样阴暗神秘。也许正因为如此，林间的草地能够接收到渗透进来的阳光，才生长得这样一片葱绿，茵茵如阔大的地毯。初夏时节，绿毯上开满紫红的野花，繁星般密密麻麻地闪烁着，芝麻大的花蕾一圈一圈的，由下沿花柱依次盘绕着往上开，当地人叫它转转花。这些转转花造型非常奇特，花朵皆呈深浅不一的紫红色，刚绽蕾的颜色艳丽，如情窦初开的少女般新鲜娇媚；开得久了，颜色转淡，变成淡紫色，显出不同的层次来。这片鲜花盛开的林间草地，让原始森林不再清冷寂寞，变得热闹和生动了许多。

过原始森林略往下行，穿过逐渐稀疏的冷杉林，小天池就出现在我们眼前。站在小天池畔望去，大瓦山与我们仅一水之隔，但从这里看大瓦山不是正前方向，相当于站在"船头"眺望，因而显得更加高峻，有直插云霄之感，真是"横看成岭侧成峰"。山下湖水平铺，波光潋滟，浮光跃金。几缕洁白的出岫之云，静静地升起在湖水那边，如青纱帐一般轻盈妙曼。

我们沿小路下到湖边，更进一步地靠近水面，才感觉这里的湖水颜色要深得多，是那种深不可测的幽深和神秘。湖泊的右边是上百亩绿茵茵的草甸，草甸上开满了五彩的野花，如精心编织的地毯，与深蓝的湖水构成色彩和谐的画面。几头水牛和十来只山羊，在上面悠闲地吃草，不时仰头发出一两声欢快的叫声。有两位身背背篓的彝族阿妹，轻轻驱赶着调皮的牛羊，五彩的百褶裙在湖边轻盈地绽放，如绣在地毯上的两朵艳丽的索玛花。赤脚踩在毛茸茸的草地上，脚下透着软绵绵凉沁沁的舒服，但又不敢太深入。当地人指着对面湖上的一株大树说，这株就是天池里神奇的漂移树，它没有固定的生长地点，常常随了水波流向的变换或沼泽的不确定性而改变自己生长的位置。漂移树也是大瓦山的一奇。

最后一个天然湖泊就在船型山体脚下，海拔已达2100多米。这里的气温明显比山下低许多，每年有五个多月的时间被白雪覆盖，路边长满了森森的高山冷杉和一些茂盛的灌木，错落成一种原始的自然生态。在一块近似于高山草甸的地方，在数百亩平缓的山坡上，当地人种植的药材"川牛膝"却茂盛地生长着，星星点点的花朵迎着夏日的阳光开放，金黄色的花朵组成了花的海洋，山坡上到处散发着阵阵幽幽的花香和药香。这里的路边和林间，生长着很多矮壮的杜鹃树，每年三、四月，大瓦山以及山下的五连池湿地，到处长满了五彩斑斓的高山杜鹃，那妖娆艳丽的景象，不是一个"美"字所能形容的。

在最后的鱼池，我们又邂逅了一片花海。只见鱼池这边的沼泽地上，一种芦苇似的植物生长得铺铺排排，其顶端开放出一种娇黄如蝴蝶的花朵，从山脚一直开到湖边，再绕着天然湖泊一路盛开，望去犹如诗意的黄金海岸。踩着面上根须和泥土结成的弹性地皮，沼泽地柔性十足却有惊无险。如果深入到齐胸的花丛中去，你就会立即淹没在花海之中，只见花影动，不见人徘徊……

　　穿过花海来到湖边，感觉这瓦山脚下的湖泊和前面的天池大小接近。湖泊四周长满了茂密的植物，构成丰富的色彩和层次，倒映在碧蓝的湖面上，使湖水更见幽深。湖边有三两垂钓者守望着湖面，湖中有几只游船在缓缓漂荡。威尔逊先生对大瓦山的动植物做了考察后评价道："我在中国攀登过许多山，并进行野外植物采集，有一些山比大瓦山高得多，但却没有发现比这里更丰富的冷温植物，特别是开花的灌木。总而言之，由于大瓦山有丰富的植物，独特的动物，奇异非凡的地质构造，以及大瓦山顶上'壮丽堂皇的天然公园'，大瓦山在许多方面都值得自然科学家去关注。"大瓦山也被植物学家贝伯尔普称赞为"世间最具魔力的天然公园"。

　　湖那边的大瓦山，更加近距离地矗立在我们面前，清晰得可以看见步行登山的小道。站在大瓦山下，任何人都会产生往上攀爬的强烈欲望——在3000多米的云雾上，在那片平顶之上的原始森林中，到底是怎样的魔幻世界？90多年前，英国探险家威尔逊曾这样心醉神迷地描述："一丛丛高大的杜鹃灌木装饰着这里，残余的冷杉及其幼树散布在周围；间或有空地，上面生长着秋牡丹和樱草。在那么高的山顶上，竟然还有小溪蜿蜒而行。"

　　大瓦山顶上的台地周围都是陡峭如削的悬崖，绝壁高度都在1600米左右，要登上山顶实属不易。登顶之行，需从瓦山坪往上攀登，我们的脚步几乎是在杜鹃林里穿梭，面前依然是无休止的陡峭山路和无休无止的茂密森林。停下来喘气之际，我们看到不远处居然有个山门，可略作休息。过了山门继续前进，随着海拔的升高，山路越来越险峻，雾气越来越重，我们几乎攀行在云里；汗水湿透的衣服，被山风呼呼吹过，透心的凉。幸好前人在陡峭的崖壁上搭建了若干木梯，我们才得以继续登高。其间有一个只有不到50公分宽的山缝，中间是一个十多米高的木梯，木梯旁边的护栏仅仅是两根细细的铁丝，必须侧身抓住铁丝一步一步往上爬行。而滚龙岗更为险峻，仅有70公分左右宽的山埂可以通行，两边则是万丈的悬崖。登上最后一个木梯，小心穿过一条栈道，便成功登顶。山巅林木挤挤挨挨，古藤纠纠缠缠，植被非常茂盛。山巅有一小庙可供晚上栖身，等待次日清晨观看日出。当第一缕霞光映照大瓦山，我们伫立山巅向远处望去，太阳缓缓升起在地平线上，峨眉山和瓦屋山依稀可见。

不过，人类还是不要太多地打搅那片原始森林的好，就让那里的各种珍稀动物，不要因我们的关注和造访而受到惊吓；就让威尔逊所见到的那些杜鹃、冷杉、秋牡丹和樱草，自由快乐地生长……

壮美金口大峡谷

大渡河从贡嘎山下奔腾而来，在经过泸定、汉源后，便进入小凉山地界。这里山势雄峻，山岩陡峭，挤挤挨挨的山峰把大渡河逼成窄窄的一线，汹涌的河水在地壳的裂缝中怒吼咆哮，奔突激荡。险峻的高山和湍急的流水，组成了数十里雄伟壮丽的画卷。这就是位于大渡河上的被称为中国最美十大峡谷之一的金口大峡谷。

清人陈登龙偶然到此，见这里景象奇伟，大为感叹，写下《金口隘》一诗："崇冈抱金口，半壁控西陲。山势趋罗目，关门扼野夷。"诗中写的就是这样一种奇特的峡谷地貌。那里的山和水组成的雄伟图画，总是如梦如幻、如诗如画地吸引着来者。站在大渡河谷举目望去，左面是山，右面还是山，且两边的山都高耸入云，气势非凡。从上游奔来的大渡河，就从这大山的皱褶中哗哗流过。

其实我们一出峨边县城，大峡谷地貌就在眼前展开了。两岸陡峭的山崖间，大渡河奔腾咆哮，组成壮丽多姿的近百里峡谷画廊。其间有电站拦起的高峡平湖，有兀立江心的奇峰独秀，有激荡江涛的中流砥柱，有两峰对峙、一水中流，有飞泉弹奏的峡谷清音，有虎踞龙盘的山水奇观，多姿多彩，气象万千，令人目不暇接。大峡谷的精华在金口河城区上游十余公里。驱车沿大渡河右岸的公路逆流而上不久，两岸的山便渐渐靠拢了来，渐渐地没有了城市、工厂、庄稼和农舍。在山峰势欲合围的峡谷当口，矗立着一座仿原生态的石碑，其上大书"大渡河金口大峡谷"，算是给这片独特的景致做了一个注解。经过石碑，就是真正意义上的金口大峡谷了。

我每一次来到这里，都会立即被眼前的景象所征服。两岸的山峰凌空逼视，将河谷挤成窄窄的空间，窄的地方仅四五十米。即使才中午过后，西边的山岩已不见了阳光，在阴影中冷峻地矗立着。嶙峋的山体如刀劈斧削，其间处处可见深深浅浅的裂缝，一些裂缝自上而下，深不可测，又形成了一些大大小小的峡谷。站在谷中往上游望去，千姿百态的大山，重重叠叠，云缠雾绕，巍峨雄峻，蔚为壮观。

大渡河就从迷蒙的远山流来，从这狭窄的河谷中流过。这条发源于青海的涓涓细流，经过阿坝之后逐渐长大，来到小凉山中便成猛兽，在峡谷中左冲右突，怒吼跌撞，如发怒的野马群。高高的波浪在嶙峋的岩石间激起洁白的水沫，发出轰轰的声响。峡谷中杂树繁茂，野藤披拂，一派郁郁葱葱；娇艳的迎春花和一些不知名的山花，在河谷中摇曳生姿。一些涓涓的瀑布或溪流，从岩顶或山脚的缝隙中流出来，给阳刚的峡谷增添了些许柔媚之气。尽管这次只是匆匆一瞥，但这山、这水、这幽深峡谷，给我留下了终身难忘的印象。

奇险狭窄的峡谷之上，有几座铁索桥横牵在大渡河之上，连接起大渡河的两岸，沟通着峡谷山民的往来。走上晃晃悠悠的铁索桥，头上是陡峭山崖挤成一线的狭窄天空，脚下是江水翻腾的河谷，而自己则是峡谷半空中的一个小黑点，仿佛随时都有可能被两边粗暴的山崖挤碎。此时我才明白，不走上索桥，不知道山有多高，谷有多深；走上索桥，是对过往岁月的一种寻觅，对每个人肝胆的一种考验。面对被造山运动撕裂的大峡谷，面对相互逼视了亿万年的陡峭山崖，你会产生时空穿越之感，恍惚间你又回到亿万年前，不知今夕何夕。

是的，凝望那些经历沧海桑田后仍耸立如初的山峰，会让人产生无尽的遐想。这些山峰多姿多彩，或如灵猴望月，或如神鹰凌空，或似佛像庄严，或似仙女翩跹。总之，这里的每一处山岩，每一座云峰，都是一个优美的传说，都能拓展你的想象空间。令人称奇的还有那些攀缘在绝壁上奇险绝伦的羊肠小道，于无路可走之处延伸出山路来，不时会看见一些山民背着背篓从山腰走来，据说最陡的地方需要溜索或搭木梯上下，那是怎样的一种奇险和艰难？还有偶尔出现在逼窄陡峭的山壁上的农家房舍，演绎着"远上寒山石径斜，白云生处有人家"的诗情画意，但那确乎不是诗情画意，而是不得已而为之，是峡谷人家顽强的生存意志和信念。

从大峡谷也可登上大瓦山，要选择右岸的白熊沟往里走。这里先民所谓的"白熊"，其实就是今天的国宝大熊猫，说明更早时候的大峡谷，已经是大熊猫出没的地方。白熊沟是一条较宽较深的峡谷，峡谷口一座铁路桥凌空飞架，如彩练当空，令人叹为观止。从桥下一节简陋的栈道上走过，沿一条小溪边的小道向里深入，峡谷中的空间更为逼仄，山势愈显高峻峥嵘。山风从山谷深处吹来，也更加狂野而凛冽，吹得人先有了几分敬畏。好在峡谷中的小路并不难走，风景也有别于谷口的大峡谷。向峡谷更深处望去，白云在远处的山巅上悠悠游荡，山岚在山腰蒸腾变幻。一匹素绢似的瀑布，从高山之上云烟深处垂落而下，又消隐在了半山腰的云烟深处，叫人不知所终。据说从这里可以一直走到大瓦山脚下，只是我们没有什么准备，不敢贸然深入。

但在一个叫"道林子"的小峡谷中，我们获得了另一种欣喜。

这条峡谷与大峡谷方向垂直，是大峡谷中无数小裂缝中的一条，但其切入的深度，一点也不比其他裂缝小。这条大山裂缝的吸引人处，就在于这峡谷的怀抱中，有一个新建的移民新村，这里弥漫着浓浓的温馨的人间烟火，也洋溢着欣欣向荣的现代气息。

新村建于半山腰难得的一块平缓地带，三溜装饰考究的房子构成两条民族风情商业街，有几家商店和宾馆、卫生室、警务室等。街口蓬松地生长着一株古老的黄桷树，街尾临谷处建有观景的仿古凉亭。移民新村的居民大都是近年从大峡谷的高山上搬迁下来的，他们过去生活在陡峭的山崖之上，行走在凌空绝壁之间，现在终于告别了刀耕火种的日子，或在大渡河上的水电站上班，或外出打工经商，除了每年采摘花椒或天麻的季节，他们一般不再需要去攀援那绝壁上的小道,不再需要去经历那种惊心动魄的过程。

  大渡河奔腾不息,大峡谷横陈万年。来到大渡河金口大峡谷,在感受大自然之神奇、感叹山川之壮美的同时,收获的是对自然和历史瞬间与永恒、变与不变的思索。

妖娆多姿美女峰

"大峨两山相对开,小峨迤逦中峨来。三峨之秀甲天下,何须涉海寻蓬莱。"宋代诗人范成大在此诗中,描绘了峨眉连山的壮美画卷,赞美了峨眉山的秀美风光。其中小峨、中峨都在沙湾境内,"小峨"指美女峰所在的三峨山。

美女峰下沙湾区作协的朋友,经常召集我们这些文字爱好者,来这里聚会、采风。

美女峰地处大渡河下游,系峨眉山脉第三峰,海拔2000多米,被称做"三峨山",是一处堪与峨眉山齐名的风景名胜,也是国家级森林公园。峨山又称绥山,郭沫若家里的私塾就叫"绥山山馆"。绥山毓秀,沫水钟灵,是人们对沙湾这方水土的称赞。

范成大把包括美女峰在内的峨眉连绵三山,赞誉为天下第一美景,说是欣赏过这里的美景后,连海上蓬莱仙境都不用再去,可见此处风景之绝佳。明朝杨慎(升庵)诗云:"我到嘉州方一日,凌云寺前雾与晴,云开天露三峨影,日下烟消万井明……"可见美女峰秀色早已闻名遐迩。当然没有历史记载,范成大和杨升庵的足迹曾流连在三峨山,但他们的目光肯定是投向过这里的,不然他们对峨眉三山各自的特点就不会有这么准确的把握。

但有一个人肯定是来过的,因为这里就是他的出生地。他就是郭沫若。笔者很早就读过他在《洪波曲》中介绍家乡美女峰的文字:"那潇洒飘逸的长发,那端庄匀称的五官,那标志着青春妙龄的丰满乳峰……,无不令人诗情万丈,浮想翩翩。"读着这段文字,总让人对他故乡的美女峰,产生无尽的遐想和无限的神往。因此每次来到他的出生地——四川乐山市沙湾古镇,总要将目光投向车窗之外或久久伫立在大渡河边,纵目眺望横陈蓝天之下的美女峰,一睹这位睡美人的丰韵。每当雨后天晴,色彩非常明媚,轮廓非常清晰,连绵起伏的山形,恰似一位仰卧在大渡河畔的美女,头枕峨眉山诸峰,脚踏大渡河碧波,神态安详,惹人遐思。

郭沫若少年时,非常喜欢家乡的风物,诸如茶土寺、茶溪、大渡河古渡口以及对岸的一溜连绵浅山,他都留下过生动的文字甚至是诗句,尤其是家乡别号"绥山"的峨眉山。

整个峨眉山地区,海拔都较高。一到冬天,山中粉装玉砌。积雪如玉的峰峦,出露在行云漫雾之中,半掩着动人的肌肤,恰似芙蓉出水。郭沫若先生自幼就喜欢美女峰上的白雪,他常常站在自家的窗前,默默眺望山顶上的白雪,放飞着自己的梦想。郭沫若有诗云:"早起临轩满望愁,小园寒雀声啁啾。无端一夜风和雨,忍使峨眉白了头。"(《早起》)

我们乘车溯大渡河而上，路边的河滩和庄稼地相间铺陈，春天的河水碧蓝得令人心醉。行十余公里后，车便驶入三峨山的幽林绿树中。挺拔山体上的景区公路，如诗人的九曲愁肠；一户户幽林中的农家，幻灯一般从车窗外闪过；路边一丛丛的野花，开得热烈芬芳，清新明媚。其间经过一座正在扩建的古寺，那高高的屋脊，古朴的山门，掩映在一片葱绿之中，为这处风景名胜之地做了很好的点缀，也是三峨山历史的一个很好注释。

在美女峰的半山处，有一块数十亩的台地，台地靠山脚是美女峰红墙碧瓦的山门和平整的停车场。终于有机会亲密接触，我们迫不及待越过山门，走进了美女峰的景致。最先迎接我们的是一级叠一级的石阶，铺铺排排地挂在陡峭山崖之上，组成"高路入云端"的诗情画意。路边是茂盛生长的混交林，春天的树木呈现出丰富的色彩和层次。太多的青枝绿叶簇拥在石级旁，或团团簇簇或星星点点的野花散落在绿色中，将美女峰装扮得春意盎然，无比妖娆，也使挂在山岩上一路攀高的石径更显悠远深邃。

美女峰为国家森林公园，位于海拔900～2000米之间，占地近2000公顷，公园内常绿阔叶林、落叶林、针叶林、灌丛等植被带依次分布。这里生长着750余种野生植物和84种野生动物，构成了绚丽多姿的森林生态群落。藤缠树、树抱石、石附藤、奇花异卉，万紫千红，野趣横生。丰富的动植物资源，使公园成为一座巨大的天然动植物博物馆。春观花，夏览绿，秋赏叶，冬看雪，美景层出不穷。

随着大家脚步的登高，视野越来越开阔。附近深谷里的树木和人家，山脚下蓝色蜿蜒的大渡河，以及河对岸依次排开的连绵群山，尽在我们的视野之中。偶尔有灰色坚硬的玄武岩，裸露在茂密的藤蔓和芳草之间，突兀而嶙峋。一些涓涓的山泉，如弹琴般从岩缝里叮咚垂落，在半壁或岩脚形成或深或浅的一处水洼，泉水清冽见底，甘甜沁肺；水洼四周长着青绿的蕨类和苔藓植物，点缀着星星点点的小花，十分可爱。有不少松鼠，从路边的树枝上飞快窜过，蓬松的尾巴一闪便不见了踪迹。最让人心醉的是山中的鸟啼，清脆悦耳，清雅迷人，但大多只闻啼鸣不见鸟影，是娇羞还是俏皮，不得而知。只有杜鹃鸟的吟唱是可以辨别的，"杜宇春归望杜鹃"，这叫声透着几分缠绵揪心的凄美。

真是高路入云端啊！久居书斋的我们，一路大汗淋漓，直呼痛快。来到美女峰的乳峰之上，地势反而平缓下来了。因为这平缓，大家可以舒缓筋骨放松心情，投入地领略山中的美景神韵。

美女峰石林位于海拔800～1337米的美女峰乳峰间，面积约10平方公里。石林山石奇美，植物茂盛，是美女峰景区的精华所在。地质专家评价"沙湾石林属川西南独一无二的岩溶景观"，独具"奇、珍、巧、野"之特色。

旅游部门的朋友告诉我，石林中有飞泉、蔓径、盆景、竹林、万佛寺、俑林、石门、莲花峰、石林街、撕栎包、溶洞、百花园等众多景观，那些石峰石笋，似动犹静，形态万千。藤缠石、树夹石等组成一个个石盆景，石树争辉，千姿百态。更有生动者，如石豹、石猴、石象、沫水神女、长袖观音、仙女列队、美女舒袖、雪莲初绽等鬼斧神工的自然造化。此外，公园内有溶洞穿山而过，有清泉瀑布绕石而行，集"山、石、峰、洞、泉"于一体，兼具位高、险峻、秀丽等特点。石林分为迷境、万佛、俑林、石街四大景群，其中俑林中有一突兀响石，击之铿锵，若古刹晚钟悠扬回荡，为石林一绝。

这样的介绍过于专业而附会，但足可以激起我们游览的兴致。

他还讲了一个关于美女峰石林的传说，将美女峰石林和《山海经》扯上了关系。说是远古时期，女娲用五色石补苍天之后，累得筋疲力尽，连散落在身上的碎石都没有力气拂去，便躺在了这大渡河边沉沉睡去，这一睡就没再醒来，最后变成了这座美女峰。这片千奇百怪的石林，就是那些补苍天后剩下的来不及拂去的石头。几万年的春来冬去，几万年的冰消雪融，几万年的风雕雨琢，才成了今天的形象，难怪它们显得那么高贵神秘、苍凉冷峻了。

于是，人们对号入座，努力地要从每一处奇石上，找出与人或物接近的形态。哪些是前人认定的石像石蛙？哪些是前人文章中的美女神女？前面有一怪石拔地而起，是否像冲天的飞鹰？那里有两株石笋相依并立，是否是传说中忠贞相守的情侣？路边的石头相对而出依次排列，是否是迎接绥山女神的仪仗？旁边的巨石之上还有一石，是否是望月的灵猴，或者是《红楼梦》中的通灵宝玉？结果发现以这种先入为主的方式游览观光，太累也太没有自我。

其实,面对这千奇百怪的石头,只需跟着感觉走就够了。最主要的是,我们和这些造型各异的石头两相对望时,能够努力走进它们的内心世界里去。我深信,美女峰的石头会唱歌,石林里的这些石头都是有思想有感情的。比如石头和树根的拥抱,表明了大自然刚柔相济、和谐共生的哲理;比如美女舒袖的造型,是奔月的嫦娥月宫寂寞生活的写照;比如从依崖独立的石头上,可以感悟到"日暮乡关何处是"的游子乡愁;从酷似沫水神女的石头,可以想到郭老关于《女神》的吟哦,等等。

静静坐在这些石头中间,目光和它们进行无声的交流,它们默默注视着你,你也默默打量着它们。我从它们千姿百态的肢体语言中,得到了心灵的沟通、感情的释放。而且我觉得,和这些石头的交流与沟通,比人类之间的交流与沟通单纯得多,也容易得多。置身在这些有思想和温度的石头间,恍惚中你也变成了它们中的一块石头。真如李白当年面对敬亭山发出的感慨:"相看两不厌,只有敬亭山。"

下山来,山门外有间草亭,临崖而立,凳子三五。结束登山的我们,便来草亭舒展筋骨,观山望景,度过一段闲散时光。

神奇幽幻黑竹沟

在地球北纬35°线上，有很多神秘奇特的自然现象，成为科学家们迷惑不已的科学谜团。乐山的国家森林公园黑竹沟，就是其中一个。

黑竹沟，位于小凉山中段，一片莽莽苍苍的原始森林，面积800多平方公里，海拔高度1500～4300米。这里古木参天，箭竹丛生，奇花怒放，异石纵横，山泉奔涌，瀑布轰鸣，岩壁千仞，峰回路转，云雾升腾，气象万千，珍禽异兽，出没其间。猴鸣之声随处可闻，熊猫行踪随处可觅，成为集雄、险、奇、秀、原始、珍稀、神秘、清幽于一体的自然景区。

我们喜欢把黑竹沟比作神奇的"百慕大"，这也得到了中外学界的一致认可。黑竹沟生态原始，物种珍稀，景观独特。千百年来，种种神秘的传说和奇特的现象，为这处原始森林笼罩着一层又一层神秘的面纱。说起黑竹沟的神秘之处，有谚语云：黑竹沟，黑竹沟，十人提起十人愁。猎犬入内无踪影，壮士一去不回头。当地彝语称之为"斯豁"，意即"死亡之谷"。

传说三国时，诸葛亮屯兵雅安周公山，温泉沐浴后，梦见周公托梦：对南夷部族，应当攻心为上，不可斩尽杀绝。诸葛亮恍然大悟，于是有了千年传诵的"七擒孟获，七擒七纵"的故事。在长篇电视连续剧《三国演义》中就有这样的情节：蜀军南征，遇瘴气所迷，兵将昏厥无数，加之迷失方向，损失惨重。后来依靠当地通司向导，才走出死亡迷谷。首领孟获终于在诸葛亮丞相恩威并重的感召和压力之下，归顺蜀汉政权。

当地人幽默地讲：黑竹沟是一个"盛产"雾的山谷，一旦深入其中，会把你包围，把你吞没。据专家解释，石门关一带有强大的地磁偏角现象，会使指南针失去作用；这里有毒性很大的瘴气，主要成分是甲烷，人一旦被它缠上就很难脱身。所以景区管理部门规定：下午四点后游人一律禁止入沟。

黑竹沟的绝佳风景和丰富生态着实吸引了众人的目光。这里有大小景点73个，集中了山、水、林、温泉、石林等多种景观资源，是一个神奇之地。这里也是大熊猫的乐园、杜鹃花的王国、珙桐的世界。春光明媚之际，沟内珙桐花开，形如白鸽展翅，漫山飘舞，其种类之多，分布面积之广，花期之长，气势之壮观，为其他景区所不及。海拔3600～4000米的马鞍山主峰东坡，万亩杜鹃盛开，姹紫嫣红，其壮美的程度，让人如临仙境、如浴花海。这里有大熊猫、山鹧鸪等国家珍稀濒危保护动物30余种，其中尤以大凉疣螈、河坪角蟾、大蹼角蟾等为特有，具有极高的观赏和科研价值。

1989—1993年间，黑竹沟镇相继发生大熊猫吃羊事件，当地村民还现场逮着一只正在吃羊的大熊猫。后来这只大熊猫被送到了卧龙自然保护区，取名为"哈斯"，至今还生活在卧龙。为了追寻黑竹沟的熊猫踪迹，《走进科学》拍摄组在向导摄影家李天社的带领下，深入到黑竹沟的野人谷等地，寻找当年他拍摄到野人踪迹的地方，并听取了熊猫吃羊的详细介绍。黑竹沟的熊猫为什么会吃羊呢？熊猫研究专家周小平说："熊猫虽以草食为主，但本是肉食性动物，当它们发现羊被树藤缠绕住不能跑时，就恢复到原来的本性，吃羊了。后来它们发现羊肉味道很美，就会追到人家的羊圈里咬羊。"

黑竹沟纵深约三十公里，由于地势险峻，形成了"一山有四季，十里不同天"的垂直立体气候，海拔2000米左右的地区分布着成片的三月竹，而在此之上的高山区，分布着成片的箭竹，为大熊猫提供了良好的栖息场所，特别适合大熊猫生存。黑竹沟境内的大熊猫有七十多只。

新发现的溶洞，位于峨边彝族自治县哈曲乡巴溪村，这里是黑竹沟原始森林的腹地。

"发现溶洞也不是偶然。"溶洞的发现者之一、年逾花甲的彝族老人沙玛沙批说。很多年以前，他便知道这里有一个洞，特别是到了夏天的时候，能够在洞口附近听到里面传出"轰隆隆"的声音。当沙玛沙批还很小的时候，家里的一只羊掉进了洞里，父亲找来两根长绳拴在他的身上，将他放进了洞。凭借火把的微弱光亮，沙玛沙批发现这个洞"奇形怪状的"。但他没敢往里走，牵着羊被父亲拉了出去。此后的很多年，老人再也没敢涉足，当地人也没有谁进去过。这个神秘的溶洞成了一个谜。

专家认为，溶洞生成于距今2亿多年前的二叠纪时期，主要的岩性为大理岩、石灰岩、碎石峭带。由于洞内大理岩、石灰岩等地质较为稳定，大约在100万年前，逐渐生成了规模宏大的钟乳石、钟乳岩瀑布群。黑竹沟溶洞的形成年代和规模，在川西南地区、大渡河流域尚属罕见，具有一定的开发价值。

黑竹沟还有一处神奇的景点——阴阳界。阴阳界位于马鞍山由南向北的山脊地段。当云海一靠近山脊，便被一道无形的高墙挡住去路，不能越山西去，只能聚集在山脊东侧上下翻卷。在此观景，放眼西望，凉山州甘洛县境内常常是晴空万里，艳阳高照，天空中悠悠白云可以慢慢地飘过山脊向东而去；举目东眺，黑竹沟内常常是浓雾弥漫，云海翻腾。此种一条山脊把蓝色的天空沿南北两个方向，分成西明东暗两大部分的气象景观，甚是奇特。

神秘秀美大风顶

地处马边境内的大风顶,雄踞在大小凉山之间,以其卓尔不群的风姿,纯美神秘的芳容,成为马边人民"心中的女神"。

出边城,沿马边河而上,两岸高山耸立,岚雾蒸腾,如给女神披上的神秘面纱。过白家湾,上暴风坪,穿斯泽达,来到大风顶脚下的牯鲁包时,大风顶就在眼前。向上眺望,山势挺拔,林木葱郁,大风顶的最高峰直插云霄,挑战似地俯瞰着人们。而它海拔4000多米的最高峰,却藏在一片云遮雾绕之中,不见庐山真面目。

比峨眉山还高出千米的大风顶,在众多的蜀山神女中也算得高挑了。它地处四川盆地和云贵高原的过渡地带,西邻美姑,南接雷波,呈一狭长地带,东西宽十五公里,南北长三十七公里,总面积三万多公顷。大风顶属华西雨屏带,气候垂直变化明显,山势陡峭,高低悬殊,植物垂直带谱明显,完整地保存了从亚热带山地常绿阔叶林至高山草甸等多种不同的森林系统类型。动植物资源极其丰富,是世界上亚热带山地动植物资源保存最完整的地区之一。已记录的高等植物有近200科，2400多种。已记录的动物种类5000多种，其中有珍稀动物大熊猫、牛羚、小熊猫、豹、猕猴、虹腹角雉、白腹锦鸡、白鹤等30余种。珍稀植物有珙桐、银杏、连香树、红豆杉等，还盛产天麻、贝母、牛膝等名贵药物。

在女神温暖的怀抱中，生长着幸福的万物精灵。保护区地处中国西南山地地区，这里是全球生物多样性保护二十五个热点地区之一，是大熊猫生活的一块宝地。保护区内现有的野生大熊猫占整个凉山山系大熊猫总数的2/3，并与相邻的美姑、峨边、雷波等地形成独立的凉山大熊猫野生种群，既是野生大熊猫生存繁衍的重要地带，又具有与邛崃山系和岷山山系不同的特征，成为大熊猫野生种群和遗传多样性保护的关键区域之一。赠台的大熊猫"团团""圆圆"也是从大风顶送出去的。

还有比它俩更早下山的熊猫。1986年，春暖花开时节，山岚轻拂，天高云淡，小凉山上一片秀丽的风光。这天一大早，一只年轻的雌性大熊猫来到苏坝乡白阳槽村大埂组云盘儿山中，它憨态可掬、优哉游哉地尽情享受着大自然的美妙，虽然感觉环境陌生，也没在意。忽然它发现一丛茂密的大叶筇竹，竹下嫩笋密布，如此美食诱惑着它，它欢叫一声跑上前去，掰下一棵棵竹笋猛吃起来，美滋滋，乐悠悠。不料被村民发现，引来一阵围观。熊猫受了惊吓，夺路而逃，不料跑到一处名叫狮子头的地方，四脚陷进一片沼泽不能动弹，被围上来的村民捉住，费尽周折抬下狮子崖。熊猫被救回县林业局，经过兽医仔细检查，它虽然受了伤，但身体状况不错。后来县林业局将其送进了成都大熊猫繁育研究基地。因为它是在苏坝乡被发现的，所以为它取名为"苏苏"。

苏苏一出山就成了明星。1987年6月苏苏出访荷兰，在公园亮相时，荷兰贝纳特亲王和前女王朱丽安娜乘专机出席，并亲自主持开幕式，升起了纪念旗。世界野生动物基金会荷兰分会主席诺特维·范卫恩夫人在开幕式上宣布，从该日起，荷兰发起为中国大熊猫的募捐活动。后来苏苏成了众多熊猫的母亲和祖母。在它的子孙中，最有名的有两个，一个是它出生于1992年的儿子，巴塞罗那奥运会开幕当天，国际奥委会主席萨马兰奇给了它一个响亮的名字——"科比"；另一个是它的孙女、科比的女儿"晶晶"，北京奥运会福娃"晶晶"就是以它为原形的。

离开大熊猫保护区，再往前攀登，便来到神奇的"阴阳界"。这里以狭窄的山脊为界，南面云蒸霞蔚，雾涛汹涌，山峦时隐时现；北面却是晴空万里，树木茂盛。人们面对这一景色，不能不感叹大自然造就的奇观，真的是"一山两重天"。翻过阴阳界，但见古木参天，山花烂漫，山峰峭立，怪石嶙峋。因海拔较高，虽然山下夏天已至，花期已过，但这里的杜鹃花却开得满山遍野，让你又一次回到春天的怀抱，感受浓浓的春意。

攀援到一个彝语叫"觉罗豁"（汉语：雄鹰歇足的地方）的山梁，这里的海拔3150米！我们到达觉罗豁，便选择留在此地，在一牧羊棚里歇息过夜。吃着窝棚主人做的羊肉和米饭,听着彝族老人讲彝族神话"阿西美美"和大熊猫的传说,听他给我们唱起彝族情歌。老人忧伤的曲调令人感伤,在这高寒之夜,别有一番滋味。

翌日天明,收拾行囊,我们开始了攀登觉罗豁顶峰的艰难冲刺。

在路边的冷杉林中,经过的人们会发现树干上绑着一种盒子式的机关,这就是为拍摄大熊猫活动情况准备的红外感应相机。据媒体报道:2012年4月的一天,高卓营保护站工作人员按计划前往相机安装点采集数据,却发现牢固绑在大树上的相机不见了。这里山深林密,人迹罕至,谁会跑来偷相机呢?他马上仔细查找,最终在30米外发现已被毁坏了的相机残骸。幸运的是,储存卡还在,而且数据没有受损。经四川省林业厅野保站专家鉴定,确认拍到的就是大熊猫。人们这才恍然大悟,原来毁坏相机的"罪魁祸首",居然是国宝大熊猫。储存卡显示,刚开始时,大熊猫在相机镜头周围徘徊。不久后它发现了相机,不仅将脸凑到镜头前,还强行把相机拆下,当成了自己的玩具,最终将相机毁坏,扔到了附近树林中。

在海拔3000多米的大草坪附近,一片茂密的原始森林突然出现在眼前,荆棘丛生,冷杉林立。在崎岖山路和蔽日的密林中行进,奇花异草不时拂过眼帘。林中生长着一种大风顶特有的竹子——邛竹。西汉时期,出使西域的张骞在中东地区,发现有通过南丝路贩来的蜀锦等商品,其中的邛竹杖,就是来自马边的这种邛竹,当地人形象地称作"大节竹"。今天邛竹杖已不再是馈赠友人的佳品和达官贵人显示身份的象征，邛竹林已经成为了这里熊猫的食物库。经专家调查后估算，大风顶的野生邛竹很多，分布在附近的高卓营、永红等几个乡镇，是大风顶熊猫的主要食物来源。因此在脚下这片茂密的原始森林中，偶尔会发现被大熊猫掰断的竹笋和它们留下的含有很多竹纤维的粪便。

爬出这片长满木耳和邛竹的森林，爬上海拔3700多米的觉罗豁顶峰，才认识了什么叫"雄鹰歇足的地方"。站在峰顶远眺，起伏群山匍匐于脚下，真的是一览众山小；漂浮的山岚清新透明，似涓涓细流洗濯山峦；天空苍茫邈远，空旷无垠，云天相接，蔚为壮观。

来到大风顶山巅，举目四望，天高地阔。大风顶之巅是一块平地，有5万亩杜鹃花海，10万亩高山草甸。杜鹃花的数量之巨，品种之多，色彩之繁，实属罕见，其中最大的杜鹃堪比荷花，而最小者如纽扣一般。五月里姹紫嫣红，分外妖娆。一池碧水嵌在草甸之中，水面平静，水质清澈，如仙女不慎丢失的铜镜，明净的水面纤尘不染，清晰地倒映着蓝天白云，这就是令人神往的高山湖泊"月亮海子"。海子边草甸上，羊群满山如星星散落，夹杂着悠然吃草的牦牛，纵情撒欢的骏马，纵目望去尽是无边的草原风光，恍惚间宛如来到天山牧场。三三两两的彝族阿咪聚在一起，她们的百褶裙如花一般，在夏天绿色的草甸中绽放，花丛草甸中不时传来她们愉悦的歌声。

但大风顶果如其名，寒风凛冽，刺入肌肤。幸得有遮风挡雨的牧人家可以借宿，有木炭红红的火塘可以取暖，有彝乡甘甜的泡水酒和浓烈的包谷酒可以御寒。夜间无事，当地的老麻苏（彝语：老人）会给你讲述大风顶的诸多神秘传说，借着几分醉意，我们酣睡在海拔近4000米的大风顶之巅，眼望帐篷外面的繁星闪烁，如欣赏着女神身上佩戴的珠玉瑶翠；耳听着远处吹来的阵阵林涛，似聆听女神动人的歌唱。哦，大风顶，你就是天地灵气孕育的美的化身，是小凉山人民心中的女神！

雄踞丝路五指山

古老的沐源川道，是南方丝绸之路重要的一段，而位于沐川南面的五指山，则是行走沐源川道必须翻越的一座山峰。五指山地处四川盆地西南边缘、乌蒙山西北部，位于大渡河、岷江、金沙江腹心地带，属于小凉山支脉，算是那个区域内的第一高山，因而成为沐川与屏山两县的界山。

沐川五指山与海南五指山虽相隔千万里，却有异曲同工之妙。一样的山势起伏跌宕，雄峻崔嵬，山峰高耸入云，奇伟挺直，如伸向天空的五个手指，故而得名；一样的森林茂密，绿意葱茏，生态良好，有"天然氧吧"之称，如一块巨大诱人的绿宝石搁置在大地上；一样的动植物资源丰富，拥有珍稀水杉、桫椤、珙桐等树木两百余种，大熊猫、大鲵、小熊猫等珍稀动物上百种。

雄峻是五指山的气魄。它海拔1500多米，山峰崔嵬，山崖高挺，傲立蓝天，雄视大地。它属于丹霞地貌，在四川极少看见，远望五指山诸峰，在层层叠叠的绿色之中，偶尔会见一山峥嵘，丹崖峭立，色彩如霞，绚烂壮丽又古朴凝重。五指山山势陡峭，道路盘曲，自古以来蜀道艰难，大有"难于上青天"之势。在山脚隧道没有贯通之前，无论古驿道还是新修的盘山路，都要在曲折的山路上艰难攀升，行走其上如登天梯。因其高耸峭拔，气候与山下大不相同，山下已经是春暖花开，山顶依然是大雪覆盖。不过冬天到五指山看雪倒是很好的选择。那满山遍野的白雪，一片晶莹洁白，起伏的山峦如银龙腾跃，大象奔驰，好似北国风光。

但雄峻只是五指山山形的主要方面，它也有灵动出奇的一面。在沐川竹海深处，有一个叫箫洞的景点。传说当年八仙各显神通，精修仙术，善吹箫的韩湘子见万顷竹海，便降下云端，看能否找到适合做箫的竹子。韩湘子见似乎每根竹子都可以裁截为箫，一时无所适从，只得在箫洞里暂住下来，每天削竹弄箫，谁知，这一住就是三年。传说归传说，箫洞却是蜀中不可多得的一处精巧景致。穿过一条被桫椤树和其他植物簇拥的山谷，来到山谷的顶端，便见一壁丹崖横陈在面前，一条硕大的白色水练从高深莫测的空中直泻而下，大有"飞流直下三千尺，疑是银河落九天"的气势，水声浑厚、悠远、飘忽，飞珠溅玉，雨雾扑面，清凉惬意。尤其是山崖造型奇特，呈陶罐状，前、左、右三方百余米高的陡峭山壁，以瀑布为圆心向内合围，整个箫洞形成一个巨大的圆洞，内中空阔宽大，出口狭窄。竹木由下而上，见缝插针，贴岩而生，郁郁葱葱，像是一支绿色的队伍在努力向上攀登。三面山壁的上部岩石向外凸伸，三五米、七八米不等，半腰处向内凹陷，形成一条宽二三米、高近两米的天然走廊，成为箫洞的天然观景台。据专家讲，壁上的岩石叫马牙石，呈红褐色，一层一层地被地壳运动挤压而成，用手一掰，即掉落一块，质地并不紧密。更为奇特的是，在近百米的高度，那一挂瀑布激荡而下，正巧泻落在湖中的千年龟石上，不偏不倚，巧妙天成。如是中午时分，瀑布在龟石上激起的水雾，会折射出七彩虹霓，绚丽神奇。

在箫洞口有幽深洞穴，掩映在青枝绿叶、杂树飞花中。向里看似乎深不见底，站在洞口凉风习习，好似桃花源的入口。洞子通向另一处佳境，不时有穿着朴实的山民，从洞子中走出，真如来自桃花源一般。洞子外峭崖下有清澈水池，娇小可爱，所以这洞子名曰"水月风洞"。据说像这样的溶洞，在五指山区还有几处，但造型与成因却各不相同。比如罗锅凼，整块山崖巨石被千年水流缓慢冲刷成冰川遗迹模样，坑凼相连，大小不一，沟回曲折，下通暗渠。比如黄丹溶洞和张村溶洞，洞内钟乳垂挂，岩石嶙峋，千姿百态，令人称奇。

五指山的灵动，更体现在数万亩竹子上，来这里赏竹、咏竹，不亦悦乎。紧挨五指山主峰，有一片享誉蜀中的竹海。走进这片绿竹的海洋，只见莽莽苍苍、无边无际的全是翠竹。它们或生长于山峰，或深藏于山坳，或摇曳在溪边，或飘舞于崖壁；它们或与桫椤为伴，或与古树为伍，或与山风共舞；它们挤挤挨挨，成林成片，那样铺天盖地，势不可挡。置身竹海，只能任其淹没，让自己的身心来一次绿色的洗礼，使灵魂得以纯净。永福镇的这片竹海，大多是修长柔美的慈竹，品种稍显单一。也许是这片丹霞地貌，最适合慈竹的生长。宋朝一名叫乐史的人写过一首《慈竹》："蜀中何物灵，有竹慈为名。一丛阔娄处，森森数十茎。长茎复短茎，枝叶不峥嵘。去年笋已长，今年笋又生。高低相倚赖，浑如长幼情。"赞美了慈竹不争不怒、宽厚仁慈的谦谦君子品德。

而凉风口的水杉林边，也有一片竹林，那里竹子的品种与永福竹海大不相同。这里也叫芹菜坪、黑熊谷，也许是土壤和气候的原因，这里除保留了大片的原始森林外，其边缘地带生长着不少翠竹。这里的竹子，有纤细柔弱的水竹，有潇湘泪洒的斑竹，还有粗壮如橡的毛竹。水竹大多生长在山谷溪边，而斑竹和毛竹则生长于山坡，山上山下共同组成竹漫山谷、竹浪翻卷的磅礴气势。密竹林下的水池里，常会听见弹琴蛙叮叮咚咚的鸣叫，给竹林增添了幽深宁静之感，不由让人联想到峨眉山万年寺关于绿衣仙子的美丽传说。

竹海深处的碧海丹霞处，有个叫"五里横"的地方，一条曲折而窄小的古道，雕刻在壁立的丹崖之上，古道下面就是百米深谷。这就是连接岷江流域和金沙江流域的古驿道，也是著名的沐源川道的必经之路。古代无论战争或者经商，无数征夫或者商贾，都在五里横留下了深深浅浅的脚印。据五里横不远有古代军事要塞遗址"三言寨"，史书记载这是三国时期诸葛亮南征孟获叛乱屯兵的营寨。当初诸葛亮南征，选择在僰道（今宜宾）的沐源川道上建一屯粮之所，部将杨仪领命而来，见石头岭山岭连绵如苍龙腾跃，山势耸立地势险要，最终选在这里修建要塞。取"三言"之名，是道家的教义，即一生二，二生三，三生万物，有吉祥寓意。据说三国战将赵云首次擒获孟获的地方，就在沐源川道上的沐川境内。如今沐川境内诸葛亮南征的线路清晰可见：徒步灵官堂，爬上黄连坡，经过铜罐寺，走过白果庙，涉过烂泥潭，翻越五指山，穿越老关隘，下到老河坝……

五指山还有一处古寨子"白岩寨"，在五里横以北。这是建于南宋时期的军事要塞，其崖壁呈灰白色，故名白岩，也是古栈道穿越的地方。白岩寨四面皆崖，易守难攻，南宋当局选择这里建立军事堡垒，确实是用心良苦。后寨子荒废，明代朱元璋为实现边疆安宁，又在原址上重建，作为明军的军事中转站。据记载，寨子防御工事完整严密，四面有厚厚的围墙护卫，寨门上有高高的门楼，放置着土炮和滚石等，寨子外建有烽火台，一旦发现敌情就会点燃烽火，关闭寨门，死守关隘。如今，寨子还有寨门和断壁残垣，崖壁上刻有数幅军事征战图，攻防线路历历在目，可以作为当年战火硝烟的凭证。

这里树林茂盛，景色优美，不仅有红豆杉、相思树等珍稀树木生长，也是猴居士们聚集的场所，一只只小猴子窜上窜下，活蹦乱跳，俨然孙悟空游戏花果山一般。

五指山不是无情物，它不仅雄峻、灵动、厚重，而且多情。山中有一处突出的山崖，壁立的山崖刀劈斧削一般，山崖之下一马平川，屋树生烟，这便是"了情岩"。这里流传着一支生死恋歌。传说古代有对情侣，青梅竹马，两情相依，不料遭到父母反对，棒打鸳鸯。二人绝望之余，便相约来到陡崖之上，纵身殉情于山谷之中。后来人们感动于这个故事的凄美，便把这处山崖称作"了情岩"，在山顶建起了"了情寺"。

　　沐溪河畔的五指山，是一扇翡翠雕琢的玉屏，矗立在岷江与金沙江之间，矗立在历史与现实之间。啊，五指山，山岩是你的脊梁，绿色是你的魂魄。

第二辑　触摸绿水

登高眺望，你们是
大地的一行行泪么？

流淌着李冰父子的爱民之泪
流淌着谪仙诗人的多情之泪
流淌着中华民族奔腾激荡
忧喜交加的泪啊
嘉州大地，因之
而丰饶，而深沉，而悲壮……

悠古的犍为郡，积淀了
太多的淤塞，太多的陈迹
你怒吼，奔腾，冲刷，跌宕
然后出落一片净美的图画
一个诗意的海棠香国、嘉美之州

而你们却浑浊了
掬一抔你的清泪
甘甜里有些许苦涩……

江水潺湲绕郭流

我生活在川西南古城乐山。这是一座傍水而居的城市，而且这座城市依傍的不止一两条河流，而是很多条大小不等的江河溪流。这些纵横交错汪洋恣肆的河流，织就一张巨大的水网，将乐山严严地网在其中，形成水绕着城走、城漂在水上的独特景观。因此清代诗人张船山写诗赞道："凌云西岸古嘉州，江水潺湲绕郭流。"

这座以水为基调的城市，其发轫就与水有关。由于它位于岷江、青衣江、大渡河三江交汇处，古时候这里经常发大水，给这片鱼米之乡带来不少灾难。战国时期，开明王鳖灵，率领族人从荆楚之地沿长江而上，来到古蜀国的凌云山下，劈开乌尤山的阻遏，疏浚三江之水，并在这里扎下根来，在岷江东岸的三山九顶之上建起了开明王城。因水而生的开明故城，便成了其后犍为郡城和嘉定府城以及现代乐山城市的发轫之地。秦时蜀郡守李冰在这里二次治水，深挖了麻浩河床，增大了岷江的行洪能力，也进一步形成了"绿影一堆飘不去，推船三面看乌尤"的离堆景观。到唐代，这里的先民为镇三江水怪，在高僧海通和尚的倡议和川西节度使韦皋的主持下，经历近90个春夏秋冬的艰苦鏖战，在三江汇流处的绝崦丹崖上，修建了70多米高的凌云大佛，从此成为这座城市的地标。

"山水在城市中，城市在森林中"，这是联合国教科文组织对乐山的赞誉。凌云连绵的山峰如屏障一般横亘在岷江对岸，白岩山、尖子山、虎头山、老霄顶诸峰错落在楼宇之间。但水依然是这座城市的主题元素。岷江从川西北高原逶迤而来，流经成都、眉山之后进入乐山，在城市北面稍作停留后，便在大佛脚下拥抱了青衣江、大渡河，然后携手奔向滚滚长江。素有"川西玉带"美称的青衣江，穿过川西北高原的重重阻遏，越过"两山对峙、一水中流"的夹江千佛岩，在乐山城郊草鞋渡和大渡河相会。而发源于贡嘎山麓的大渡河，流经康巴藏区和小凉山区，进入沙湾城区，再串起数十个翡翠般的沙洲后，在乐山中心城区与青衣江深情牵手。

围绕这三条江河，城市周围分布着由溪流河汊构成的若干水系。主城区鳞次栉比的楼宇间，清澈的竹公溪由北向南穿城而过，形成一道绿荫夹岸、小桥流水的水乡景观；而青衣江西岸的苏稽城区，秀丽的峨眉河带着峨眉仙山的灵气，在这里绕了一个优美的弯，留下一段田园牧歌般的风光之后，急切地扑进青衣江的千重碧波之中。从凌云山、乌尤山之间劈出的麻浩河，向南在牛华古镇与流花溪汇合，涂抹出一片水乡江南的图画后，牵手涌斯江注入滔滔岷江。同时，乐山城郊的这些水系上，水库、湖泊、堰塘星罗棋布，如仙女遗失的一面面铜镜，给城市平添了几多灵气。

　　河流众多，水系发达，滩涂湿地便多。站在赭红色的乐山城垣上，便可望见凌云大佛对面的江心，一抹沙洲如绿色的凤凰，翔舞在万顷波涛之上，当地人称之为"凤洲岛"。原来岛上全是沙石，夏天洪水一来便淹没得没有踪迹，大佛脚下汪洋恣肆茫茫一片。近十年的夏天涨水，冲来了不少植物淤积在上面，水退后便魔幻般长出了一大片树林和芦苇丛，成了城市的一道景观。如今，这里已打造成了以凤洲岛为中心的城市湿地公园。而在大佛上游嘉定坊外，一到枯水季节便露出一片乱石杂陈的滩涂，这便是神话传说中鳌灵斩杀恶龙的九龙滩。尽管九龙滩寸草不生，却是野鸭、沙鸥、白鹭等水鸟们的天堂。它们或飞翔在河滩上，或信步在江水边，成群结队，野趣盎然。每当游船经过，它们就表演似地成群飞起，赢得游人一片喝彩。

　　在乐山近百平方公里的城区，像凤洲岛、九龙滩这样的江心沙洲还有很多，单是从沙湾到老城区的一段河面，就有大小不一的岛子数十个，如翡翠一般散落在大渡河上。其中不少沙洲都无人居住，成了被保护的天然湿地。这些湿地上，灌木遍地，芦苇丛生，野花盛开，鸥鸟云集。也有一些有人居住的岛子，岛子中间是耕地和人家，周边是滩涂和湿地，人和野生动物在沙洲上和谐共生，构成了一幅动人的画面。

　　乐山人对水的热爱和崇拜与生俱来，水图腾和码头文化也应运而生。古时候，三江之滨建有龙王庙不下十处，如今只有五通桥的龙神庙还在。尽管如此，每年端午赛龙舟的习俗却保留至今，人们举办了若干届声势浩大的乐山国际龙舟赛以及赛龙舟、放河灯、抢鸭子等丰富多彩的民俗活动。因为水上交通的顺畅，该地商业贸易也非常繁荣，古代为"南方丝路"的交通要冲，三江之上舟楫往来不绝。郭沫若曾有诗云："三两渔火疑星落，千百帆樯戴月收。"

生活在乐山这座水城是幸运的。围绕着水，我便多了许多生活的闲情逸致。比如约了朋友，到江边亲水的茶园喝茶，静听涛声阵阵，闲看芦苇飘雪；比如独自漫步在赭红的古城垣上，静静放飞思古之情，细心体会刘禹锡"山围故国周遭在，潮打空城寂寞回"中的深邃意味；比如到江边散步，看人们打鱼、垂钓或搬罾，感受水城的别样风情；再比如去那些沙洲、滩涂和湿地，观察鸟们诗意地飞翔和栖息。

我最喜欢的还是看大渡河落日。每当天晴的黄昏时分，一轮落日便出现在城市西边，灿烂的晚霞勾勒出峨眉清晰的山影，将大渡河映照得酒醉般绯红，江心的波涛、沙洲以及山崖上的大佛、岸边的城市，都被霞光涂抹得辉煌壮丽，整个画面既热烈又凝重，写意着"一道残阳铺水中，半江瑟瑟半江红"的意境。随着晚霞渐渐消失，城市的华灯渐次亮了起来，梦幻般的灯光倒映在水中，闪闪烁烁如跃动的金子。此时你会想起郭沫若的名句来："远远的街灯明了，好像闪着无数的明星。天上的明星现了，好像点着无数的街灯。"

三面临水，一面靠山。行走在这座山环水绕的城市，我更能感受到水对于生活的非凡意义。我想，正是因了水，才有了这座城市，才有了威镇三江的乐山大佛；正是因了水，因了水中珠串般的沙洲湿地，城市的景色才多了几分润泽和生机，多了几许内涵和魅力。

千里岷江千里浪

岷江是流经乐山的第一大河，也是蜀中父老的母亲河。

自古以来，人们都将岷江看作长江的源头。《山海经·古水经》言："岷三江：首，大江，出汶山。""岷山导江，泉流深远，盛为四渎之首。"渎水即岷江，又称汶水、汶江、汶川，因先秦以来即视为长江上源，故又称江、江水、大江水。近年来经科学考证，长江之首为金沙江，长江源头也在金沙江上游，但这并不影响岷江作为长江流域水量最大支流的重要地位，也并不能冲淡岷江在历史文化上的丰富内涵。

现在科学定义岷江，是长江上游左岸一级支流，发源于岷山南麓松潘县郎架岭，有东西两源，西源潘州河，出自松潘县朗架岭；东源漳腊河，出自松潘县弓杠岭斗鸡台。二源汇合后，南流经松潘县城，至都江堰市，被都江堰引水工程分为内外江。外江为干流，经过新津、彭山、眉山市直达乐山市。在"乐山大佛"处的凌云山，从右侧纳大渡河及其支流青衣江，到宜宾合江门汇入长江，干流全长800

公里，天然落差约3600米。都江堰以上为上游段，河谷幽深，山坡陡峭，水流湍急，水能丰富；都江堰至乐山市为中游段；乐山市以下为下游段。正如郭璞《江赋》所言，岷江"呼吸万里，吐纳灵潮，自然往复，或夕或朝。激逸势以前驱，乃鼓怒而作涛。峨嵋为泉阳之揭，玉垒作东别之标。"

在松潘县和九寨沟县交界处，有一座海拔3700米的弓杠岭，山的北麓林茂树密，灌木葱郁；南麓松柏稀疏，砾石横生。春夏时天蓝地绿，百花争艳；秋冬时风雪迷道，人难立稳。山脚的草甸上树立着一块石碑，上书"岷江源"三个大字；旁边另有一块平整的石碑，上刻《江源考》全文。在石碑四周，是一大片青葱的微微起伏的草甸，犹如浓缩的红原大草地，冬天的草地全被雪花覆盖，举目之间一片洁白；夏天上面开满了星星点点的野花，走上去感觉松松软软的。走进草甸才可以发现，有一脉细小而清澈的溪流，在雪被或青草的呵护下，叮叮咚咚地轻盈流过，在几度依依不舍地婉转迂回之后，终于向奇伟的汶山峡谷流去。

这里不仅是著名的岷江源，也是古蜀的发源地。春秋时期，兴起于这里的蜀国君主蚕丛，率部顺利完成从岷山叠溪到蜀中平原的迁徙任务。之后，又一支古羌蜀民族的首领杜宇，在"江源"与当地彝族女结为夫妇，实现蜀彝联盟，势力由此猛增。真印证了荀子的名言："不积跬步，无以至千里；不积小流，无以成江海。"

岷江自这里出发，沿途汇入黑水河、杂谷脑河、金牛河、青衣江、大渡河、马边河等重要支流，然后汇入万里长江。由于流经地域和历史阶段不同，岷江各段又有许多种称谓，比如玉轮江、箭水、导江、都江、皂江、大皂江、沫江、武阳江、合水、金马河、皂里水、三渡水、玻璃江、蜀江等，异名甚多。其中乐山境内就有熊耳水、平羌江等别称。

话说岷江流过李冰治水的都江堰，流过几度繁华的锦官城，便南下苏东坡的诗书城眉州，在中岩寺前稍作停留，化作平静清澈的玻璃江。之所以这段被称作玻璃江，大概是因为下游的三峡抬高了水位，使这里呈现出水平如镜的景象。当年陆游自嘉州溯江而上来到这里，于船上摆上酒盏，斟上浓香四溢的"玻璃春"，悠游于山水之间。朦胧中举目望时，却见这里江面开阔，江村秀美，劳作的人们渔歌对答，他大为感动，写下了竹枝调的《玻璃江感赋》："玻璃江水深千尺，不如江上离人心。君行未过青衣县，妾心已到峨眉阴。"

然后，岷江直奔风景奇绝的小三峡而来。岷江小三峡又称嘉定峡，由岷江切穿东北—西南向的龙泉山余脉而成，全长12公里，自北而南由犁头、背峨、平羌三峡构成。因此段水域古称平羌江，故又称平羌峡。游览小三峡风光，可自乐山城北悦来乡始。游船进入的第一江段为犁头峡，这里重峦叠嶂，连绵起伏，把水面逼窄成溜尖的形状，宛如一只闪亮的犁铧，故得此名。因此地盛产名贵鱼种"江团"，故又称"鱼窝头"。再往前行，两岸景色迥异，右岸怪石峥嵘，杂草丛生，左岸碧峰翠岭，竹木葱茏，相映成趣。游船驶入背峨峡，因这里高山峭立，在江面上看不见峨眉山的倩影，故有此名。此时江面渐宽，水平如镜，蓝天白云，青山绿野，倒映江中，情趣盎然。田野里菜花铺锦，农家里炊烟袅袅。游船犁开万重碧波，发出哗哗的声响，惊起无数沙燕和江鸥、野鸭，扑棱棱拍翅飞入林间，好一曲田园牧歌。接着是平羌峡，它是三峡中自然风光最美、人文积淀最厚的一段。平羌的得名，与这里曾设平羌县有关，唐宋时，嘉州城里还有平羌路，陆游诗曰："淡烟疏雨平羌路，便恐从今入梦魂。"清代诗人张船山也曾泛舟此段岷江之上，其诗《嘉定舟中》云："平羌江水绿迢遥，梦冷峨眉雪未消。爱看汉嘉山万迭，一山奇处一停桡。"在平羌峡中悠悠泛舟，最能体会此诗的感受。平羌峡中山崖耸立，怪石嶙峋，常给人无尽的想象。其中有十八块形状各异的石岩，环绕一座山崖突兀矗立，人称"十八罗汉抢观音"；一座长达30米的巨型岩石横卧江中，表面平整而修长，这就是神秘的"石棺材"；而对岸的"鸡公石"，状如雄鸡独立，栩栩如生。古时这里建有能仁院的寺庙，寺前绝壁上凿有一尊尚未完成的"平羌大佛"，专家考证为乐山大佛的蓝本。陆游有诗云："江阁欲开千尺像，云龛先定此规模。斜阳徒倚空三叹，尝试成功自古无。"

比陆游更早来三峡的是诗仙李白。唐开元十二年，"仗剑去国，辞亲远游"的李白，买舟扬帆自成都顺岷江而下，一进入嘉州地界，就被这里秀美的风物所吸引，不禁停舟靠岸，流连数日不去。他白天游历在山水之间，或坐在峡口的礁石上垂钓；晚上则载酒泛舟于月下，满怀豪情饮几杯浊酒，不觉醉卧于游船之中，半夜被凛冽的江风冻醒。次日在平羌峡的岩壁上刻石以记："夜来月下卧醒，花影零乱，满人衿袖，疑如濯魄于冰壶也。"（见《嘉定府志·古迹》）三峡夜晚之冷可见一斑，看来潇洒也要付出代价。

岷江千回百转冲出小三峡，向嘉州古城走来。它不缓不急地流过"三苏"曾歇脚的龙泓山，流过出产美酒的东岩山，流过连绵起伏的龟城山，然后走至古老郡城的赭红色城垣之下，轻轻拍打着布满杂树和苔藓的城墙、几度兴废的码头和岸边疯长的水草，倒映着人们眺望水面的苍凉眼神，以及城楼上日渐昏黄的灯光。在凌云山的峭壁之下，岷江张开母亲般宽广的胸怀，拥抱了大渡河和青衣江的流水。三江水流组成滚滚的水面，波翻浪卷、汹涌澎湃出壮美诗章。然而在远古时候，许多船夫舟子樯倾楫摧在洪流之中，令蜀郡守李冰掘开麻浩河道以分流三江之水，雕刻出一峰独秀的乌尤胜景；令黔僧海通留下了悲悯的眼泪，奋锤凿石八十载，巍巍大佛护平安，方有"鱼米三江金天府，峨山沫水秀嘉州"之美誉。此时的岷江就是一支画笔，精心点染或镌刻着汉嘉山水，写意出凌云九峰、乌尤离堆、沧桑古城、崔巍大佛、千百船帆……写意出"天下山水之冠在蜀，蜀之胜曰嘉州"的州之嘉美。海棠香国里随风飘落的海棠，在岷江之上随波逐浪，和翻卷的浪花一道奔向远方。

岷江有了大渡河与青衣江的加入，豪情激荡地从郡城出发，继续着自己既定的征程。

这下游的一段流经五通桥、犍为和宜宾的屏山三区县，行程200余公里。这一江段，河面相对宽阔，水量也很充沛，是蜀地出川的千里通衢。自古以来，有许多不可一世的战船划破江面，驶进一部部历史恢弘的卷帙，演绎出"司马错伐楚""诸葛亮南征"的千年传奇；该江段也方便无数客船与商船来往，与金沙江相连成南方丝路的水上通道。因为岷江水运的便捷，也带动了沿岸经济的发展，一大批城镇随之兴起，其中包括十里水城五通、千年故县玉津、犍为旧县清溪以及僰道境内老君山下的屏山。

在岷江岸边的清溪古镇，还有一桩文坛疑案，就是李白那首著名的《峨眉山月歌》中的"清溪"具体所指。《峨眉山月歌》是说唐开元十二年的秋天，24岁的李白仗剑辞亲，去国远游，乘舟经过嘉州时，峨眉山的半轮秋月如影随形，给他留下了难以忘怀的印象；流连数日后顺江而下，在繁华的清溪小住，次日凌晨从这里出发时举目四望，却看不见那半轮峨眉秋月，于是惆怅地写下这首诗，然后扬帆向渝州的长江三峡而去。人们对"夜发清溪向三峡"中"清溪"究竟是哪里争议很多，仅在乐山就有两种观点：其一是认为清溪指岷江三峡口的古驿站板桥溪，这种观点的依据是乐山城东共45里岷江，古名平羌江，此段江上亦有小三峡，于是有人说李白是宿在小三峡出口处的板桥驿。其二则认定是犍为岷江边的清溪镇。目前更多的专家倾向于后者。

在后来的时间长河中，从岷江下游的水路上走过的文人墨客就更多了。诗圣杜甫，于永泰元年五月乘船到清溪驿，写下《宿青溪驿奉怀张员外十五兄之绪》，记载自己"漾舟千山内，日入泊枉渚"的漂泊经历，发出"我生本飘飘，今复在何许？"的人生感叹。晚唐边塞诗人岑参，大历初年到嘉州任刺史，两年后被罢官，准备从岷江顺水东归，写下《东归发犍为至泥溪舟中作》一诗。后来宋代的苏轼父子来过，清代的王渔洋、李调元来过，也曾留下不少的诗句文章。这在《嘉定府志》和《犍为县志》里多有记载。

千里岷江来到宜宾，与奔腾而来的金沙江汇合。站在合江门处，可看见左面的岷江缓缓流淌，水色如黛，娴静温柔；右面的金沙江翻花鼓浪，水色泛黄，粗犷刚烈。它们如久别重逢的情人，在这里拥抱、亲吻。终于，一条惊世骇俗的长江诞生了，在三峡的跌撞曲折中茁壮成长，它激扬起青春和梦想，卷起一江欢乐的浪花流向东方，最后注入东海。是有了岷江与金沙江的共同加入，才有了万里长江的滚滚滔滔，才有了中华民族的古老文明。

"小路弯弯绕山岗，车儿载我向岷江，好似情人久离别，今天回到你身旁。啊！岷江，我永远爱恋的江，你那迷人的歌声在耳边回响，我愿化作洁白的云雾，永远陪伴在你的身旁……"这是抒情歌曲《岷江行》里唱到的岷江。是的，你看它自汶山脚下蜿蜒而来，一路上水流婉转，青山多情，云雾缠绵，山花烂漫。滔滔江水描绘出富饶美丽的天府神话、嘉州画卷之后，又承载着百舸争流，托举着千帆竞发，一往无前地奔向远方……

大河奔流水滔滔

古嘉州乐山之所以山川俊秀，物华天宝，追根溯源在于这里有三江汇流，三水润泽。大渡河就是三江中的一条河流。

大渡河位于四川中西部，是岷江的最大支流。它发源于青海省玉树阿尼玛卿山脉果洛山南麓，流经阿坝时被称作大金川，向南流经金川县、丹巴县，于丹巴县城东接纳小金川后始称大渡河，再经泸定县、石棉县转向东流，经汉源县、峨边县，于乐山市城南接纳青衣江，立刻注入岷江，全长1000多公里。大渡河在不同时期、不同流域有不同的称谓，曾先后被称作北江、戢水、大渡水、濛水、泸水、泸河、金川等。直到隋、唐以后，才正式命名为大渡河。

单是在乐山境内，大渡河就曾有三个不同的称谓：沫水、峨水和阳山江。

沫水是我国有记载的古水之一，最远可追溯到春秋至秦汉时期。史书记载：战国时在秦蜀守李冰主持下凿离堆（今乌尤山），以避沫水之害。西汉元光五年（公元前130年）司马相如通西夷，西至沫水、若水。提到了

"沫水"此名，就不能不说古代大渡河的水患。大渡河从川西北高原流出，先后翻越高海拔的大雪山、小相岭与夹金山、二郎山、大相岭，千里迢迢地来到乐山城郊时，海拔仅为300多米，其间的垂直落差2000多米，造成其水流湍急，狂放不羁。恰巧在它与岷江相汇的地方，迎面一列山崖挡住去路，造成水流拥塞，波翻浪急，终致成灾。一遇暴雨天气更是洪水高涨，淹没城市和乡村。李冰上任蜀郡守，便开始了对沫水水患的大力治理，具体办法就是深掘麻浩河道以疏浚洪水，这也体现了李冰"深淘滩，低筑堰"的一贯治水理念。李冰之后，乐山先民承先启后、薪火相传地治理沫水，既极大减缓了大渡河水患，也成就了乌尤一峰独秀的乌尤离堆景观。

因沫水流经峨眉山以西，因山而得名，秦汉以前又称之为浅水或峨水。阳山江则是唐代对大渡河的称谓，那时有著名的江山江道，该驿道自嘉州出发，沿大渡河畔的山间而行，经峨眉、峨边两县，到汉源连接灵官道，是那时南方丝路的一条重要驿道。

大渡河沙湾至乐山大佛脚下的一段又叫作铜河。据说因沙湾境内的官雕山曾经铜矿资源丰富，西汉邓通曾在那里开铜矿铸币，因此得名。相传汉文帝时，邓通深得皇上喜爱，奉旨回乡开铜矿铸币，一时间邓通"钱布天下""财过王者"，后因遭人嫉恨，诬陷其谋反而被杀害。官雕山干沟有邓通冶铜遗址，山间散落着不少铜矿石、铜渣，淹没在树木杂草之中。"铜河"这一称谓，伴随邓通的传说，一直保留至今。

大渡河是一条难以驯服的河流，它一路冲破重重阻遏，奔腾咆哮，勇往直前。乐山一千多年的城市变迁就是实证。据说唐宋以前，乐山城的重心在今扑凤洲，城区与凌云山隔水相望，临水修建有坚固的城墙，站在城墙上可俯瞰江面舟来楫往，也曾有浮桥和凌云山相连，沟通着两岸的来往，方便苏轼、陆游等风雅之士到江上载酒泛舟。大渡河北岸的城区，处在大渡河一拐弯处，奔腾而来的河水日积月累不断冲刷，侵蚀着城市所在的城墙。城市在大渡河水的步步紧逼下不得不后退，至明清时退到了现在的位置。而原来的城区，便消失在了大渡河的涛声之中，只有河滩上偶尔可见的赭红城墙石，作为这座古城久远的记忆留存下来。

大渡河在中国西南的崇山峻岭中，左奔右突冲出一条河流，不能不说是个奇迹。当你自汉源进入乐山境内，首先迎接你的是百里壮美峡谷画廊，那两岸高耸山峰的凌空逼视，那滔滔流水在大山裂缝中的艰难前行，那站在山巅俯视河流的曲折一线，常令人感叹这条河流的倔强与坚韧、坚定与执着。直到冲出沙湾境内的铜街子和轸溪之后，进入郭沫若先生笔下的"一溜浅山"脚下，它才有了喘息和漫溏的机会。也许是它不凡的经历，造就了桀骜不驯的个性。它的河床总是怪石嶙峋，凹凸不平；它的河面总是波翻浪卷，滚滚滔滔；它的性情总是奔放潇洒，豪情激荡。即使被一道道大坝围困，大渡河也不屑于闲庭信步，平阔的湖面下是奔涌的暗流、燃烧的激情。正是这奔突的劲头，化作了冲出大坝时的飞流直下，化作了摆脱羁绊后的一泻千里。

尽管大渡河流经的都是蛮荒僻远之地，但它承载的人文气息却十分浓郁。早在一万多年以前，在大渡河流域较为宽阔的富林三角洲地带，就孕育了人类历史上较为重要的早期人类发展史——富林文化。这是一条神奇的河流。它在整个流程中，三次转变角色：发源之初展显出地球最远古的美丽；流进横断山脉，由远古美转换为画廊美；大小金川汇合后，则展现出它的桀骜不羁、雄性阳刚之美。这是一条中华多民族一体的河流，是中华多民族大家庭的象征。

而在乐山境内的大渡河，这些人文特性得到了集中的体现。首先，大渡河是乐山的一条风景线。金口大峡谷被列入中国十大最美峡谷之一；大瓦山被英国探险家威尔逊称为"东方的诺亚方舟"；峨边境内的黑竹沟原始森林，是国家级自然保护区，也因其神秘、奇幻的自然景观，被探险家们称为"中国百慕大"；沙湾妖娆多姿的美女峰，亭亭玉立在大渡河畔，其山巅有距离成都最近的石林奇观，和被范成大盛赞为"胜似蓬莱"的自然景色。其次，大渡河也串起了一道人文风景。流经的金口河和峨边，属于彝汉杂居的小凉山，创造了多姿多彩的民族文化，也传承着魅力独具的彝族风情。而流过小凉山之后，便进入郭沫若的故乡沙湾，郭老把大渡河歌颂为"滔滔不尽的诗篇"，赋予了这片土地深厚的文化内涵。大渡河在乐山大佛脚下，与岷江、青衣江一道，共同孕育了具有三千年历史的嘉州古城；和迎面的凌云、乌尤、龟城、马鞍诸峰，共同组成可以登山览胜、载酒泛舟的汉嘉山水，令历代文人墨客吟咏相续。

郭沫若是在大渡河下游的水边长大的，对大渡河的感情尤为深厚。他在《少年时代·我的童年》中，曾经这样记述沙湾至乐山大佛的这段大渡河："（沙湾）场的西面横亘着峨眉山的连山，东面流泻着大渡河的流水。乡里人要用文雅的字眼来形容乡土人物的时候，总爱用'绥山毓秀，沫水钟灵'的字句。绥山就是峨眉山的第二峰，沫水就是大渡河了。……大渡河的流水是比较急的，府河便十分平缓，两河合流的地方就好像府河被大渡河冲断了一样。就在这合流的彼岸有一带浅山，那便是凌云九峰了。这把大渡河的水势蓄着，使两河合流后的河水不能不折向东流。正当着大渡河口的凌云山的崖壁上，我们可以看出一个很大的石佛，那是唐朝时一位海通和尚修的，很深很阔地把山崖陷了进去……"1946年郭沫若为上海的《文艺春秋》杂志撰文，题为《峨眉山下》，他再次对大渡河畔的故土风物进行了介绍。"我的故乡是在峨眉山下，离嘉定城有75里路。大渡河从西流来，在峨眉山的第二峰和第三峰之间打了一个大弯，因此我家乡的所在地就叫沙湾，地在山与水之间，太阳是从大渡河的东岸出土，向峨眉山的背后落下去。"

大渡河有两处动人心魄的美。其一就是远眺大河奔流。登临凌云山，向西纵目远眺，奔来眼底的就是大渡河。你看它从远在天外的青藏高原，再流经群山纵横的川西北高原，风尘仆仆地来到风景如画的峨眉山麓，在乐山大佛脚下洗落一路风尘，升华一生的灵魂。千里长河奔流而来，令人有直泻胸臆之感。它用浪涛的有力手掌，深情拍打着古老的城墙，拍拍着长满芦苇的沙滩，再在位于乐山港处的肖公嘴，怀着不可遏止的激情，久别重逢般扑入岷江的怀抱，那两水相拥时激流回旋的任性与放纵，那波涛与波涛深情相吻的缱绻与痴情，令人动容。在即将与岷江相拥时，大渡河精心孕育出凤洲岛和太阳岛，翡翠般托举在波涛之上，如敬献给岷江和乐山大佛的最美诗篇。

其次是观赏长河落日。每当黄昏来临之际，选择一处濒临大渡河的古城垣，凭栏纵目大渡河尽头，在隐隐约约的峨眉山之上，一轮浑圆硕大的夕阳，在周边云彩的簇拥下渐渐西沉，它时而钻出云层，放射出万道金光，时而躲在云彩后面，给云们镀上亮丽的金边。西天云霞浸染，被映照得色彩缤纷，璀璨的霞光浸染着大渡河的流水，以及江心的河滩芦苇、岸边的田野村庄，浸染着栉比的城市楼宇，给这些景物蒙上了一片或辉煌瑰丽、或苍凉雄浑的色彩。此时大渡河的滔滔河水，淡去了汹涌澎湃的势头，增添了闪闪烁烁的灵动，仿佛是一匹绚烂无比的壮锦，抖落在天府般秀美富饶的嘉州大地；抑或化身为一位珠光宝气的贵妇，款款行走在暖色融融的夕辉之中。沉沉夕阳，悠悠长河，邈邈峨眉，浩浩长天，共同组成壮阔磅礴、浑厚深远的画面，写意着"长河落日圆"的壮美意境，也震颤着我们的心弦。

岷江和大渡河，仿佛是情缘未了。它们从青藏高原和横断山脉的雪山走来，纵贯北纬30°，横穿"胡涣庸线"，经历了千回百转后，相会在了峨眉山下，相会在了古嘉州乐山。岷江是长江最大的支流，这其中有大渡河的激情参与和无私贡献。

青衣女神舒广袖

站在雄秀西南的峨眉山上眺望，只见秀美的青衣江如飘带一般，蜿蜒在青葱的大地上。

青衣江也是乐山三江汇流的成员之一。它穿过洪雅槽渔滩的竹箐峡，绕过原始森林瓦屋山，便从夹江木城上游的黑风口进入乐山市境内。它在大旗山麓稍作迂回，留下绿影一片、烟村十里的沙洲后，便进入"两山对峙，一水中流"的南安峡口，在这里描绘出山雄水秀的"青衣绝佳处"的美丽景致。至此，青衣江终于冲出了大山的重重阻遏，进入土地肥沃、阡陌纵横的夹江青衣江冲积平原，再缓缓流过九盘山脚，流过田园牧歌似的苏稽古镇，在乐山郊外的草鞋渡与大渡河牵手，一同汇入流过川西平原的滔滔岷江，汇入穿过四川盆地的黄金水道，然后一同奔向中华民族的母亲河长江，过渝州，出夔门……

青衣江的源头在四川宝兴县。据专家考证，它发源于邛崃山脉巴朗山与夹金山之间的蜀西营，海拔高度达到4900多米，主要水源为宝兴河。虽整个河长只有270多公里，却穿越了高原、山地、丘陵和平坝，垂直落差达4500

多米。其间经历的曲折迂回、山阻岭隔，甚至冰天雪地、荒原峡谷数不胜数。它在地壳的裂缝中，经受了不计其数的跌宕起伏，不计其数的挤压冲撞。也许正因为历尽坎坷，在来到乐山下游时，它才会如此从容娴雅，飘逸而淡定，恰似一位动人的青衣女子，舒卷着长长的水袖，随风而逸，踏歌而舞。

青衣江也是我国古水之一，《水经注》里称之为若水。青衣江又名平羌江，因其江水清澈，江流婉转，被赞誉为"川西玉带"，也是目前川内污染较少的水域之一。它自发源地巴郎山和夹金山麓出发，跨越了500里山路500里水路之后，方来到位于成都平原西南缘的乐山。虽然这一路大多为荒山僻壤，但流域内生态良好，晶莹的雪山为它注入涓涓细流，茂密的森林为它孕育丰沛的清澈流水，沿途的居民为它精心呵护每一条溪流，以致它经历了500里风雨兼程后，依然能保持清洁纯美的容颜，保持最初的一份真心真情。单看乐山境内的青衣江流域，葱翠的大旗山、大观山、化成山和九盘山，每一座都是它坚强有力的绿色屏障；扑入它江中的玛瑙溪、盘渡河、峨眉河、临江河，每一条支流都清纯灵动。正是在山与水的共同维护下，青衣江才这样清澈而秀美。它就像仙女飘落人间的玉带，柔曼而飘逸地行走在峨眉山下；它就像一位化淡妆、天然样的纯真少女，楚楚动人地歌舞在嘉州的青山绿水之间。直到今天，乐山城市依然在享受着它甘甜的乳汁，接受它丰厚的施礼。我们能为它做的却太少太少。

"平羌江道"是嘉州古驿路之一，此道亦即嘉阳驿道。清代诗人王世祯的《夹江道中》写到："嘉阳驿路俯江流，寒雨潇潇送暮秋。谁识蛮中风景别，洋州风竹戴嵩牛。"这条商道起于嘉州，止于雅州（今雅安），它沟通了从成都通往印度的南方丝绸之路，连接了滇藏经过雅安的茶马古道，将乐山乃至周边地区的食盐、丝绸、茶叶和铜铁，源源不断地贩往藏羌和云贵高原。这些商贾往来，或者水道或者陆路，行船者穿激流过险滩，号子喊得震天响；行路者翻高山跨峻岭，风餐露宿，艰难前行。且有嘉州城外高耸的九盘山需要翻越，有千佛岩那样的险要关隘需要经历，那盘桓在绝壁上的狭窄栈道更是令人胆寒。今天千佛岩还有"嘉洋驿道"的石刻牌坊横跨在古驿道上，诉说着历史的沧桑。

  在过去，过江只有依靠渡船，因此青衣江上建有古渡若干。夹江县城外一公里的周渡，就是其中之一，也是青衣江公路大桥修建之前去往峨眉山的必经渡口。据说青春年少时，李白就胸怀大志，十分崇拜隐居山林的侠客义士，常在读书之余练武习剑。他深感远游广交的必要，决心"读万卷书，行万里路"。二十岁的李白听说峨眉山的峨眉派武功好生了得，便经青城山、鹤鸣山，踏着成都到眉州、嘉州的驿路向峨眉山走来。走进嘉州地界，他站在青衣江畔举目望去，峨眉山黛色一抹浮在白云之上，仿佛一位绝代佳人微微露出她的秀眉，难怪叫她峨眉山了！于是，他在这周渡弃岸登舟，向青衣江对岸飘然而去。也正是这一次过渡，他领略到了"蜀国多仙山，峨眉邈难匹"的巍峨雄姿，感受到了"蜀道难，难于上青天"的坎坷多艰；也正是这次青衣江过渡，他和蜀僧广浚结下了一生的友谊。此次过渡，也为他几年后"仗剑去国"写下《峨眉山月歌》做了深厚的感情铺垫。

青衣江的千佛古渡，也是川内著名的渡口，史称平羌古渡。从嘉阳驿道跨过东风堰，沿着十多级被无数脚板磨损的石梯，便来到江边的古渡口。低头看去，便会发现突出水中的岩石上，布满不少深深浅浅的坑洞，这就是千百年来行船缆桩留下的痕迹。古渡行船的历史，至少可以追溯到唐初在这里建立最初的夹江县城，算来已经一千三百多年了，而且这个渡口至今仍在使用，只是人工挥桨换作了机动驳船。你看过渡的木船，自古堰下的渡口出发，悠悠如柳叶一般漂向如蓝似靛的江心，在对岸的河滩码头停靠，再换了一批待渡的游子，悠悠地向这边漂来。千百年来循环往复，日日如此月月如此，景象似乎一成不变，但渡客却换了一批又一批，此客已不是彼客了。"古渡夕照"为夹江一景，大概是说夕阳西照下的渡口，会看见斜阳自依凤山上照下来，投射在波光粼粼的江面上，却有一半的霞光被山峰遮住，晚霞浸染的江面便一半明亮一半晦暗，景色与意境俱佳。

青衣江扑入大渡河的怀抱，似乎没有更多的选择，但这也正是它宽容大度、潇洒脱落之处。经过500多里的长途跋涉，却在临近岷江仅一公里处，被汹涌的大渡河搂入怀抱，让自己淹没在大渡河的滚滚波涛之中。为此，它不能直接向岷江倾诉表白，不能单独向岷江献上一片真情。青衣江却没有因此有一丝懊恼和郁闷，依然快快乐乐地和大渡河携手，依然心甘情愿被大渡河淹没。

青衣江与大渡河，就仿佛相约了万年亿年的情侣，既然情定今生，就不会计较。只要能够执子之手，彼此都无怨无悔！

东风古堰风景秀

"入夹江境,即沟塍棋布,烟村暖然,类吴中风物。"这是清代诗人王渔洋在《蜀道驿程记》中对夹江田园风光的诗意赞美。这段文字所描写的,是夹江县城所在的云甘平坝。这里土地平阔,阡陌纵横,桑麻滴翠,稻花飘香,的确令人流连陶醉。

这片山水美之由来,则和一条被列入世界灌溉工程遗产的古堰有关。

青衣江自川西北高原逶迤而来,穿过重重叠叠的大山阻遏,在经过五百余里的艰难跋涉后,终于游子归来般抵达夹江县境。但千百年来,只见水流汹涌过,不见田里泛碧波,青衣江任性而顽劣,让人爱恨交加。它从这片土地上径自奔流而过,急切地扑入长江的怀抱,却毫不顾及两岸土地干渴的呐喊,毫不理会岸边黎民的饥饿。怎样才能让这夹金山白雪融化的清澈流水,乳汁般润泽两岸的田野?夹江先民在苦苦思索。

夹江先民自元代开始,就在青衣江上游做文章,在江边开挖若干小型渠堰引水入田,入村,入城。清康熙元年(1662),时任夹江县令王世魁将堰首开挖在化成山下毘卢寺外，因寺得名毘卢堰。清光绪二十六年(1900)，人们又将渠首上延至古泾口龙脑沱，此渠更名为龙头堰。到上世纪三十年代，渠首因河道下切，引水困难。当地人将取水口由龙脑沱，先后改建到上游迎江石骨坡和五里渡。上世纪六十年代，龙头堰更名为东风堰。350年的春秋更替，350年的沧海桑田，青衣江水通过一代代人的不懈努力，终于潺潺流入蜿蜒的古堰，润泽着这片天府宝地。

每当我放松了心情，漫步在这条悠悠古堰，青山、大江、田野、农舍构筑的风景中，总会在心中晕染出隽永幽深的画意，涤荡出风雅如《国风》的诗情。

如今跻身世界灌溉工程遗产的东风堰，其渠首已建起了千佛岩电站，入水口被淹没在宽阔的库区之中。站在电站大坝放眼望去，眼前是一片《富春山居图》般的景致。平湖左岸是木城古镇绵延错落的街道，右边映着起伏青山的倒影。茫茫烟水中露出一座螺髻般的小岛，如画家笔下不经意的一抹淡墨。坐上游船在烟波中盘桓，大旗山上的落日不觉西沉，晚霞将湖面浸染出一片瑟瑟的暗红。一些水鸟从水面上倏然飞起，影子渐渐融入夕照晚霞中，你在将眼前画面装入镜头的同时，会油然吟出《滕王阁序》中的名句："落霞与孤鹜齐飞，秋水共长天一色。"

东风堰沿青衣江东岸的山脚而建，均用本地的条石砌成堤岸，望去如一座嵌入地下的水长城。背阴的一些石壁上长满了苔藓，上面攀附着许多小小的螺壳。堰渠里水流潺潺,充盈丰沛,色绿如翠,清可濯缨;水草柔嫩碧绿,如丝如缕,历历可见;三两尾鱼儿穿梭在水草间,忽隐忽现,活泼可爱。不少修竹幽篁夹岸而生,夹杂着茂盛的麻柳、冬青和不知名的灌木,在古堰上形成深邃的绿色水巷。

走在堰渠的绿荫中,心里也洒满绿意。身边铺排着一块块田地,种着蒜苗、莴苣、芹菜等时令蔬菜,还有小麦、玉米等粮食作物。渠堰岸边住着不少人家,皆掩映在修篁绿树中,有一座座石桥与这些宁静而安谧的人家相连。人家外还间隔地修着小码头似的石梯,通向堰渠的水面。三三两两的村妇蹲在临水的石阶上浣衣洗菜,流水将她们的身影揉得斑斑驳驳,我联想到李白的诗句"长安一片月,万户捣衣声",不知当年诗人在京都长安所见的,该是怎样的一番景象?而刘瞻《春郊》"青苔半浮石半湿,浣纱人去不多时"两句,似乎更与眼前的物事接近,更有乡村的韵味。

当然,如果是春天或者秋天来到东风古堰,迎接你的就是渠堰边的柳暗花明又一村,就是大观山的红叶染得霜林醉,画面中的色彩丰富多了,内涵也深邃多了。今人追求"诗意地栖居",怀念"小桥流水人家"的淳朴乡景,其实漫步在历经沧桑后容颜未改的东风堰,处处都可以感受望得到青山、看得到绿水的乡愁。

在渐近千佛岩风景区数公里长的堰渠边,酒家一家挨着一家,或古色古香,或现代休闲,皆依山临水,清爽雅致。抛却一切琐事和烦恼,叫上三两朋友来此小聚。在堰渠边择一僻静之处,喝喝茶聊聊天，望望远山看看近水，也品品家乡村菜，饮饮本地包谷酒，一天半天的时日便在不知不觉中溜走。试想一下，做杨柳岸的醉客、竹林里的隐士，是怎样的一种超然？即使偶尔醉了也无妨，权当体验一下柳永"今宵酒醒何处？杨柳岸，晓风残月"的人生境界，体验一下李白"举杯邀明月，对影成三人"的寂寞惆怅。

古堰流过一片叫"茅坝"的平坦沙地，流过传说中诸葛亮南征的点将台，便进入南安峡口，走进千佛岩的秀美风景中。这里碧水浩荡，丹崖峭立，佛像众多，楼阁崔巍，古堰穿山，栈道蜿蜒。站在绝壁之下古堰堤岸上，或登临依山而筑的楼阁里，眼前是一脉清流推波涌浪，对面是峭拔的依凤岭如绿色屏障。而身后，是造型各异的座座楼台，飞檐翘角，雕梁镂窗，古朴雅致，皆掩映在古木修篁间，若从江上翘首回望，青枝绿叶间飞阁隐现，红墙流丹，高高低低，错落有致，大有"南朝四百八十寺，多少楼台烟雨中"之盛景。

登上千佛岩之巅，视野顿然开阔。望对岸重峦叠嶂，连绵起伏，天高云低，空阔无边。而壮阔的青衣江此时低匐在脚下，如一段闪光的银练飘舞在群山之间。更远处的蓝天下，一抹黛影出现在白云间，那便是横眉修羽的峨眉山了。难怪王渔洋有"骑马青衣江畔路，一天风雨望峨眉"之感喟了。

江边有江流回旋处，曰"龙脑沱"，是东风堰曾经的取水口。临江凭栏下望，但见湍急江流之中，一座好似龙头的奇石砥柱中流，造成漩涡如嵌，浪花如雪。明代郭卫宸有诗赞曰："江头一块石，独立不能移。相彼波流者，谁将砥柱之。"龙脑沱上望龙坪前，有一座比东风堰早了一千年的铁石关遗址，南临百尺深渊，北依千仞绝壁，大有"一夫当关，万夫莫开"之势。有长长的石级从关隘中梯而上之，给人们展示出"雄关漫道真如铁"的险要雄姿。漫步其上，你会沉醉于《三国志》中"伐黄元之战"的遗迹，而忘了岩腹里有悠悠堰渠穿过。

东风堰穿过千佛岩的如画风景后，便紧傍夹江故城遗址而行。据史书记载，夹江建县于隋开皇十三年，最早的县城所在地就在东风堰这一段。而今这里仅余聚贤古街，依山而建临水而居，数百米长的街道石板铺就，碧瓦雕梁的建筑高低错落，一派古风古韵。东风堰从聚贤街下奔流而过，见证了聚贤街经历的历史沧桑。夏天如遇水涨，常见渠水自堤埂漫出，形成一道数百米宽的瀑布。过去古堰之上有不少虚脚楼，用木柱和挑梁将房屋支撑在堰渠之上，无论站在堰渠边仰望还是置身临水的轩窗俯看，都会让人联想起沈从文笔下的湘西。晚唐边塞诗人岑参到嘉州任刺史，路过夹江时就曾歇脚临江的客栈，一夜涛声雨声激起他无尽的愁思。次日起来，他见苍山峭立，江流回旋，道路逼仄，藤萝披拂，惊涛拍岸，吼声震天；茂密的山林深处，不时传来羌人悲凉的笛声，夹杂着稚童的打闹声。从被称为"龙阁道"的千佛岩登舟，向嘉州城而去，只见江水暴涨，波高浪急，令人胆寒，他油然吟出《赴犍为经龙阁道》："侧径转青壁，危梁透沧波。汗流出鸟道，胆碎窥龙涡。骤雨暗豁口，归云网松萝。"

从聚贤街至县城的一段，东风堰如已经长大的孩子，逐渐远离了对母亲青衣江的依靠,开始了一步一回首的独自前行。它穿过两岸茂密的树林,穿过楼房栉比的城市,然后在跨越唐宋和明清的古驿道边,变作若干大小不一的支流,在数千亩一马平川的云甘平坝,描绘出十里稻香、十里蛙声的风情画卷。清代王渔洋就曾在这古堰织就的水网中走过,写下了地理散文《蜀道驿程记》,也写下了诗歌《九盘望峨眉》:"绀壁临千仞,萧萧木叶黄。水流通越嶲,峰远入江阳。十月蛮云淡,三峨积雪苍。来朝挂帆去,回首意茫茫。"比王渔洋更早、也更痴情于这片土地的,是南宋时曾主政嘉州的陆游。他在去往嘉州赴任途经青衣江边时,蓦然眺望,不觉欣喜,但见峨眉山秀出天外,恍若梦境,于是乘兴而作《平羌道中望峨眉山慨然有作》:"白云如玉城,翠岭出其上。异境忽堕前,心目久荡漾。"诗中表达了诗人对水乡风光的欣赏和留恋。

在东风堰灌区的末端,在高耸的九盘山麓,有一处纪念李冰父子的"二郎庙",以表彰李冰父子"功在蜀郡,泽沛川民"的不朽功绩。而在元、明、清三代以及后来,官方与民间戮力同心,持之以恒地修建东风堰,是否受到了李冰父子治水精神的激励与启示?回答是肯定的。

行文到这里,还想对"东风堰"的名字作一番解读。在我国古代,东风通常指春风,西风通常指秋风。"东风"常用来抒发如春天般美好的情感,比如"等闲识得东风面,万紫千红总是春"。"东风"也用来表达春天里容易滋生的相思闲愁,比如"相见时难别亦难,东风无力百花残"。翻开恢弘的中国文学卷帙,古人诗词中嵌入"东风"意向的不胜枚举,且大多美好。李白《江夏赠韦南陵冰》中有"西忆故人不可见,东风吹梦到长安",苏轼《新城道中》中有"东风知我欲山行,吹断檐间积雨声",辛弃疾《青玉案·元夕》中有"东风夜放花千树。更吹落,星如雨"。但也有意外,陆游的《钗头凤》中写到:"东风恶,欢情薄。一怀愁绪,几年离索。"这是难得一见用"恶"来形容东风的。

  从这个意义上讲,世界遗产东风堰,就是一条永远奔流在春风里的渠堰,是一条充满文化意蕴、诗意盎然的河流。如今我们来到青衣江畔的"蜀中良邑"夹江,追寻这座古堰的悠久历史,感受东风堰旋律般的脉动,心中总会涌动春潮,荡起诗意……

碧水流芳竹公溪

嘉州古城，不仅有三江环抱，而且有一水中流。它就是竹公溪。

竹公溪从北郊的浅山中蜿蜒而来，由北向南流经王河园，流经白岩山，再穿城而过，在张公桥下游注入岷江。清澈的溪水或轻灵温婉如一条柔曼的玉带，飘舞在楼宇之间；或活泼欢快如一位纯真的少女，漫步在古城的街巷。溪水两岸，时而树林簇拥，绿叶扶疏；时而绿竹拂岸，修篁撑绿；时而小桥横跨，碧水中流；时而高楼林立，街市纵横。古城一带的溪岸依然堆砌整齐，线条流畅，却因了年代的久远而苔藓斑斑，杂草披拂，尽显沧桑。

竹公溪因古代沿溪岸多种竹而得名。明代万历年间的《嘉定州志》卷一载："竹溪，西北三里，环溪多竹。"《华阳国志》里还记载了一个故事，说竹公溪与竹王三郎的诞生有关，岸边的人们感激竹郎的恩德，在竹公溪畔建了竹三郎庙来纪念这位竹神。竹公溪名字的由来，还与古代夜郎国的历史有关。史载，夜郎国以竹为姓，竹王生于竹溪，竹公溪因此得名。但道光年间，曾任新津、荣县知县的王培荀，作过十五首《嘉州竹枝词》，其八云："报赛迎神唱竹枝，竹公溪畔竹王祠。插花蛮女清歌罢，露冷鹃啼月上时。"并有自注："一水自夹江来，绕郭南流注江，曰竹公溪，有竹林三郎祠。"是说竹公溪是引夹江青衣江水而来，绕城南流注入岷江的。

这条古代作为农田灌溉工程、而今作为城市园林的溪流，其源头在哪里，一直存有争议。但较为权威的说法是在城市北郊的云头山。云头山又名石牛山，在今绵竹乡境内。民国《乐山县志》介绍道：云头山位处红花溪东北，红花溪下流成一瀑布，瀑声如雷，积为深潭，名龙潭，俗称大锣沱。"大锣沱深不可测，相传中有龙马石，大旱之年，车水见石，即沛然下雨。有花腔鼓二，形圆，周围数丈，花纹奇诡。"时至今日，大锣沱难得的旧貌依然，高山峡谷中一潭碧水，瀑布飞泉声震山谷，可谓妙景天成。竹公溪从云头山到石板滩，经九百洞到王河园，再穿过黑桥、张公桥流入岷江，全长27公里。

唐德宗贞元元年春日，女诗人薛涛一家曾流寓嘉州，住在竹公溪畔。少女时期的薛涛就具有诗人的特质，生性天真烂漫，非常喜欢这片汉嘉山水，她每日醉心于竹公溪的"晚霞映渠水，竹林生清风"，喜欢这里的山清水秀，喜欢溪畔遍地"虚心能自持"的竹子，喜欢那座别具一格的竹郎庙，喜欢勤劳淳朴的乡民和他们多姿多彩的民风民俗。她在竹公溪畔寓居下来，整日徜徉于山水之间采风吟诗，与当地人和睦相处，并向他们学习民歌"竹枝词"。在这样闲适的环境和愉悦的心情下，她写下了具有竹枝调风格的《题竹郎庙》："竹郎庙前多古木，夕阳沉沉山更绿。何处江村有笛声，声声尽是迎郎曲。"字里行间透露出对寓居地的深深热爱之情。不仅如此，她还常乘船到凌云寺登高远望峨眉山影，在春天里流连于郡城内外的海棠花下，夏天到来时去板桥驿品尝新鲜的荔枝。在这有限的居住时间里，她先后给嘉州留下了《赋凌云寺》《海棠溪》《荔枝赋》等诗作。

清初诗人王士祯来到嘉定城中竹公溪，饱览秀色，情之所至，挥毫而就《竹公溪二首》以及《汉嘉竹枝词五首》。他还在《蜀道驿程记》中写道："一水绕郭，南流注江，曰竹公溪，有竹王三郎祠。"

1939年9月，叶圣陶先生一家迁入竹公溪旁瓦屋。"瓦屋三间，竹篱半围，靠山面水。所谓山，至多只有今日一般住宅的四五层楼高，水也不过是条小溪，名字挺秀美，竹公溪，只在涨水的日子稍有点儿汹涌之势。"他十分喜爱竹公溪的景色，喜爱这里篱边的菊花、山腰的红叶、潺潺的溪流，喜爱阶前的雀鸟和鸡犬，喜爱在溪边观赏垂钓和向人讨教种花……他的好友朱广润曾感叹地说："柳宗元在永州见到的，无非就是这般的景色吧！"只是叶先生的诗文中没有提到竹郎庙，也许到此时，竹郎祠已经没有了吧。

这条介于青衣江和岷江之间的竹公溪，有着乡野的质朴气质，更有着城市的文化内涵。它在活泼轻盈、天真烂漫中，更多的是清雅高洁、温婉贤淑。无论是穿过郊野的山林村庄，还是行走在繁华都市，它的流水都不徐不疾，它的脚步都从容淡定，如一位素养深厚的大家闺秀；无论伴随它的是江风渔火，还是城市灯火，它都静心品赏，含笑以答。春天，溪边的海棠开了又谢，片片落花飘落在溪水里，它饱含真情与怜惜，一路相送一路祝福；秋天，白岩山上的槭树经霜红了，红叶倒映在溪水里，它回应以同样的热情，用秋水摄下一山的秋色。它给飘拂在水面的垂柳，梳理着如云的秀发；它给摇曳在水边的芦苇，滋养出茂盛的绿箭。特别是新打造的竹公溪公园，鲜花簇拥，绿草铺地，雕栏围绕，亭台相连，假山嶙峋，曲径通幽，俨然充满诗意、楚楚动人的江南美女。入夜，溪岸华灯闪烁，水面灯火倒映，两岸流光溢彩，一溪浮光跃金。此时的竹公溪，已幻变为一位珠光宝气、雍容华贵的妇人，光彩夺目地出现在城市之间。

竹公溪也是城郊众多水系中，最贴近人们的一条溪流。溪上建有许多造型各异的小桥，或如弯弓，或如满月，也有平桥直达彼岸，至今依然使用的就有黑桥、牛儿桥、北门桥、张公桥等，人们悠然从桥上走过，或站在桥上看潺潺溪水。每天一早一晚，市民们总在溪边漫步或者锻炼，呼吸着它潮润清新的气息。星期天或节假日，人们来到溪边静静垂钓，让一天半天的时光在对溪流的期待中慢慢走过。也有人走进溪边的清静茶舍，拥着一杯绿茶或四川三花，在观山望水或捧读书卷中，打发着悠闲的时光。而在更久远的年代，竹公溪与这座城市，以及城里的人们，关系更加密切，感情更加亲近。他们傍水而居，临溪而栖，开窗即见溪流，闭门犹听水声。他们在门外的竹公溪，用条石修建了许多小码头，一级一级地伸向水边。白天大嫂姑娘们便下到溪边，蹲在石级上淘米洗菜，相互聊些家长里短。晚上，她们还要在月光下挥舞着木槌，麻利地浣洗着衣服和棉纱。那月下溪边浣衣的景象，就如李白诗中的"长安一片月，万户捣衣声"。

文雅矜持的竹公溪流过张公桥后不久，便忘情地扑入岷江的怀抱，在赭红色的城垣下溅起洁白的浪花。那奔腾激荡的浪花，好似春天里的千树万树梨花开。而在这激越的流水和浪花之上，人们总会看见一群江鸥，绕着竹公溪奔涌而出的流水不停地飞翔，它们用矫健的白色身影，绽放成一朵朵飞舞飘逸的花朵，在江面上画出一道道优美的弧线。它们如竹公溪幻化的洁白精灵，又如竹公溪纤指弹奏出的欢乐音符，飞翔得那么自信而欢快，优雅而灵动。它们似乎在为竹公溪汇入岷江而欢呼雀跃，为岷江拥抱了竹公溪而欢欣鼓舞。

三江汇流是这座城市的骄傲，一溪中流更是这座城市的灵光。竹公溪轻轻盈盈地向我们走来，轻轻盈盈地离我们而去。她挥一挥衣袖，不带走一片云彩……

乡情悠悠峨眉河

来到旅游城市乐山,在饱览了"峨山沫水秀嘉州"的优美景色之后,如果还想感受一下"鱼米三江金天府"的田园风情,那就去西郊的峨眉河。沿峨眉河一线,有如画的风景,有热闹的街市,有宁静的乡村。那一百里水路,一百里画卷,定能唤起你渐渐淡去的乡愁。

这是一条流自佛国仙山的河流。在峨眉山前缘的弓背山、神挂山、尖峰顶一带,众多清澈的溪流、悬泉和瀑布,自千峰万壑的高山密林中潺潺流出,在山脚的黄湾乡桅杆坪合流为峨眉河。另一源头来自峨眉山中的黑龙江和白龙江两大水系,黑龙江源出九老洞下的黑龙潭,流经洪椿坪,与来自石笋峰的白龙江,在清音阁前相会之后,一起汇入清音平湖,一起流出龙门峡谷,一起在桅杆坝汇入峨眉河。峨眉河接纳了来自峨眉山的无私馈赠后,在隐隐青山和渺渺村落构成的背景中整装出发。它一路翻卷着洁白的浪花,流经山脚的黄湾、川主,穿过繁华的峨眉山市区,穿过乐山城郊的苏稽古镇,最后在水口汇入来自美女峰下的大渡河。

一线天和双桥清音，是峨眉河上游著名的景点，也是灵秀峨眉河的开篇之作。距清音阁上游一公里处为白云峡，长百余米，窄仅三米，称为"一线天"。沿黑龙江栈道而行，两岸瀑布轰鸣，山鸟吟唱，野花点染，怪石峥嵘，山道曲曲弯弯，随着溪流峰回路转，颇有曲径通幽之感。进入峡谷，踏上栈道，昂首望去，两面险崖绝壁，斜插云空，如同一座大山被利斧逢中劈开，透过疏藤密蔓，露出蓝天一线。俯看溪流，微波荡漾，珠玉般的碎石沉于潭底，黑白青红，随波欲动。昔范成大过此，赋《白云峡》诗赞曰："双溪疑从银汉下，我欲穷源问仙舍。飞澜溅沫漱篮舆，却望两崖天一罅。"清音阁位于牛心岭下黑白二水之间，最早建于唐代，叫牛心寺。清音阁下，有两道急流自两旁峡谷中奔流而出。两条江上分别架有两道石拱桥，像两道彩虹，又似凤凰展翅，沟通着左去广福寺右上万年寺的路径，因此这两座桥名为"双飞桥"，清音阁前的亭子也名为"双飞亭"。往下为牛心亭，原名琉璃水亭，又名洗心亭。清末的刘光第，在此留下"双飞两虹影，万古一牛心"的楹联。

　　峨眉河流经峨眉市区，在东湖湿地公园稍事休憩，也在这里摆出了出山后的第一个亮相。水面平阔的百亩东湖，似乎集中了峨眉河最初的美丽和韵味，包括清澈湖面展现的柔情，摇曳芦苇招展的野趣，飞翔野鸭表现的乡情，野渡无人写意的诗情，临水亭台静置的典雅。碧水映青山，轻波荡孤舟。人在湖边走，心在水中游，是一种舒卷情怀的闲适，是一份忘记烦忧的惬意，更是一缕缠绵在都市里的乡愁。

峨眉河的精华部分和主题画卷，是在流过了峨眉山景区和市区，进入符溪、苏稽的乡村田园之后。这时候漫步在峨眉河畔，入目皆是绿树、田园、村舍，随处都有小桥流水人家。

峨眉河的河水是清泠泠的，带着峨眉山的灵秀之气，蜿蜒流淌在田野阡陌之中。它在村庄外不经意地拐个弯，留下一湾宁静的碧水，也留下几级用作浣洗的台阶。它在河滩上泛起白花花的波浪，发出哗啦啦的喧响，仿佛是在吟唱一曲关于乡情的恋歌。间或河水在茂密的树林间婉转，在蓬松的古树下回旋，树根与河水相互纠缠，碧波与绿叶相互渲染，那种浑然天成的图画，是大自然给我们生活的启示。更多时候，峨眉河穿过的是四季更替的成片庄稼。这些庄稼地，也许是大片金黄的油菜花，也许是上百亩的蔬菜地，也许是接天连地的滚滚稻浪。它在跨过这些庄稼时，格外用心地放缓脚步，竭尽所能地给予滋养。每当庄稼成熟的时节，就是峨眉河最高兴的时候。

峨眉河的浓浓乡愁，还凝结在河水衍生的一些物事上。比如上千只放养的鸭鹅，成群游弋在河面上，如洒落在河面上的无数颗珍珠，或开放在河面上的无数花朵。鸭子和鹅们，或一个猛子扎进水里，或扑扇着翅膀仰天高歌，峨眉河就是它们自由自在的乐园，就是它们充分表演的舞台。比如岸边悠悠放牧的水牛，一片绿毯似的草滩铺展在水边，三两头水牛慢慢悠悠地在上面觅食，不时甩动着欢快的尾巴，或发出哞哞的叫声。牛背上的牧童相互呼叫，牛之间有牧犬在撒欢。比如横卧在河面上的平桥，一个石墩接着一个石墩，一段石板挨着一段石板，这头连着村庄，那头伸向阡陌。不时有行人从平桥上面走过，或急匆匆骑着车，或闪悠悠挑着篓，画面淳朴而诗意，充满乡村的味道。再比如，河岸边缓缓转动的水车，发出咿咿呀呀的鸣响。一只只竹筒绑在高大的转轮上，随着水流的冲击自上而下又自下而上，古朴的生产工具会让你产生穿越时空之感，心思顿然回到儿时的故乡。

即使是孤立于河岸的一座草亭，远远望去也显得风姿绰约，充满田园诗般的意趣；即使是河心一只打鱼的木船，在优美地撒网与收网之间，也有鱼儿跳跃在阳光之下，闪烁着耀眼的银光。还有几处古木荫蔽下的台地，那是早已消失的水磨房遗址，尽管水磨房已经走进了岁月深处，但我们的记忆却依旧那么清晰，内心充满怀想。

峨眉河旁边、苏稽镇上游有一大片竹林，修竹嘉篁绵延十里，形成驱不散的浓荫。人们便在沿河的竹林下修建了骑行便道，供骑车或步行。漫步在绿竹丛中，如穿行在绿色的长廊里，头上竹枝交错，身畔修竹林立。偶有鸟儿啼叫，洒下满世界的清幽。透过竹林的缝隙，可观赏峨眉河的绿水蜿蜒，以及河水中漂浮的芦苇，河面上白色的鸭鹅。有姑娘小伙撒一路铃铛声飞快骑过，激扬的青春伴随河水奔流，给这片景致增添靓丽的色彩。

绿道下游的峨眉河岸，坐落着繁华的苏稽古镇。

苏稽其名来历有三种说法，一曰苏轼祖辈在此稽留；一曰苏启隐于此地；还有一说是苏东坡先生曾在此"稽古"，传说不一。古镇自隋唐始，历经上千年历史沧桑而不衰，实为奇迹。曾几何时，儒、释、道烟云缭绕，南华宫巍峨耸立。古镇出产的嘉定大绸，成为南方丝绸之路上的一绝，"水波绫""乌头绫"等知名品牌的丝绸，把大唐盛世装扮得雍容富贵、流光溢彩。依靠了峨眉河孕育秀美的风景、丰富的物产和便捷的水上交通，苏稽在唐宋时期就成为嘉州著名的古镇，历代文人墨客从嘉州前往峨眉，常在峨眉河边的码头弃舟登岸，投宿逗留，观赏美景，品尝美食，寻访古迹，流连不去。宋代诗人范成大曾客居于镇上的"竹间轩客栈"，白天为峨眉河畔的山水、古镇着迷，夜晚却因峨眉河悲壮的滩声、烦躁的蝉鸣声难以入睡，从而吟唱道："送客都回我独前，何人开此竹间轩。滩声悲壮夜蝉咽，并入小窗供不眠。"

今天的苏稽，依然保持了古镇的原始风貌。清澈的峨眉河穿城而过，错落的街道铺排在岸边。繁茂的法国梧桐和蓬松的垂杨岸柳，沿峨眉河伸展开去。一个个陈旧的门牌号后面，是一个个独具特色、古色古香的四合院。里面的天井、堂屋古色古香。四合院门口，半圆形石砌码头上，一级一级台阶直铺到水面，台阶上刻下码头工人深深的脚印，也刻印着苏稽曾经的繁荣。因为古代主要依靠水上交通，苏稽古镇夹峨眉河而建，连接两岸的是一座古石桥，建于清代道光25年，全为石板平梁搭建，全长百米，共十六孔，均用质地优良的雅石筑成。河水、古镇和平桥，构成苏稽标志性的景观。

出苏稽古镇，穿过峨眉河大桥，峨眉河便向大渡河走去。因这里为峨眉河入口,所以取名水口。水口是乐山城郊著名的水乡,土地平阔,水网纵横,沙洲密布。峨眉河在这里结束了自己的行程,却留下一曲动人的田园牧歌,留下了一幅清幽的山水画卷,留下了一缕浓浓的乡愁……

龙池平湖照影来

清澈的平湖,壮美的古峡,神奇的溶洞,构成龙池湖美不胜收的景色,吸引着人们一次次前往探寻,一次次为之陶醉。

龙池位于峨眉山后山。从山门"天下名山"牌坊往左,沿着古驿路的"阳山江道"的路线,穿过青山环抱的土地关,再前行十余公里,就来到了历史悠久的风景名胜龙池湖。李膺在《益州记》中记载:"峨眉山下有池,广袤十里,号龙池。"《峨眉县志》曾记载:"池水深黝叵测,相传下有龙居,每开霁,则霞光上昱,隐见大金鲤四尾及水兽龙马等游戏其间。"这应该就是龙池湖得名的由来。史载从明代起,龙池湖便游人不绝。《峨眉山志》还记载道:"池多鱼,土人网罟为利,唯舟楫不敢近湖心,近则波涛骤涌,风雨交作。多凫燕之属,见人不惊。"如此说来,这龙池还真神奇了。

传说龙池湖是龙的化身,湖底锁着一条蛟龙。从前湖边的三峰山上有座庙,庙里有个老和尚,有个小和尚。一天晚上老和尚对小和尚说明天要去赶场,叮嘱小和尚千万不要开鸡笼门。师父走后，小和尚趁势又睡了个回笼觉。然而笼里的大公鸡不耐烦了，大声地啼叫，被搅了好梦的小和尚迷迷瞪瞪，早忘了师父的嘱咐，便随手打开了笼门。大公鸡走出鸡笼，发现一条通体红光、尾巴上拖着一条银线的大蚯蚓，便一拍翅膀飞扑上去张嘴就啄。只见大蚯蚓就地一滚，立马变成了蛟龙。蛟龙张牙舞爪尾巴一扫，汹涌的洪水平地而起，瞬间将小和尚、大公鸡和庙宇淹没。随后三峰山下出现了一个蜿蜒的湖，湖水浊浪排空，多少时日以后方才平静下来。传说那条要奔东海的蛟龙，也因乱发威祸害一方，被东海龙王锁在了湖底。在月明星稀的夜晚，人们在山顶俯瞰，依然隐约可见湖底的庙宇，以及庙里的灯火。

龙池湖的传说迷人，风光更迷人。自堰塞湖入口处的扁担桥进去，穿过热闹的龙池古镇，一片宽阔的水域便映入眼帘。湖面呈不规则的狭长形状，婴儿般静静甜睡在群山的怀抱中。两边连绵起伏的青山，耸立在苍碧高远的蓝天下，相互对峙成两道天然的屏障，从而构成龙池奇特的峡谷地貌。站在湖边举目翘望，天光水色尽收眼底，苍翠的山峰倒映在湖面，宁静的湖水横躺在山间，山与湖交融成一幅画或一首诗。有柳叶似的打鱼船，游弋在烟波深处，成为这幅画或这首诗的点睛之笔。更有洁白的鹭鸶翩翩飞舞，在湖山之上画出一道又一道优美的弧线。悠长曲折的湖岸线，由清晰而逐渐淡远，岸边散落着不少田地和人家，青葱的玉米或稻子，从水边铺展开去；间或有几缕袅袅炊烟，从掩映在绿林深处的房屋升起；也有三两垂钓者站在水边，垂钓着一山一湖的悠闲心境。

若在早晨从湖口的小码头登舟，游船悠悠向湖心荡去，船儿划破宁静的湖面，激起重重洁白的浪花。深入到湖中来，才知道什么是天高水阔。湖边是重重大山，伟岸而静穆；身边是层层碧波，清泠而柔曼。湖深处吹来徐徐的风，一阵阵扑入胸怀，撩动你的柔情，激发你的情思。而淡淡的水雾缓缓升起，轻纱般弥漫在湖面，给龙池湖戴上了神秘的面纱。当清晨的阳光驱散了水雾，灿烂地映照着波光粼粼的湖面，那些波浪便龙鳞般金光闪烁，形成一种令人心灵震颤的画面。当夕阳西沉，晚霞满天，湖面则如一匹巨大锦缎，发出赤橙黄紫等不同的色泽，绚烂多彩。夜晚的龙池湖是沉静而甜美的，青山剪影出曲折的线条，湖水发出轻轻的梦呓。附近人家的灯火，星星般闪烁在湖山之间，将画面点缀得温暖而深邃。

置身波浪千叠的龙池湖，翘首回望身后的峨眉诸峰，是那么清晰而切近，千佛顶、万佛顶以及附近的山峰，一片青黛如靛的山色，直入你的眼帘，直击你的胸襟。如若风住浪息，波浪不兴，湖面变得如铜镜般朗润，就会看见峨眉诸峰倒映在湖面，如美人对镜梳妆一般，层峦叠嶂，远山近树，山影历历，云影悠悠。高天流云和湖光山色交相辉映，构成一幅意境深远而雅致的水墨画，令人怦然心动。由于龙池湖独特的地理位置和优美环境，近年来不甘走前人路的登山者，选择了来龙池稍事休息，然后自龙池湖出发，从后山直抵峨眉最高峰万佛顶，再到达广寒世界金顶。这一路不仅避开了景点旅游线路的拥挤，而且景色特别优美，一路溪流淙淙，绿树葱葱，山道曲折，山势奇绝，是一种养在深闺不为人知的纯净美，当然也挑战着登山者的勇气和胆魄。

龙池峡谷中，戏水是一乐，登山是一乐，探洞也是一乐。而且探洞，似乎更能深入"龙文化"的本质。

沿着湖泊上游的路走十来公里，即到了龙池峡。龙池峡由一溪沟、二溪沟、三溪沟、四溪沟组成，狭长的沟壑形成了迷人的峡谷风光。龙池峡中有四溪沟溶洞群，其中包括撮箕洞、通天洞、私钱洞、老龙洞等，大大小小六七个，是典型的喀斯特溶洞，长者数公里，短者也有数百米。溶洞群构造复杂，洞内有洞，纵横交错，宛若迷离奇幻的龙宫。站在两山夹一水的沟壑中，仿佛置身于峨眉山"一线天"，别有一番韵味。峡谷内灌木丛生，枝繁叶茂，绿草茵茵，山峰耸立，悬崖峭壁，构成美丽的峡谷风光。

其中撮箕洞最具有代表性，全长约三里，洞内一股清泉随地势曲折蜿蜒，奔流不息，把洞底冲刷成高低不平、深浅不一的大小水潭，如散落的珍珠。洞内宽窄不一、忽高忽低，流水蜿蜒曲折。洞中钟乳石，如雨后春笋遍布洞厅，形形色色，奇形怪状，鬼斧神工，诸如"海贝行愿""鲤鱼听涛""螃蟹搬家"等象形怪石，仿佛龙宫里的虾兵蟹将齐聚在了撮箕洞，令人浮想联翩。

另有通天洞，其神奇之处在于，入洞有十多米深的竖井，来到井底向前走一段之后，抬头仰望间，有一束明亮的阳光如舞台追光似的，自几十米高的洞顶直射下来，但四处绝壁通天，根本无法向上攀登，故因此得名。私钱洞据说因有富人为避战乱，曾藏私钱于此而得名。该洞高大宽敞，洞厅约两千平方米，"酒醉龙王""定海神针""擎天一柱""雄师舞龙"等溶洞景观琳琅满目，无不和龙宫的神话有着关联，且生动有趣，令人惊叹。老龙洞为峡谷内最为幽深的一个溶洞，进入洞口后，沿一漏斗状小洞爬进去，再匍匐钻过一段低矮的溪流小洞，就来到一个喀斯特溶岩大厅，这里既有石柱、石笋、石塔，又有石花、石幔、石钟乳，构成又一处如梦似幻的境地。洞底有一碧潭，清澈见底如翡翠，令人叫绝。

"龙池九曲远相通，杨柳丝牵两岸风。长似江南好风景，画船来去碧波中。"借用花蕊夫人描写蜀宫的诗句，来赞美龙池的美景神韵，应该是受之无愧的。

马边河水十八弯

"这里的山路十八弯,这里的水路九连环……"用这句歌词来形容马边河的山川形胜,一点都不过分。

马边河是岷江中游的主要支流之一,是岷江仅次于大渡河和青衣江的第三大支流。它的诞生,历尽了艰险。在大风顶的重峦叠嶂中,在神秘的原始森林深处,一条条涓涓小溪或悬泉瀑布,在陡崖峭壁间曲折而行,冲撞跌宕,流成小溪,汇成深潭;再经过斗折蛇行的艰难跋涉,在乱石嶙峋的深谷里,将波浪在礁石上一次次摔碎,让浪花在险滩上一次次绽放。其间不知走了多少回头路,绕了多少激流湾,跳了多少陡岩坎,才汇成了一条河,才找到了流出山外的路。自发源地来到岷江,艰难行程两百里,垂直落差两千米。这是一种坚韧的力量,一种执着的寻觅。

但在艰难跋涉的过程中,马边河不止有眼泪和叹息,还有浪漫的情怀和美丽的故事。它的岸边生活着几万彝族儿女,有着多姿多彩的彝家生活。春天里,索玛花开满河谷的时候,苦荞花开满山坡的时候,也是彝家最繁忙的时

/ 133

候,他们在山坡上劳作,耕耘,挥汗如雨,种下一年的希望,盼着秋天里更好的收成。三月三是情人节,马边苗族的花街节热闹非凡,扭板凳、摔跤和男女对歌比赛,掀起一阵又一阵热潮;男女排成圆形阵列,跳起优美抒情的芦笙舞,汉、彝、苗同胞同喜同乐。

七月的阳光如火如荼,七月的火把节如诗如歌,希望的火把照亮了河边山寨的岁月,爱情的火光照亮了姑娘小伙的心房。而彝家的新年,按照古老的太阳历记法,在农历十月就早早到来了。在彝家金黄玉米挂满墙壁的院子里,杀过年猪,开泡水酒,走村串寨;在温暖如春的火塘边,共饮马边河水酿造的美酒,互致马边河一样滔滔不绝的祝福,他们围坐在酒坛四周,轮流喝着甘甜的竹竿酒,从月起到月落,不醉不归。马边人家欢声笑语,马边河畔酒香四溢,马边河里流淌的不是水,而是醇浓的友谊酒、祝福酒。而当大风顶或莲花山上,白雪送来圣洁的冬天,马边河畔的腊梅花开了,山坡上的索玛花打朵了,桃树梨树又开始谋划即将到来的春天。

走出山谷困厄的马边河,自有一分山里人质朴、自信的气质与神韵。在高耸入云的莲花峰下,马边河像欣喜进城的山妹子,迈着轻盈活泼的步子,发出哗啦啦的笑声,姗姗地走进边城。它睁大了清澈明亮的秀眼,好奇地打量着古老的黄桷树,轻轻拍打着沧桑的明城墙,悠悠地穿过彩虹桥和水泥桥,然后带着小城的故事和传说,满怀欣喜地出发。

马边河畔的乡村是迷人的,马边河边的乡情是浓郁的。春风吹来，万物复苏，马边河畔又是一番景致。河堤上古老的榕树抽出了新枝，柳絮纷飞，桃红杏白。勤劳的蜜蜂穿行在金灿灿的菜花丛中，采撷着甜蜜。穿红着绿的踏春人，徜徉在河滩田野，不知谁家小孩，放飞着硕大的风筝，也放飞着明天的希望。而秋日的马边河，秋水澄明，芦花漫舞，白鹭翻飞，游鱼戏水。坝子里稻菽一片金黄，沉甸甸的玉米棒子压弯秸秆，山坡上梨子、柑橘挂满枝头，人们满怀喜悦庆祝着丰收，享受着秋日的富足。

马边河匆匆流过双溪乡，流过古老而繁华的荣丁镇，便进入绿竹簇拥的沐川。沐川境内多竹，无论公路旁还是溪流边，一丛丛一簇簇地生长着。放眼望去，马边河两岸，到处都是竹的身影。马边河被绿竹拥戴着一路前行，又在舟坝和黄丹被层层拦截，留下了一湾湾澄碧的湖水、一处处幽谧的深潭后，再次穿越一道长长的峡谷，来到犍为地界。

最先迎接它的是桫椤湖。在形成湖泊之前，这里曾是马边连接外界的交通要道，其时急速而下的江水，在那狭窄的河谷中汹涌咆哮，常常发生船倾楫摧的惨剧。坛罐窑电站崛起，高峡出平湖，细长的河流顷刻变为宽阔平静的湖面，河水平铺，群山簇拥，绿竹相衬，桫椤丛生，田园农舍，船只穿梭，好一幅迷人的山水画卷。乘船漫游其间，一湖风光美不胜收。湖尾有原始森林，沟壑幽深，溪水潺潺，古树茂密，古道崎岖。据说这里是古代南方丝路必经的驿道，也曾在此建立清源驿站，后来驿站古街被淹没在了湖水之下，只留下布满苔藓的一级级石板铺筑的驿道。想当年马边河畔商队络绎不绝，马蹄声声，而今却变得沉寂荒凉，野草漫道，真是"古今多少事，都在笑谈中"。这里的桫椤树特别多而集中，伞状的树冠相互交错，遮天蔽日，树形千姿百态，古朴沧桑。其中最著名的是一株老桫椤树，顶上生长出九个树梢，恰似九龙腾跃一般，人称"九头桫椤"，实为奇迹。

而建在湖滨半崖上的马庙乡，建筑古雅而久远，街道清静而错落，仿佛被马边河遗忘了一般。马庙之名，来源于这里的山川形貌。这里的马边河畔，五条雄奇的山梁形同五匹骏马，直奔马边河饮水，这就是传说中的"五马奔槽"。先人认为这是风水宝地，便在半山腰修建了一座寺庙，取名马庙。时过境迁，马庙现在仅存遗址。今天沿着湖边的石级登上马庙，依然能见一处处发人幽思的老房子、老店铺和老寺庙。

马边河流出桫椤湖，便进入清溪镇，这里是著名的茉莉花基地。一望无际的茉莉花铺满马边河畔，一到花开时节，满园花开，满园芳香，仿佛连流过田野的马边河水，也浸透了茉莉的花香。

河畔有座风景秀丽的沉犀山，马边河在这里转了一个大弯，形成了一个河水澄碧的河湾，传说山下的马边河经常泛滥成灾，蜀郡守李冰便在此修筑水利工程，并沉石牛（即犀牛、古代牛神）以镇之，故得名。"沉犀秋月"就是犍为十景之一，其题刻在清溪保存了很久。

距沉犀郡治遗址不远有座子云山，山的得名与汉代文学大家扬雄有关。扬雄本是蜀郡郫县人，他博览群书，喜好辞赋，曾奉召随成帝四次出游，写成千古绝唱《甘泉赋》《河东赋》《羽猎赋》《长扬赋》，从此名震天下。子云洞中有联为证："大儒不文，下笔动九天风雨；大将不武，挥戈扫万里烟尘。"据说当年这里景色优美，特别是晨光初现时，紫气东来，云蒸霞蔚，"云亭晓烟"的美景吸引了无数名流雅士。于是山上建起了子云亭，修起了水月寺，唐代文学家刘禹锡《陋室铭》中"南阳诸葛庐，西蜀子云亭"两句，指的便是此地，可惜这些遗迹现在早已了无踪影。

在清溪古镇外的马边河对岸，有一溜浅山名"二龙山"，是说此山蜿蜒起伏如二龙抢宝。这个宝就是清溪镇。清溪镇边有一古渡口，是过去商船往来停靠的地方，也是打鱼船停靠和卖鱼的地方，那时靠了岷江水路，靠了马边河的便捷，这里常常是帆船林立，熙来攘往，好不繁华。沿渡口一带的马边河岸，客栈相连，商铺相接，轩窗临水，古树掩映。渡口曾立有一碑，上书"清溪渔唱"，反映了当年在夕阳西下时，打鱼人满载而归高唱渔歌的场景，不过现在，此碑连同粗犷的渔歌，都已湮没在时间深处。

一路翻滩越涧风雨兼程，坚韧执着又色彩缤纷的马边河，终于走完了200里行程，完成了2000米垂直落差的惊人跳跃，扑入了岷江母亲的怀抱。清溪镇外两河口的龙神庙，悠扬的钟磬和袅袅的香火，是对马边河一路旅程的祈祷和祝福。

鸟类天堂大佛湖

宋代诗人滕宗谅有诗句："湖水连天天连水，秋来分外澄清。君山自是小蓬瀛。气蒸云梦泽，波撼岳阳城。帝子有灵能鼓瑟，凄然依旧伤情。微闻兰芝动芳馨。曲终人不见，江上数峰青。" 平湖，秋水，云朵，芷兰，绿岛……似乎用这首诗来描绘井研大佛湖的湖光山色，也是有几分贴切的。

说起这座被丘陵环绕的湖泊，不能不忆起李冰治水都江堰。

战国时，秦昭襄王很重视农业生产和水利建设。李冰受到了他的重用，被派到蜀郡去做太守。李冰到蜀郡后，看到成都平原广阔无边，土地肥沃，却人烟稀少，非常贫穷。他很纳闷，就问当地的百姓，一位老人指着贯穿成都平原的岷江告诉他："就是因为这条害人的河。"李冰恍然大悟，决心征服这条河流，为当地的老百姓谋福。他先对岷江流域进行了全面考察，几次深入高山密林，追踪岷江的源头；他不畏长途跋涉，沿江漂流，直达岷江与长江的汇合处，终于找到了成都平原缺水的原因。他亲自带领指挥民工，在玉垒山凿开了一个二十米宽的口子,叫它"宝瓶口"。然后在江心用构筑分水堰的办法,把江水分作两支,逼使其中一支流进宝瓶口。堤堰前端犹如鱼头,所以取名叫"鱼嘴"。它迎向岷江上游,把汹涌而来的江水分成东西两脉。西面的叫外江,是岷江的正流;东面的叫内江,是灌溉渠系的总干渠,渠首就是宝瓶口。他还亲自规划、修建许多大小沟渠直接宝瓶口,组成了一个纵横交错的扇形水网。都江堰建成后,不仅惠及当时的成都平原,使这片土地成为繁荣富庶的"天府之国",而且泽被周围的地区,包括地处龙泉山脉的仁寿、井研。

过去,正是高耸的龙泉山脉,把美丽富饶的成都平原与这里隔断,造成这片丘陵十年九旱。长期以来,人们发扬李冰治水的精神,致力于引都江堰之水灌溉井研,以解决这里的严重干旱问题。大佛湖就是引都江堰之水,穿过横亘阻塞的龙泉山脉,灌溉这片干渴的土地,并形成这处烟波浩荡、绿岛青葱的水利旅游度假区。

之所以命名此湖为"大佛",其中有个典故。据井研的朋友讲,清雍正年间,地处井研西北面的大佛乡年年干旱。老百姓便修建起了大佛寺,祈求菩萨保佑这方水土风调雨顺,时时供奉以香火和贡品。每遇天干年份,还要在庙里举行求雨法会,祈祷上天降下甘霖。后来大佛寺逐渐破败,最终消失在了时间的长河中,而干旱依旧。人们便在这里修筑大坝,拦蓄引自都江堰的流水,形成了拥有八千余亩浩渺烟波的大佛湖。整个湖面集中而开阔,波光粼粼,碧水汤汤,望去波澜壮阔,气象万千。伫立湖边,湖风扑面,掀衣入怀,似久违的情人重逢，说不尽的情切切意绵绵。远处的湖面上，几只渔船柳叶似地漂浮在水中，阵阵湖风吹来湖滨果园的花香。宋代曹勋《题扇二十四首》中云："雨余湖上数峰青，湖水连天似镜平。一棹迎凉快襟袖，香从苹末晚风生。"应该就是这种意境。

湖心有碧水环绕的小岛若干，螺髻似地散落在水面，千姿百态，美不胜收。如若遇到水雾飘浮，薄纱轻笼，小岛们如梦似幻，好似海上蓬莱。据说湖内有孤岛十四个，半岛二十四个，岛与岛之间湖水阻隔，碧波相连，如情侣一般相依又相望，激起人们无尽的想象。这些小岛与湖边的远山都不高耸，更不巍峨雄峻，只浅浅地横卧在水边或水中，象征性地露出起伏的轮廓，像极了宋时的文人山水画，只淡淡几笔零山剩水，老树野村，小桥石径，便意境尽显，尽得风流。

乘船进入湖波之中，最能感受湖光山色之美。游船犁破平静的湖面，掀起一重重翡翠似的波浪，激起一阵阵坎坎塔塔的涛声。层层叠叠的波浪在阳光照射下，发出晶莹夺目的光斑，如散落的碎银一般，画面清新悦目。游船再往纵深驶去，四周的湖岸都已远去，放眼皆是浩浩的水面，举头皆是明净的天空，此时你才会感受到，任何人在大自然面前都是渺小的。此时此景，一切功名利禄都被抛在了身后，你已被天高水阔简略成了一个纯粹的人，一个飘忽的小点，仿佛会融化在湖水之中。纵目四望，天空很高远，云影很洁白，湖风很轻柔，青山很葱翠。置身此中，心胸顿开，物我皆忘，不知今夕何夕。正如唐代诗人张说所云："闻道神仙不可接，心随湖水共悠悠。"想古今有多少像范蠡那样的英雄豪杰，一生奋战功成名就之后，最终选择了消隐于烟波之上，浪迹于江湖之中，把前尘旧事忘得干干净净，或者深埋于内心深处。

　　也不妨选择一两处小岛停靠，演绎一番野渡无人舟自横的意境。然后沿着水边曲曲折折的小路登岛，看绿树怎么在绿岛上葱茏生长，芦苇如何在水边轻轻摇曳。一些芦苇托举着洁白蓬松的轻絮，妩媚地招展在风中水中；遍地的小草自由自在地蔓延滋长，间或开出星星点点的小花。选一处临水的草地坐下，望远山近水次第铺展，听水草丛中几声蛙鸣，感受一番乡间野趣，不亦悦乎。有一些岛子稍大，惜地如金的农人便在上面种了庄稼，你还可以在田间走走，看玉米、小麦蓬勃生长，看花生、豆苗肆意吐绿，或者走进盛开的油菜花海中，让那一片金黄将你淹没。一些岛子上还种着不少果树，多是些橘子树，初夏时节开满细碎得几乎看不见的橘花，散发出一阵阵浓郁的芳香。一到山明水静的秋天，树上就会挂满金灿灿的果子，你随意去摘一个两个尝尝，感受的是品味乡野的惬意。

　　也许此时，你的身边会扑棱棱飞起几只水鸟，还来不及举起相机，鸟儿就已经箭一般向远处飞去，融入了悠远的碧空里。大佛湖有野生水鸟十余种，其中有国家二级保护鸟类灰鹤、黄鸭等，水鸟种群达两万只。每年的春、秋、冬三个季节，很多北方鸟类迁徙到这里过冬，最多的时候有上万只，望去百鸟齐飞，阵势可观，仿佛鸟的王国青海湖一般，只见鸬鹚、灰鹤、白鹤、鸳鸯、鹭鸶、黄鸭、野鸭等，众多水鸟在湖里自由游弋，诗意栖居。每当此时，我们会泛舟于湖上，和鸟们来一次亲密接触，进入天人合一、物我两忘的佳境。

游船荡漾在湖中，经常会听见一阵水声急促响起，菜花上空升起一群野鸭，短小的翅膀飞速舞动着，金黄的鸭嘴像箭一样冲出去，带着有些肥硕的身体向上攀升，引起游人一阵惊呼。一排灰鹤则整齐地在水边站立着，甚至连头的朝向都是一致的，它们从容淡定，样子娇憨可笑。岸边的树上，停着好些鱼鹰，学名鸬鹚，像一队士兵整齐划一，整装待发。而水边芦苇丛中的麻鸭，正以极高的兴致表演潜水，鱼儿竟然那么轻易地就被它们衔在嘴上。白鹭则以极优雅的姿势，或者在天上悠悠飞翔着，或者栖息在水边林中，洁白与葱绿的搭配，加上飞翔时优美如芭蕾的姿态，无疑成为人们眼中的明星。一些娇小美丽的鸳鸯，成双成对相依相偎，在岸边相互打扮或在水里嬉玩。每一个背风的弯处或是有树的岛上都有鸟，据说这里是四川水禽越冬最多的湖泊，堪称蜀中观鸟"第一湖"。

大佛湖不仅是水鸟的天堂，也是鱼类的天堂。但这里没有人工养殖，湖中的鱼儿完全自然生长。每当夕阳西下，湖上的渔民会下湖捕鱼，他们迎着晚霞撒开渔网，打捞鱼儿也打捞夕阳；或者大声驱赶着鸬鹚，一次次潜入水中追捕鱼儿，一次次将收获放进船舱。一曲曲优美动人的渔光曲，总是在大佛湖一次次上演。捕捉湖里的生态鱼，有时一网会捞到十多斤，甚至几十斤。其中有种细细长长的细鳞鱼，当地人称"麻鱼儿"，繁殖能力特别强，湖上的不少渔民就是靠捕捉这种鱼生活。其余的鲤鱼、草鱼、鲶鱼、鲫鱼、鲈鱼等，都很多，也生长很快。我想，也许正是这众多的鱼儿，才吸引那么多的鸟儿，自遥远的地方赶来，在这里繁衍生息。

　　回到湖岸上，去农家坐坐，也是来到大佛湖应有的安排。湖滨的农家，背依青山，面向湖水，春天有三两株桃花灼灼，秋天有一丛丛菊花开放，不时有鸡鸣犬吠之声，院里院外地传来。古人诗云："兰渚前头湖水清，了无俗事败幽情。"坐在临水的院坝，忘却一切的烦忧，尽情享受这一天半天的清闲，拥着一杯两杯山茶，驰怀纵目，恣意悠闲；或者就着这里的农家菜，把酒临风，舒卷情怀。每当此时，你会情不自禁吟起孟浩然的诗句来："故人具鸡黍，邀我至田家。绿树村边合，青山郭外斜。开轩面场圃，把酒话桑麻。待到重阳日，还来就菊花。"

　　是的，大佛湖，一个充满禅意的地方，也是一个世俗味很浓的去处。是禅是俗，全在每个人的心境，每个人的所求。禅，可静；俗，可乐！

金牛河畔稻花香

　　自丹棱总杠山出发，流经夹江县东北部，在小三峡上游注入岷江。这就是岷江主要支流之一的金牛河。

　　金牛河在古代又叫作金流河。清代诗人王渔洋在《蜀道驿程记》里，便用过此名。时间再往前移一千余年，大概因它经常发生洪灾，给沿河民众带来灾难之缘故，金牛河在丹棱县境内的一段，被叫作"难江"。后来，民间流传着一个令人叹息的传说：金牛河河边有口深井，井里用一株施了魔法的南瓜藤拴着一头金牛。这头金牛是沿河百姓的护佑神，能保佑这方水土风调雨顺，富足安康。清代末期来了两个外国人，以传教士的身份为掩护，实行盗宝劫财的勾当。他俩听说有"金牛藏井"，便偷偷摸摸前往盗取，可因做贼心虚，慌乱中扯断了拴牛的南瓜藤，导致河水猛涨波浪滔天，那头金牛便趁此机会挣脱羁绊，顺着汹涌的洪水逃往岷江，不知所终。从此以后，人们便把此水叫作金牛河。

　　丹棱金牛河畔的九龙山风景区，有处大禹治水的遗迹。远古时期，华夏分九州，夹江为梁州之地。据说夏朝时候大禹骑象治水到梁州（今四川），也曾来到丹棱、夹江一带。他率领民众开渠筑堰，治理难江水患，造福一方百姓。所以长期以来，这一带都有大禹治水金牛河的传说，他们的依据就是河滩上留下的酷似大象足印的浅坑，当地史志也有大禹"骑象治水"的记载。

"大象足印"在夹江与丹棱、眉山两地接壤的吴场镇，在龙华水库大坝下一片裸露的河滩上。人们早年就在这里发现了无数个深深浅浅的坑洞，形似大象踩踏后留下的足迹，传说是大禹骑象治水留下的。这里处于河谷地段，青山葱翠，峡谷幽深，风景宜人。谷中布满了许多奇异石穴，大过面盆，小如拳头，深浅不一，内壁光洁，它们很有规律地排列着，星罗棋布，有数千个，当地人称为"象窝"。但后来经专家考证确认，这不是什么大象足迹，而是古冰川遗迹，也就是冰臼。

冰川遗迹附近有座龙华古寺，古称卢华寺。寺中曾有一尊两米多高的铁铸大象，上面骑坐着菩萨，与峨眉山万年寺无梁砖殿的那尊铜像相似。相传唐朝时佛教在峨眉山盛行，普贤菩萨骑象经过九龙山，看见此地风光秀丽，泉水叮咚。他见坐骑宝象口渴，于是来到金牛河边饮水，稍作休息后才前往峨眉山万年寺。这是当地人给予冰臼的另一种解释。

龙华寺不但庙宇宏大，其中的佛像也非一般寺庙可比。这些佛像全部为石刻镌造，所以龙华寺又有一个名字叫作"石佛寺"。当其他寺庙中的泥塑木雕几毁几立之际，龙华石佛却完好无损地保存下来。

常言道，山不在高，有仙则名；水不在深，有龙则灵。金牛河上游的一段山水，正好印证了这一说法：有山有水，亦名亦灵。只是养在九龙山中不为人知。

龙华寺附近有龙华水库，为上世纪五十年代修建。人们在金牛河谷筑坝拦水，形成了波光潋滟的一方平湖，也使洪水泛滥的金牛河，从此变得温良，安静地卧在宁静的山谷之间，温婉如淑女一般。远远近近的人们慕名来到龙华，先去古寺敬香，欣赏有着千百年历史的摩崖造像艺术。然后乘船游览龙华库区，感受不一样的山水风光。荡舟于湖面之上，放逐梦想舒卷情怀。湖心里波光粼粼，湖岸边茂林修竹。看九龙山丹崖峭立，青山叠翠；听龙华寺鸣钟击磬，梵音袅袅。赏不尽湖水清幽，白鹭翩翩，鸟儿啼鸣，泉水叮咚。一段涤尘荡虑的旅程，一种清心润肺的举动。不知不觉中就到了冰川遗迹的所在，考察一番距成都最近的冰川遗址，作一番地质演变的探寻与追溯，感叹一番沧海如何变成桑田，游人心里总会油然生出不少感慨。

金牛河流过龙华山谷，便进入一马平川的地段。自吴场镇到乐山城上游的岷江小三峡数十里，都是一片阡陌纵横的良田沃野，地理学家称眉山到夹江一带为眉夹平原，金牛河则是从这一平原的核心地带流过。金牛河流入平坝，变得柔美而秀丽，百余米宽的河面浪花翻卷，如一条玉带飘舞在田垄中，不时在沙洲或场镇附近拐一个弯，留下观音阁、楠竹沱等一道道宽阔宁静的河湾，成为夏天的天然泳池，也成为端午赛龙舟的绝佳去处。有时河水也被田地阻隔，分流成若干河道，环绕出一个两个的岛子，岛子上居住着不少人家，栽种着成片的庄稼，俨然是有着浓郁人间烟火的绿岛。有一两处平桥或水泥桥，连接着河道两岸。水中的游鱼成群结队，历历可数，常有渔船在河面作业，渔夫挥舞着竹篙大声吆喝，驱赶着鸬鹚不断钻进河水捕捉，不断地将一条条银亮的鱼儿衔在尖尖的嘴上。最是春天桃花水涨的时候，一群群的"桃花郎"逆流而上去产卵，不小心便钻进了渔人们夜间设下的竹笼不能逃脱。更早的时候，还见个别渔人，手拿一根带铁尖的木棍，在沙滩上刺探，一旦手上有了感觉便弯腰到沙子里探寻，往往能捉住藏在沙堆里的甲鱼。河滩上的鹅卵石色彩斑斓，或洁白圆润，或鲜红如赤，或碧绿如翠，造型更是多种多样，或状如禽兽，或形同花果，甚是可爱。

　　有了金牛河水的滋养，两岸很少因干旱而歉收，此地也成为夹江著名的米粮仓。每年小阳春时节，人们就开始在河畔播种小麦、油菜、胡豆、豌豆等作物，一到七九、八九，河两岸便麦苗翻卷，如茵似碧。油菜花更是金灿灿一片，从河岸直漫向山脚，引来无数蜂飞蝶舞，说不尽的春意盎然。每当布谷鸟唱歌的时节，乡亲们便开始撒播谷种，谋划大春种植。其时桃花、李花也开了，金牛河畔处处桃红李白。季节到了盛夏，豆苗已经结果，瓜秧已经开花。田野中的秧苗开始抽穗，金牛河边稻花十里，蛙声一片，那种浓浓的乡土气息，使人陶醉，让人留恋。当然，河边的乡亲们除了种植粮食作物，也栽桑养蚕，种茶育果。他们一般在河边的沙地上栽种成片的桑树，在两岸的山坡上种植绿茶，所以这里四季都是柔桑滴翠，茶果飘香，好一幅田园牧歌似的农耕生活场景。

也是因为有金牛河，河边长藤结瓜似地分布着不少古老的场镇：吴场、三洞、梧凤、青州、罗波、悦来等等。这些临水而建的古镇，有着成百上千年的历史，街道的路面大多青石铺筑，曲曲弯弯；店铺大多青砖砌墙，青瓦覆顶，木质的雕花梁柱和门窗，错落有致，更有高高的马头墙和参差的飞檐点缀其间，古朴而典雅。其中青州是一个非常悠久的镇子。史载公元502年，萧衍取南齐建梁国，其后在夹江青衣江一带置青州。旧时的青州虽不大，但青砖碧瓦，屋宇轩敞，骑墙高耸，石级井然。镇外驿道蜿蜒，拱桥如月，溪流潺潺，嘉篁葱翠，古柏森森，青山肃穆，常常引人驻足。

金牛河，逶逶迤迤来到乐山古城上游的鱼窝村，便汇入穿越岷江小三峡的湍流中。百余里的行程实在太短，在偌大的中国版图上很容易被忽略，却串起了一道秀美的风景，串起了一片富饶的田园，串起了一段沧海桑田的悠久历史，更串起了我挥之不去的乡愁……

杜鹃池映杜鹃红

神秘的黑竹沟,除了它雄峻崔嵬的气势,还有阴柔妩媚的一面。正是阳刚与阴柔的结合,才构成了这里的风光无限和气象万千。

黑竹沟柔美的一面,就在于它的水。一走进黑竹沟,你会立即被哗哗的流水声所吸引。纵目望去,崎岖的沟壑间,溪流纵横,千姿百态。沿着水流的方向一路进山,只见崇山峻岭中,大大小小的奇瀑深潭一个接着一个;密林深谷间,湍急的白浪奔腾咆哮,滚滚而下,如蛟龙腾跃,骏马出山。特别是海拔2000米以上的地带,分布有高山海子十余处,最大的天然湖泊约两百亩,其间湖光山色相映成趣,美不胜收。

杜鹃池就是其中的杰出代表。

杜鹃池是一对清澈明媚的高山湖泊,分别为公母杜鹃池,镶嵌在挖黑罗豁山上的莽莽林海中,海拔2500多米,被称为"云朵上的海子"。传说,一位仙女迷恋这里的杜鹃而偷跑到人间,与当地的青年相爱。他们因触犯了天条,被罚长期两地分居。从此他们只能遥遥相望,而不能走近对方。如果有什么心事要向对方倾诉，只能拜托四处游荡的风来传递。当他们难以忍受分别之苦时，悲伤的泪水就会夺眶而出，化作漫天淅淅沥沥的雨。如果听到公、母杜鹃池都发出呜呜的哭声，那么不管一开始是多么晴好的天气，都要马上开始变阴，接着就会降下雨来。而大小杜鹃池，就是这对情侣的相思泪汇集而成的。这个凄美的传说，为杜鹃池增添了不少神秘的色彩。

从峨边彝族自治县县城出发，来到大渡河边的玉林桥，再溯峡谷中奔涌的官料河而上，穿过深山里的金岩温泉，上山行约20公里，便来到黑竹沟景区，开始了杜鹃池的寻访之旅。一路走来，可领略马里冷觉湿地美丽的风光，感受挖黑罗豁高山草甸的广阔，见识荣宏得迷人的出岫山岚，体验黑竹沟的春花秋雾、夏阳冬雪……

随着山路的不断攀升，视野也开阔起来。放眼望去，青山妩媚，满眼绿意。原始森林遍布山岭，挺直的冷杉肃立一片，不时在枝干上飘拂着一些藤蔓，甚至是珍贵洁白的松萝。一些云雾弥漫在幽深的沟壑间，蒸腾变幻。更为奇特的是，在高海拔地带，阳光、云雾的交替出现，演绎出"十里不同天"的奇异景象。一会儿艳阳当头，照射得山林格外明媚，阳光穿透树叶的缝隙，丝丝缕缕地洒落在满是枯叶的林子里，使阴湿的林地上出现耀眼的光斑。一会儿云雾漫卷，一缕缕山岚随之飘了起来，先是淡淡的、薄薄的，如轻纱缠绕林间，景象飘渺朦胧，让人恍入仙境。有时云雾越积越多，越来越浓，远处的山、近处的树，都神奇地消失在了眼前。

藏在深闺的杜鹃池,就在你不懈的攀登和惬意游览中渐渐靠近。

在一段崎岖山路的跋涉之后,当你忽然看见一泓碧蓝幽深的水池出现在眼前,心里的那份欣喜无以言表。几乎每个来到杜鹃池的人都会在此刻发出惊喜的欢呼,快乐的呐喊。是的,跋山涉水前来寻访的杜鹃池,此时就这样躺在大森林的温暖怀抱中,在高山顶上闪烁着盈盈的湖光。湖面安宁恬静如处子一般,没有一丝丝的波纹;如少女含情的眼睛,充满了令人心动的诱惑;如镶嵌在山间的铜镜,让飞鸟和树林在上面对镜梳妆。由于周围植被较好,湖水无比清澈澄明,近看可见湖底的游鱼,在水草卵石间倏忽游动;远观则如一块硕大的翡翠,那种纯粹如水晶的湛蓝,令人心醉。

寒冷的早晨或晚霞映染的黄昏,湖面会袅袅飘浮着一些轻雾,如笼在海子上的柔曼轻纱,更增添了杜鹃池的娇羞与神秘。也常常在一早一晚,会有徐徐的清风吹来,将海子的水面吹皱,阳光便在密密的波纹上跳跃,池面金光闪烁。而池东、池南两条细细的水沟,静静地为小杜鹃池提供着不竭的水源——小杜鹃池是一个封闭的池子,没有出水口。

小杜鹃池是一个半月形的海子,周围生长着不少古树,最长树龄有上千年。两株叫不出名字的古树,树身相隔,树枝相交,树上的藤蔓交织在一起,缠缠绵绵难舍难分,人们给它们取名"情人树"。湖水梦幻般静谧,成群的鱼儿自由自在,捧起一把湖水,寒冷彻骨。

进入大杜鹃池则需要步行,从山顶一直下到垂直距离上百米的低谷地带。沿途只见三三两两的彝族同胞，不管是大人小孩，都背着一个布袋，脚步匆匆。他们早上进山，花一整天时间寻找森林里的名贵药材。山里除了三月笋之外，还有大量的药材"重楼"，运气好的时候还可能碰到虫草。大山对于这里的子民格外慷慨，给予他们木材、食物和药材。大山的子孙也以敬畏和珍惜回报，在采摘竹笋时会留下一部分以保证资源的可持续性。经过一片沼泽地和芦苇，即可到达大杜鹃池。一路上缓步行进，脚踩在由大树搭成的小路上。这些树木，是当年林场工人伐树时留下的，树上布满了青苔。

　　杜鹃池中生活着一种冷水鱼，细鳞银白，娇小活泼，常成群在水中活动，忽而停在水里一动不动，如入定了一般；忽而剑一般飞窜，倏忽间就不见了踪影。一群群蝌蚪聚在池边浅水处的石头旁，如一个个游动的逗号，趣味盎然。这些鱼儿引来了鸟儿们觅食。灵活敏捷的野鸭子是捉鱼高手，只见它们一个猛子钻进水里，总能捉住一条两条小鱼，享受一番美餐。白鹭也是这里的常驻居民，它们对鱼儿更有偏好。常见它们从树林中结队飞来，轻盈盈落脚在浅水区，睁圆了眼睛寻寻觅觅，长长的尖嘴不时探进水里捕捉着小鱼。待吃饱喝足之后，它们便一扇翅膀飞回林子中歇憩，或单腿站立在水中睱寐。也有一些翠鸟加入捕鱼的行列，其身手更为敏捷灵便。有鸟的杜鹃池俨然天鹅湖，充满了诗情与画意。

　　海子四周生长着茂密的冷杉，高大森严地站立成绿色的阵容，散发出一种威严冷森的光辉。间或有一两丛翠竹幽篁，柔美地飘拂着枝叶，在高大冷杉的陪衬下，显得婀娜多姿。秋天到来的时候，花楸树、槭树、枫树和一些不知名的树，都次第鲜红了叶子，高高托举在空中。虽不是漫山红遍层林尽染，但那万绿丛中的一树红叶，就更显得艳丽夺目，成为杜鹃池美丽的点缀。林中常有梅花鹿来到池边活动，成为这片风景最好的点缀。如果你运气好的话，就可以看见它们迈着矫健而灵巧的步伐，走出林子来到海子边饮水，有的喝完水之后久久不去，就为了对着水面照照自己的影子。

　　森林中夹杂着不少珍稀的珙桐，每到夏天都开出洁白的花来，恰似无数欢快飞舞的鸽子。关于黑竹沟里的珙桐树，还有一段凄美感人的爱情传说。相传在很久很久以前，有位国王，只有一个女儿，叫"白鸽公主"，一天，公主在森林中打猎，被一条狠毒的蟒蛇死死缠住。正在危急关头，一位名叫珙桐的青年猎手，用刀斩断蟒蛇，救回了公主的性命。二人一见钟情，山盟海誓，公主取下头上的玉钗，从中折断，各执一半，作为信物。公主回宫后，恳请父王将她许配给珙桐。不料此事遭到国王的坚决反对，他连夜派侍卫将珙桐射死在深山老林。公主知道后，卸去豪华的宫妆，穿上洁白的衣裙，逃出了宫殿。她来到珙桐遇难的地方，放声大哭。此时忽然雷声大作，暴雨倾盆，一棵小树破土而出，恰像竖立着的半截玉钗，转瞬间，这棵小树就长成了参天大树。公主情不自禁地张开双臂，扑向大树。霎时，大雨停了，雷声息了，哭声也停了，只见无数洁白的花朵挂满了大树的枝头，花朵的形状宛如活泼可爱的小白鸽，清香美丽，让人不能不想起白鸽公主与青年猎手的凄美故事。后来，人们把这种树叫作琪桐，更把它视为忠贞不渝爱情的化身，所以梧桐又被称为爱情树。

但海子边更多的还是杜鹃树。据调查，这里的杜鹃树有四十多种，占地一万多亩。这些杜鹃花一丛丛一片片，挤挤挨挨地靠近池边生长，或粗壮虬曲，或纤细秀挺，或高及人头，或矮如灌木。每年草长莺飞的五月，正是高山杜鹃花开的季节，海子边、树林下、竹林中，一株株杜鹃花肆意绽放，点染了黑竹沟的春天。这里的杜鹃花品种丰富，它们花呈五彩，或者鲜红如火，热烈芬芳；或者洁白胜雪，纯洁无瑕；更有非常少见的紫色杜鹃花，闪烁着深沉而含蓄的美，在杜鹃花海中具有一种别样的魅力；而最多的是粉红的杜鹃花，妖妖娆娆地开遍了山岗。这些粉红花朵，从不掩饰自己的美丽娇艳，绽放得恣意放纵，热烈真诚，吐露着梦幻般的芬芳。杜鹃池的湖面倒映着鲜花们的倩影，湖水被花海的绚烂色彩浸染着，荡漾着浓浓的春天的气息。这些花不仅色彩各异，而且花形也各不相同，有的大如睡莲，开得张扬；有的小如桃花，相对内敛。但无论大小，都珍惜着大好春光，尽情开放。从小杜鹃池到大杜鹃池，一路上都盛开着不少杜鹃花，红白粉紫，乱花迷眼，恍惚中如入桃源。花丛之中，蝴蝶飞舞，小鸟歌唱，生机无限。

林子和海子之间，散落着一些小片的沙滩和草地，散乱着三五处嶙峋的岩石。有三五头牛儿，在杜鹃池畔低头啃食，怡然自得地甩动着尾巴，不时发出哞哞的欢叫。有牧童在附近看护，玩耍，不时发出一阵欢快的叫喊声。也有身穿百褶裙的彝族阿咪,来到杜鹃池踏春。她们在花丛中漫步,在草地上徜徉。曳地的五彩长裙,是一朵朵盛开在山野的杜鹃花;花头帕掩映下的俏脸庞,是一朵朵更美更生动的杜鹃花。

峨眉温泉洗凝脂

在"旧时王谢堂前燕，飞入寻常百姓家"的今天，洗温泉已不是什么奢侈的事。来到峨眉山，泡温泉更是人们寻常的选择。

应该说，上天对这一方土地是厚爱的，不仅造就了峨眉雄秀西南的仙山神韵，还给予了它温暖滑腻的佛国神泉。峨眉山温泉出口水温高达七八十摄氏度，富含氡、氟、硫化氢、硅酸盐等十几种矿物质，能治疗多种慢性病，有益于人们健康。峨眉山拥有中国最大的露天高品位氡温泉。它源于峨眉山两河口地下3000米深处，属于循环增温的承压氡温泉水，泡洗感觉润滑无比。

峨眉山的温泉，分布在中山区的清音阁和山脚瑜伽河畔，但以山脚最多也最成规模。这些温泉洗浴场，因所在位置差异，其环境各不相同。或建在茂密的森林中，四周青山环绕，绿树簇拥，野花闲卉，小鸟鸣唱，俨然形成天然氧吧，被称为"森林温泉"。温泉蒸腾起的朦胧水汽，将山谷烘托得朦胧飘渺，犹如置身于仙境一般，氤氲而虚幻，含蓄而又充满诱惑。在这样的森林温泉里洗浴，透过蒸腾变幻的水雾，眺望四面青山叠翠，感受青枝绿叶的呵护，品味"鸟鸣山更幽"的雅趣，身心都会全然放松。此时置身于温泉水中，那种细心的拥抱体贴，那种无微不至的温情关怀，让人感到无比舒畅。

还有建在露天平坝中的温泉，虽没有青山环抱，森林呵护，但也栽植了不少名木、花卉和草地，搭建了一些假山亭台，将一个个温泉池间隔开来，并在不同的温泉池中分别放置牛奶、玫瑰、咖啡、茶水以及中药材等，形成一个个风格不同、造型各异的主题池，分别标明牛奶浴、玫瑰浴、咖啡浴、泡泡浴、水果浴、禄福汤等，让人们根据自己的喜好去选择不同类型的温泉。也有名字取得雅的，什么弄月池、翡翠池、玉女池之类的，给洗浴温泉者以美好的遐思。比如"明月池"，出处与李白登峨眉有关，相传李白游历峨眉山，与寺僧广浚池畔和诗，广浚弄弦，浩月秋风，李白击拍，琴蛙和鸣。再如"仙人会"，据说远古时期，凡朝观峨眉山香客必入"仙人会"沐浴而后登顶，以示解脱俗尘，入浴者入浴前捻香三柱，静声入浴，渐除杂念。远远望去，整个温泉浴场像镶嵌在峨眉山脚下的五彩宝石，闪烁着艳丽斑斓的波光；或者像一个不经意打造的童话世界，充满活泼浪漫的童话色彩。选择这样的露天温泉，好处是各处一池，互不相扰。或者独自一人静静地泡汤，静静地沉思；或者与三两朋友一道回忆往事，叙叙友情；或者与伴侣一起，享受幽静的二人世界。

而建在室内的温泉浴场，一般是百余平方米的大池子。人们来到这里，对环境的要求要少一些，而对温泉的感受更专注一点。他们到这里泡上一个小时半个小时，等全身的每一个毛孔都舒张开来，间或到池边的躺椅上歇歇，或者到旁边蒸蒸桑拿搓搓澡，一个下午或者晚上的空闲时间，就在水雾弥漫的温泉洗浴中不知不觉地过去了。然后浑身轻松地该干什么干什么去。

我们招待远道而来的朋友，有时就在这峨眉山温泉，在这里既可以洗去登山的风尘，也能洗去生活的烦恼。据说享受峨眉山温泉保健有"浸、淋、泳"三种方式，"浸"就是在不同温度的池中反复浸泡，能承受高温度的游客在40摄氏度的温泉池中浸泡，感受仿佛针灸治疗的刺激快感；"淋"是在温泉花洒前由头至脚全身喷淋，或者用木桶盛起温泉水多次浇淋；"泳"就是在温泉泳场中畅游，热力按摩加上游泳锻炼，达到强健体魄的作用。游客来到池边，往往先用手探测泉温，一旦适应水温后便伸出双脚慢慢浸泡，同时用手不停将温泉淋泼到前胸后背，再时不时将全身浸入到池中，彻底放松地微躺在温泉里休憩，让温暖的泉水如情人怀抱般，轻轻柔柔地包裹了自己。人们往往按照温泉区内所设置的不同温度的水池，从低温泉到高温泉依次浸泡。有大胆的，突然就从冰凉的池水一下跳进高温池里，或者从高温池忽然跳进低温池中，要的就是这份一惊一诧的刺激。其间人们会做一些按摩之类的活动，加强温泉保健的功效。尽兴后回到更衣室冲洗一番，身轻骨健精神饱满地投入生活和工作中。

峨眉山是全国最大的温泉洗浴场，其中的温泉文化展示，应该说是淋漓尽致。比如温泉池有处环形池，池中有岛，岛上有池，芳草萋萋，鲜花绚丽。其间设置水果浴、冲浪浴、疗身浴、按摩池、薄荷浴等。功能池，汩汩温泉如美人纤手，轻轻抚慰款款按摩，使人顿感舒心爽意，尘虑垢消。还有命名为"地热仙洞"的温泉，全自动数码模糊逻辑控制，个人温泉蒸腾按摩，45度温泉激射拍打，刺激头部、肩部和背部穴位。而"峨眉灵韵"温泉，模仿峨眉瀑布，清泉为第一叠，温泉为第二叠，一个清冽提神，一个微烫暖心，堪称大自然中两类泉质的完美组合。至于"地热带"温泉，氡温泉即时蒸腾，送至大理石地板下的热储存器中保持32摄氏度，躺于地板之上，既可作短暂休息放松，也可达到舒筋活血、祛湿抗疲之功效。更有"三花汤"，天然护肤，香身美体，滋润肌肤，使粗糙的皮肤变得细嫩、光滑，使皮下细胞再生。

  我国人们历来对温泉都十分喜爱和重视，对温泉建筑都非常考究。唐朝王建的《温泉宫行》："温泉决决出宫流，宫使年年修玉楼。"柴宿《初日照华清宫》："林润温泉入，楼深复道通。"陆龟蒙《开元杂题七首·汤泉》："暖殿流汤数十间，玉渠香细浪回环。"证明唐朝宫廷的温泉建筑是白色的，房屋有数十间，温泉从树林中流出，以白色的渠道引入温泉宫的深处。峨眉山的温泉浴场也继承了这一传统，除温泉浴池本身的建筑装修，无不考究精致之外，还注重浴池所在的环境，凭借峨眉山良好的生态人文环境，把温泉资源与优美环境有机结合；同时，温泉浴场都建在星级宾馆附近，甚至就是宾馆的一部分。温泉与建筑巧妙结合，相得益彰。

峨眉山，冬天白雪献瑞，春天杜鹃呈彩，夏天万木峥嵘，秋天红叶烂漫。而温泉却是它一年四季的无私奉献，一年四季的贴心关怀。它的发现与开发，是这座仙山送给人们的一大惊喜，它汩汩流出的是一片赤诚，一份真爱！

第三辑　阅读乡土

一段苍藤
蔓延过生命的季候
在恋恋乡愁里守望

岁岁张开绿耳
听古道上传来串串蹄声
却不见那匹伶仃瘦马
只有小桥如钩
钓一河如泪的凄清
风景依旧

西北风被寒鸦衔走
换了东风，竟一夜送春归来
小桥头，梨花如雪
古道旁，芳草碧透

夕阳经不住归鸟的诱惑
晚晴与乡情在乡村融合
醉了苍藤小桥溪流
醉了山前山后

海棠香国海棠香

海棠香国,这是一个充满想象、春色无边的名字。拥有这个美名的城市就是乐山。

乐山被冠以"海棠香国"的美名,最早见于明万历三十九年(1611年)编成的《嘉定州志》:"州治枕海棠山,接高标之脉。甘棠楼,知州钟振题'海棠香国'于此。"

此名的得来,源于古代乐山盛产海棠,色香俱佳,称香海棠。据说早在唐代,"海棠香国"就成了乐山的别称。段成式在《酉阳杂俎》中记载说:"嘉州海棠,色香并胜。"唐代曾在嘉州做过刺史的薛能,有诗写道:"四海应无蜀海棠,一时开处一城香。"女校书薛涛少女时期居住嘉州,也曾为这里的海棠所陶醉,写下《海棠溪》一诗:"春教风景驻仙霞,水面鱼身总带花。人世不思灵卉异,竟将红缬染轻沙。"如彩霞飘落,似红缬轻染,连溪中的鱼儿也带着海棠花瓣游动,可见海棠繁盛之至。宋时嘉州香海棠盛极一方。《广舆记》载:"海棠,嘉州出者香。" 南宋诗人王十朋称为"嘉香海棠",并以此为题写下了《点绛唇》一词:"丝蕊垂垂,嫣然一笑新妆就。锦

/163

亭前后，燕子来时候。谁恨无香，试把花枝嗅。风微透，细熏锦袖，不止嘉州有。"他认为香海棠虽然非嘉州独有，但"嘉州出者香"无可置疑。孙长民在《海棠记》中说得更清楚："海棠盛称于蜀中，然亦唯蜀之嘉州者有香而本大。"当时，古城内嘉定府治后海棠山就以海棠花多而为嘉州名胜。

遥想当年海棠花开时节，嘉定城中是何等美景？王象之《舆地纪胜》载："周回皆植海棠，花时太守必宴赏。花片飞坠，自溪流入城中。"这句话是说，那时春天一到，从今桂花楼到海棠湾一带的海棠山上，海棠花肆意开放，如纱如绡，如火如荼，宛如红霞落九天。嘉定城里，举城赏花，官民俱乐，那是何等风景？当然亦少不了文人骚客们流连花下，把盏吟诗，甚至曲水流觞，展露才情。这时，微风吹来，花枝舞动，落英缤纷，花瓣随风飘落到溪流里，进而漂进竹公溪，在一脉清泓中随波逐流，写意出"流水落花春去也，天上人间"的凄美画面。也有一些多情少女，模仿古代红叶题诗，在写有情诗的粉笺上装饰以海棠花瓣，然后轻轻放到潺潺溪水中，看着诗笺随水漂向远方。她们不求爱有结果，图的是这份浪漫。

其实，海棠不仅城中有，城对岸的凌云山上也有。春天到来时，大佛侧畔灵宝塔下，海棠盛开一片红火，成为那个季节最美的景致。据说北宋时苏轼回乡守孝三年，闲暇时来乐山，寓居在山上读书。他非常喜欢海棠花，常在盛开的海棠花间流连忘返，陶醉痴迷，以致担心晚上花会凋谢，便亲自掌灯在花树旁守着，那份面对海棠怜香惜玉的痴情，令人感动。他曾写下《海棠》一诗来记载那时的心情："东风袅袅泛崇光，香雾空蒙月转廊。只恐夜深花睡去，故烧高烛照红妆。"他的这种举动，一方面说明嘉州海棠确实惹人怜爱，另一方面也表现了苏才子乃性情中人。推而广之，他在唤鱼池对少女王弗的山盟海誓，在西湖与歌女琴操的情投意合，在漫长宦游生涯中对侍妾朝云的依恋专情，都是这种性情的体现。郭沫若也有诗提到这事，"海棠香国荔枝湾，苏子当年寓此间。"

宋代乾道九年，诗人陆游被派摄理嘉州政事。他一路逶迤来到嘉州，首先激起他对这座城市深爱和感伤的，就是这里的海棠。那天他途经夹江快到嘉州城时，遭遇雨水的围困，只好暂时寄居于郊外驿馆中。他闲来无事便漫步驿馆，见馆中有一面"折枝海棠屏风"，不觉驻足观赏良久。面对屏风之上灼灼盛开的海棠，不由联想到金戈铁马的战场。自己本想在战场上奋勇杀敌建功立业，却不想被调任这远离沙场的西南一州，顿感郁闷惆怅，愁绪渐生，挥笔写下《驿舍见故屏风画海棠有感》。诗中记载"夜阑风雨嘉州驿，愁向屏风见折枝"，身在异乡，虽远离了杀敌前线，远离了铁马冰河，但决战沙场冲锋陷阵的情景却时时浮现在眼前，"繁华一梦忽吹散，闭眼细思犹历历。"

如今的乐山城里，也是海棠树处处盛开。从凌云山巅到老霄顶上，从大渡河边到岷江两岸，从旧街巷到新城区，都种植了不少海棠树。居民楼院、机关学校里，都把海棠作为最好的园林绿化树木。春天里赏海棠，是这座城市的传统习俗。正月一过，赶在桃红李白之前，海棠花迎着春寒次第开放，"一时开处一城香"，火红的身影，俏立于城里城外，香了一座嘉州城。人们扶老携幼，循着花讯前来赏花，或花下留影，或花荫漫步，看火花灼灼，想生活乐事，心情陶然。一些文学团体的成员，在花下组织"海棠诗会"，深情吟诵的长章短句中，充满了对海棠的热爱和赞美。每年海棠盛开的一个月里，必有关于海棠花的摄影、文学和新闻报道见诸版面或网络。这座日益现代化的古城，在海棠花的点缀之下，变得俏丽起来，诗意起来，极大满足了人们追求"诗意栖居地"的时尚追求，也将古城打扮成为花园城市。

应该说，海棠花香对嘉定古城的浸染，已经深入到每个方面，每个角落，甚至深入到古城人的血脉和灵魂。他们用"海棠"作社区的名字并以此为骄傲，把海棠作为乐山的"市花"加以推崇。他们也如郭沫若那样，向外地人介绍说"我来自海棠香国乐山。"

以一种花来冠名一座城市，这在世界上也不多见。这是一种如此美丽又充满诗意的花朵，是这座城市的荣耀。

历代名媛留芳踪

在很久很久以前的早晨或黄昏,有一些美丽得足以影响历史的女人们,经过古嘉州走进了诗词歌赋和传说故事。她们款款的裙裾轻轻拂过,使这片土地至今仍散发着迷人悠远的芳香……

"峨嵋山下少人行,旌旗无光日色薄。蜀江水碧蜀山青,圣主朝朝暮暮情。""安史之乱"后唐明皇一行人避难进入四川。唐明皇置身蜀都,眺望天际的峨眉秀色,出现在眼前的却是杨贵妃往日娇媚的容颜,不禁心如刀绞,悲痛欲绝。

贵妃生于蜀州导江县(今都江堰市),早孤,叔父收养了她。据说在嘉州海棠花尚未开放的时节,玉环在去河阳府时,乘船经过嘉州岷江上游荔枝湾,一船人被这里的风光所吸引,于是在板桥溪驿站住了下来。此时的少女杨玉环如含苞的花蕾,只见她轻提裙裾跳下船来,抬起美丽的凤眼茫然四顾,流转的眼波如岷江春水,一对黛眉似峨眉山影,飘飘的衣裙灵动了一片山光水色,只是眼里还残留着对生活的无奈,与从此离乡漂泊的惆怅。

但少女的心事是存不住的,她迅速为岷江三峡的秀美风光所吸引,为这里香甜的荔枝所陶醉。那枝叶婆娑的荔枝树上,挂满了鲜红而丰硕的荔枝,一串一串,十分可爱。于是她不顾家人的劝阻上树采摘,不慎落入树下的水池中。但落水事件并没有影响她对荔枝的兴趣,手捧着荔枝时的那一份欣喜,剥开荔枝时的那一份惊奇,品尝荔枝时的那一份陶醉,让她对家人离去的不安减轻了不少。从此,玉环对嘉州荔枝终生难忘。

已出落得亭亭玉立的杨玉环,终因"天生丽质难自弃,一朝选在君王侧"。传说身在宫中深受宠爱的杨贵妃,依然念念不忘嘉州的荔枝。于是,荔枝湾的荔枝,被连树带果,经过一个驿站接一个驿站的飞马传递,历经数千里蜀道被送入宫中,因此才有那"一骑红尘妃子笑,无人知是荔枝来"的千古绝唱。

踏着杨贵妃的足迹,美丽多情的才女薛涛向嘉州走来。

"安史之乱"平定之后不久的大历三年,昔日京都小吏薛郧流亡蜀中,在嘉州城外竹公溪边的驿站做了驿丞。不久,妻子裴氏生下一女,取名"涛",字"洪度"。薛涛幼小时,其父就悉心培养她的人文修养,常教给她诗词歌赋。在父亲的悉心教导下,薛涛学业进步极快,很早就展现了她的诗才天赋。据说薛涛八岁那年夏天,她与父亲闲坐于家中,庭院中一棵梧桐树枝叶繁茂,高耸,薛郧便以"咏梧桐"为题,吟出了两句诗:"庭除一古桐,耸干入云中。"吟完后,他用眼睛看着薛涛。小薛涛脱口而出:"枝迎南北鸟,叶送往来风。"

薛郧听到女儿的接诗,心里不禁一阵悲凉:这不就是自己做驿丞整日里迎来送往的写照么?

美丽聪慧的少女薛涛,非常喜欢嘉州这个地方。她登上凌云山,游览凌云寺,看岷江、青衣江、大渡河三江汇流;她攀上城外的高标山、鹅紫山,俯瞰大渡河滔滔东去,眺望在云天中隐现的峨眉山影;她荡舟在海棠溪、明月湖、荔枝湾,赏处处海棠如火如荼,看明月湖水波浪千叠,品尝新鲜荔枝的滑腻香甜。少年不识愁滋味,她整日徜徉于秀山丽水之间,采风吟诗,与当地人和睦相处,并向他们学习民歌"竹枝词"。她更热爱伴她度过了少年时代的竹公溪,喜欢这里的山清水秀,喜欢这里遍地的竹子,喜欢那座别具一格的竹郎庙。节日时竹公溪上举行赛筏比赛,在催人奋进的铜鼓声中,一只只竹筏齐心协力奋勇争上,在竹公溪中激起欢快的浪花。在这样闲适的环境和愉悦的心情下,她写下了具有竹枝调风格的《题竹郎庙》:"竹郎庙前多古木,夕阳沉沉山更绿。何处江村有笛声,声声尽是迎郎曲。"字里行间透露出对寓居地的深深热爱之情。在这有限的居住时间里,她先后给嘉州留下了《赋凌云寺》《海棠溪》《荔枝赋》等诗作。

薛涛十四岁那年,已出落得楚楚动人,其诗词歌赋、音乐艺术方面的才能,在蜀中已是小有名气。可惜父亲英年早逝,抛下寡母孤女。薛涛不得不用稚嫩的双肩挑起谋生的重担,凭着自己的天生丽质和通晓诗文、擅长音律的才情,她来到繁华的成都,开始在欢乐场上侍酒赋诗、弹唱娱客,其绝妙的才艺,令许多男子自愧不如。

可出入于歌舞酒宴，周旋于王公贵族，实为生活所迫，令她无比厌倦。在遭遇了身世浮沉后，薛涛来到成都浣花溪边，把自己的所有痛苦和欢乐，都融入一张张粉红的诗笺中。她把峨眉山特产的胭脂木浸泡捣拌成浆，加上云母粉，渗入玉津井的水，制成有松花纹的粉红色诗笺。"花开不同赏，花落不同悲。欲问相思处，花开花落时。"可有谁能感受她心中花开花落的绝望？

薛涛在心灰意冷、看淡人生的时候，就特别思念在嘉州城外竹公溪畔度过的这段日子，她已经把这里当作了故乡。她在一首题为《乡思》的诗里写到："峨嵋山下水如油，怜我心同不系舟。何日片帆离锦浦，棹声齐唱发中流。"她驰骋诗人的想象，想着什么时候能驾一叶自由的"不系舟"，高挂船帆离开这生活太久的锦江边上，踏着岷江的波涛回到自己乡情悠悠的竹公溪畔，回到快乐的青春岁月。

宋太祖乾德三年，元宵刚过，绿柳才黄。后蜀皇帝孟昶一行三十三人，被北宋的官差押解着，赶赴宋朝都城汴梁。他们乘着官船，从岷江水道顺流而下，船过岷江三峡，展现在眼前的汉嘉山水，风光如画，惹人流连。但在此时此刻，后蜀君王和满朝文武，却个个垂头丧气，没有半点欣赏的雅兴。

这行人中有位美人伫立船头，窈窕婀娜，衣袂飘飘，眼波流转，樱唇如珠，"花不足以拟其色，蕊差堪状其容。"她就是后蜀皇后花蕊夫人。花蕊夫人既温柔风流，更兼天赋歌喉，每逢宴饮，红牙按拍，檀板轻敲，声徐流水，余音袅袅，绕梁三日，深得夫君的宠爱。

正当二人浓情蜜意时,"不道流年偷换"。中原地区的赵匡胤"黄袍加身",取代后周而君临天下,南征北伐,目标逐渐指向后蜀。乾德二年十一月,宋太祖赵匡胤命忠武节度使王全斌率军六万向蜀地进攻,十四万守成都的蜀兵竟不战而溃,蜀宫的歌舞升平戛然而止。对此,花蕊夫人哀叹道:"十四万人齐解甲,竟无一人是儿郎。"

当孟昶一行经过岷江水路出川时,蜀中百姓感念他领导时的和平富足,大家扶老携幼,沿江相送,一直送到犍为郡城外岷江边,再眼睁睁地看着他们一行被押送离开故国。有的百姓竟忍不住放声大哭。此时孟昶望着自己的百姓,满脸土灰色,羞愧难当。他感动于蜀国百姓的善良,也感受到亡国之君的耻辱,眼泪像断线的珍珠一样直往下掉。花蕊夫人撇开沮丧的夫君,独自一人站在船头,环顾这嘉定的壮丽江山,眼角眉梢更是别情依依,道不尽的无限惋惜与悔恨。她面对这岷江、青衣江、大渡河的三江汇流,面对临水而居的嘉州古城,面对飘渺天际的峨眉山影,更是心如刀绞。

自古红颜多薄命。花蕊夫人后来虽深受宋太祖喜爱,被封为贵妃,却因介于宋廷权力之争中,被宋太宗一箭射死。蜀宫中的芙蓉花,香消玉殒在异国他乡。

后来,从这片土地上走出的,还有被称为"中国第一比丘尼"的隆莲法师,"九叶诗人"陈敬容……钟灵毓秀的古嘉州,因为有她们的裙裾从上面拂过,才有了细腻丰富的内涵,有了别样的婉约柔媚,别样的让人心动的女儿情态。

十里山水十里城

若问五通桥的朋友，你的乡愁是什么，他们一定会回答：是青山，是绿水，是古榕，是浮桥，是盐滩……是的，在风光如画的五通桥，能够让人津津乐道并难以忘怀的，是那坐落在山水画卷中的城市，以及城市画卷里的水乡风情。

五通桥是傍水而居、因盐而兴的城市，十里盐滩是这里的骄傲。相传公元前250年，蜀太守李冰在五通桥治水时发现盐卤，从此五通桥开始凿井煮盐。明末清初，五通桥盐业生产便颇具规模。"架引高低筒络绎，车声轳辘井相连"，描绘了五通桥制盐的繁盛场景。

据说"五通桥"名字的来历，就与制盐有关。清乾隆五十年，为了盐运的发展，有灶商在山溪出口处建了一座三孔石桥，取名普济，俗称老桥。同时，灶户为保护耕牛不遭牛瘟，又在庙儿坝修建了五通庙。于是庙桥结合，五通桥由此得名。

沿茫溪河而建的花盐街，是过去五通桥盐业繁盛的历史缩影。过去因盐的生产工艺不同，人们把其分为两种：巴盐和花盐，前者为坚硬的块状，后者为散碎的晶粒。花盐街是当年花盐的集散地，富甲一方的盐商大都居住在这里，因此留下了许多同业会馆和私人的深宅大院。听当地老人讲，那时的花盐街远不是今天这般冷清，白天有航运工人吼起船工号子，坐商小贩吆喝叫卖；晚上，忙碌了一天的盐商们，夹杂在盐工和船工之间，来到沿岸的戏院、酒肆和茶楼里消遣娱乐，茫溪河两岸热闹非凡。

今天，走进茫溪河畔的宝庆街，流连古意悠悠的花盐街，漫步曲径弯弯的锁龙巷，你会感叹岁月摧枯拉朽的力量。透过破墙而出的百年榕树，布满苔藓的青石街巷，藤蔓缠绕的断垣残壁，处处可想见曾经的繁荣兴盛。踏着巷中悠长的石径，不时会邂逅一座两座幽深院落，尽管高高的马头墙依然起伏在屋顶，雕花的梁柱依旧精美绝伦，仍掩不住院子的破败和寂寞。

有人这样形容五通桥，山是它的脊梁，水是它的魂魄，我深以为然。你看，岷江自城西滔滔流过，一溜城墙似的河堤护卫着城市，从江面望去，绵延十公里，蔚为壮观。一座长桥连起城区和乐宜高速公路，连起上游的临港新城。而城中的涌斯河和芒溪河，分别自乐山大佛脚下和井研龙泉山中奔流而来，在城中青龙嘴汇流在一起，形成一数百亩宽的湖面，水光潋滟，波浪千叠。它们把十余平方公里的城市，分隔成了四望关、青龙嘴、竹根滩三个既相对独立、又相互关联的部分。钟灵毓秀的菩提山，矗立在城市之中，倒映在湖面之上。另有茫溪河两岸，五龙山、青龙山、金龙山、聪龙山隔江对峙，龙头滩、龙头湾、龙头泉涓涓入湖,从而形成五通桥山环水绕的城市布局风格,和城建在水上、水绕在城中的独特风貌。清代诗人李嗣沆称赞其"烟火万家人上下,风光应不让西湖";著名画家丰子恺也赞曰:"且喜蜀中风景好,桥滩春色似杭州。"所以,此地又被人们称为"小西湖",亦被赞誉为"东方威尼斯"。

五通桥水多桥也多,城内有现代的水泥桥和彩虹桥,也有很风情的浮桥和吊桥。单是芒溪之上,就有石料建成的以"龙"字命名的百年老桥多座,包括双龙桥、回龙桥、锁龙桥等。过去的茫溪河上,平时有一座用圆木支撑、木板铺设的木桥,每年夏天涨水时拆掉,过河坐渡船,待汛期过后再架桥,年年如此,直到后来架设了钢筋水泥的"茫溪大桥"。这些多姿多彩的桥,把四望关、青龙嘴、竹根滩连在一起。车在桥上走,船在水中行,街在河边立,人在景中游,恰如《清明上河图》的景致。近年又重建了青龙嘴浮桥,船与船用铁链相连,琴弦一样横牵在江面上,供两岸的人们步行穿过。走在浮桥之上,如踩在一排琴键上,那种晃晃悠悠的感觉,如奏响的水乡谣曲。入夜,小城华灯璀璨,映山映水,桨声灯影,风情万种,恍如秦淮。

而城内几百株榕树,临水而立,沿街而生,成为这座城市的又一道风景。据说满城的榕树也与这座城市的盐业发展有关。古时交通以水运为首。于是盐商们在这里疏五沟、浚江河、筑堤岸,修建码头,在岸上广种黄葛树以固堤防,确保水路的畅通无阻。于是便形成了山、水、树、桥、城融为一体的景观。唐代诗人刘兼有诗吟黄葛树曰:"叶如羽盖岂堪论,百步清阴锁绿云。善政已闻思召伯,英风偏称号将军。"这些姿态各异的古榕树,当地人普遍叫它们黄桷树,是川内一种巨型乔木,但在其他地方,像这样的榕树,最多就一株两株,这样数量众多的古榕树确实少见。这些老树年龄都在百岁以上,有的榕树有数百年的历史,但依然年复一年地吐绿,伸枝展叶,郁郁葱葱。它们大多生长在芒溪河畔、老盐滩一带,树与树联袂而生,枝叶交错,绵延十里,堪称奇迹。它们树干扭曲,树根暴突,树枝横斜,树叶茂盛,如水边结伴垂钓的老人,悠闲自在地打发着晚年的时光。据说黄葛井的芒溪畔,生长着一株榕树王,距今已有500多年的历史。虽说时间在它们身上写满了沧桑,但也在它们身上沉淀了从容。它们的叶落叶绿,从不受春去冬来的左右,该绿的时候自然会绿,该落的时候自然会落。它们和这座城市一同生长,也见证了五通桥的兴衰。

生活在这座小城里的人们是幸福的。他们的幸福在于,与山如此亲近,与水如此默契,与树如此融洽。他们的楼院建在山之脚,建在水之湄。他们背山而居,枕水而眠。几乎城里居住的每户人家,推窗就可看山,出门就可望水,抬腿就可过桥,热了累了就可在树荫下乘凉歇息。当他们出门在外,说起端午赛龙舟,说起西坝古窑址,说起城中菩提山,说起曾经的浮桥、吊桥和竹笼桥,无不露出一脸的怀念与牵挂。当然,西坝的豆腐、城里的河鲜,也是"桥胞"们乡愁的一部分。

五通桥城中心、菩提山对面有个"四望关"。白天站在这里，可以尽观山水城市的旖旎风光；晚上置身此处，可以饱览城中的万家灯火，以及桨声灯影的小西湖夜色。因此，四望关在这座城市的情感上，具有千钧的分量。每当人们站在四望关上，在感受小城风情的同时，也记住了五通桥浓浓的乡愁……

金口峡中小山城

去金口河，首先迎接你的是长长的峡谷画卷。两岸高耸的山峰将大渡河逼成窄窄的一线，滔滔的流水在地壳曲折的裂缝中横冲直撞，咆哮怒吼。头顶的山崖雄狮一般盘踞在河岸，不时从陡峭的崖壁垂落下一脉溪流或一缕藤蔓。走过这段三十里壮美雄奇的峡谷之后，一座小山城才慢镜头似地推出。

金口河是座年轻的城市，仅有三十年的建城历史。但它有人类活动的时间却不算短。上世纪七十年代，就在所属永和镇发掘出了大约为春秋时期的青铜柳叶剑。三千多年前就有祖先在这里繁衍生息，在这里戍边卫国。在世界城市发展史上，最先以军事要塞或驿站而存在的城市不在少数，金口河就是其中之一。

大概因为来一趟金口河不容易，所以我每次到来，在经历曲折山路和悠长峡谷后重又相见，都有一份久违的感动。

这份感动还在于它"一片孤城万仞山"的生存环境。金口河左右两边都是高接蓝天白云缠绕的山峰，汹涌的河水深深切入峡谷之中，从城中的彩虹桥下穿过。小城感念老天开

/177

眼，留下了这块十分难得的河谷地带，使这座城市有了立足之地。这是大渡河谷的一处平缓地带，沿河谷向上下游延伸，面积不足五平方公里。就在这狭小的舞台上，金口河人开始了建设现代城市的梦想。他们在荒滩上修建河堤，不断延长滨河路的风景线；巧妙利用每一块空地，一方面努力拓展城市发展空间，建起一片片鳞次栉比的高楼，让现代城市之风吹拂在大渡河峡谷，一方面精心安排下一块块绿地，在上面种植花木、安放大渡河奇石，使小山城在与大山大河抗争的同时，显出几分妩媚和妖娆。

但在感恩上天的同时，人们又感叹于造物主的吝啬，给金口河留下的发展空间太小，使他们无法放开手脚去描绘图画。唯其如此，他们就更加珍惜这里的每一块土地，像爱护自己眼睛那样爱护每一寸可供利用的土地，去打造他们心中的"精品小山城"。

山城沿大渡河的走向分布，构成数公里长的城市带。大渡河左岸山脚下的一片楼宇，是这座城市的主体，一条数公里长的大街纵贯南北。街道上生长着几株古树，包括桂圆树、皂荚树等，皆枝繁叶茂，生机勃勃。有一些较小的街巷，从繁华的主街派生出去，或伸向山脚下，或连接滨河边。

临水一面是筑堤而建的滨河路，修建时间仅十余年，但延伸的速度很快，十里长街几乎就在弹指之间。一边是栉比的楼房，下面两层开设着各种商铺，楼上为市民的住宅。也有不少机关、学校和医院，受不了主街道的拥挤，主动建到了视野开阔的河边来。顺河一边为行车的街道和散步的绿道，车道和绿道之间栽种着花木作为隔离带。因为空间有限，散步的绿道有一半为挑台，路面伸出城垣之外。抚栏而立观山望水，有遗世独立、临空凭虚的感觉。晚饭后，山城的人们大多来滨河路散步，让清凉的河风带走一天的倦意，也感受一番街灯璀璨的繁华。夜深人静时，这条道上便有不少人醉意悠悠地走过，大有醉卧花阴不知归的意思。如果站在大渡河对岸，回望沿河铺展的山城，那错落有致、车来人往的城市画面，有如一幅现代版的《清明上河图》。

　　城市上游有一座寺庙，也是建在局促的空间里。置身滨河路远远望去，在濒临大渡河的山岩上，在森森古木的簇拥中，出落一片青瓦丹墙、飞檐翘角的梵宇琳宫，写意着"寺出飞鸟外，青峰戴朱楼"的独特画面，营造出一片繁华尘世之外的人间净土。它占地数亩，地处偏僻，空间狭小，却自有一份宁静与祥和。它建在城市的规划之外，建在人们的视野之外，甘愿独守寂寞，自觉为城市腾出有限的发展空间。这座寺庙是山城的文化标志，城市的延伸也到此为止。

　　漫步在金口河的城市里，抬头是山，低头是水，迎面是风。在恶劣的环境中寻找生存空间，在不可能的地方创造出可能，在狭小的空间唱出城市发展大戏，这需要一种坚忍的毅力、豁达的心态、进取的精神。我想，这应该就是金口河山城硬朗的风骨！

竹风萧萧纸乡行

出夹江县城往洪雅方向行十余公里，便进入著名的纸乡马村。

其实在夹江，成片的竹子有数万亩，分布在青衣江的东西两岸，包括南安、迎江、中心和马村等地，形成莽莽苍苍的无边竹海。于是，一千多年来，夹江人便传承蔡伦的手工造纸工艺，利用丰富的竹资源生产文化用纸，也使夹江成为蜚声中外的纸乡。而今保持了传统手工造纸技术的地方就在马村。

离开公路主干线，车沿绿竹簇拥的小溪而行，两边的竹子撑绿滴翠，构成一道绿色长廊。这里的竹以清秀婀娜的慈竹为主，夹杂着秀挺繁茂的苦竹、潇洒多情的斑竹、纤细柔媚的水竹和金竹，偶尔还可见到粗壮如椽的楠竹，高低错落，多姿多彩。而用来造手工书画纸的主要是柔韧细致的慈竹。

据记载，早在东晋时期，造纸专家葛洪就曾寓居夹江。葛洪《抱朴子》中"逍遥竹素，寄情玄毫"中的"竹素"被认为是竹纸。唐代天宝十八年(759年)，"安史之乱"中跟随唐明皇进川的大批工匠，将中原已臻成熟的"竹纸"制作技术带入了夹江。其实，长江流域和江南很多省份盛产各种竹类，故竹纸多产于南方。《天工开物·杀青》中"造竹纸"一节，开篇就提到："凡造竹纸，事出南方，而闽省独专其盛。"一千四百多年来，夹江手工纸就因其种类多、品质优、产量高而名扬海内外。史载康熙二十年（1681年），将该地一种名为"长帘文卷"和"方细工连"的产品钦定为"文闱卷纸"（科场用纸），每逢科举之年，如数上贡朝廷，历时两百多年。到了清代中期，夹江造纸产量进一步增加，《嘉定府志》曾这样记载："今郡属夹江产纸，川中半资其用……"由此可见，夹江纸在清代同治年间已具备相当规模。其间，夹江全县一半以上的乡镇从事或曾经从事手工纸生产。有一段时间，夹江因此被誉为"蜀纸之乡"，名扬全国。而今，夹江手工造纸继承了古代造纸技艺，从选料到成纸共有15个环节、72道工序，与明代《天工开物·杀青》所记载的生产工序完全相合，这种技艺凝结了古代中国人民伟大的科学智慧，具有鲜明的民间特性和地域特征。夹江手工竹纸与安徽宣纸一道并称为"国之二宝"，而且被列入了首批国家非物质文化遗产名录。

粗犷有力的"竹麻号子"，引导我们穿过茂密的竹林，来到纸农造纸的作坊。只见九位孔武有力的汉子，在一位德高望重的老人的指挥下，围着一个约三米高的大铁锅，口中吼着铿锵有力的劳动号子，有节奏地一下下用力舂捣着，阳光照在他们赤裸的臂膀上，闪闪发光。竹麻号子衍生于手工造纸环节中的劳动号子，具有节拍明确、韵律感强的特点，槽户（纸农）手握杵杆，边杵边唱，保证了动作的整齐划一，有效地激发了槽户的劳动激情。竹麻号子多为"恨杵"即兴发挥，内容多诙谐欢快，一领众和。打竹麻的劳动单调而繁重，竹麻号子的歌唱题材却谈天说地多种多样，歌词具有极大的即兴成分，好的歌词因此流传开来，成为槽户中的"流行歌曲"。爱情题材是竹麻号子歌唱的重要内容，比如："纸槽加药水滑滑哟，妹儿心思哥难料吔！只怕水随竹帘过哟，捞起愁思淌帘笆哦！"歌词或含蓄委婉或率真泼辣。

他们唱着铿锵有力、热情洋溢的号子，所做的是造纸工序中最基本的一道程序：蒸煮竹麻，就是把选取的竹料经过捶打后进行蒸煮，那口大铁锅就是蒸煮竹麻的篁锅。此时锅下火正熊熊燃烧，锅上水汽蒸腾袅绕。已经蒸煮后的竹麻被汉子们用木杵使劲舂捣着，他们要把竹麻捣成细细密密、碎烂如泥的纸浆。据说，每年到了五月砍竹子时，人们就边喊号子边围着篁锅填料，一般的篁锅能装两三万斤原料（竹子），据说最大的篁锅能装下十万斤竹子。蒸煮的时间一般一次一周，还要反复地发酵，清洗，然后才能捣碎和抄成纸，再贴在墙上阴干。如今，篁锅被高压蒸锅代替了，一批原料只需蒸煮一天时间，大大缩短了造纸工期。

砍竹水浸、捶打浆灰、二蒸煮熟、浸洗发酵、捣料漂白、抄纸脱水、焙纸切割……在竹海深处的金华、石堰等村，传承千年的手工造纸工艺正在这里天天上演。夹江手工造纸工艺，从原料竹子到一张完整的纸，整整需要十五个环节。前人概括为二十四个字："砍其麻、去其青、渍其灰、煮以火、洗以水、舂以臼、抄以帘、刷以壁。"即砍竹麻，捶打，蒸煮，漂洗，沤料，捣料，漂白，抄纸，压榨，刷纸。其中，造纸工具主要包括纸槽、纸帘、纸臼、纸刷、撕纸标、竹麻刀、纸槽锄、竹麻锤、抓料耙、料刀、纸矛刀、切纸刀和割纸刀等。夹江古佛寺立于清代的蔡翁碑，对夹江的造纸技艺有更为精练的描述。透过千年历史的厚重尘埃，夹江造纸这一原生态的技艺似乎并没有从先民那里消解掉文化的内涵，在夹江那些造纸槽户人家的院坝里，竹子青青，蒸汽蔓延，槽户们在一道道复杂的工序里，延续着先民们的光荣和梦想。

在这里，除了唱着竹麻号子捣竹浆外，其成纸环节也很吸引人眼球。只见师傅将竹帘在纸浆池中轻轻一舀，再缓缓筛动，待纸浆在帘子上分布均匀后小心揭起，往一旁的纸墩上一倾倒，一张湿漉漉的手工纸便成型了。然后再将这些纸轻轻揭起，往纸墙上一张张刷上去，经柔柔山风一吹，一张张宜书宜画的手工纸便完成了。当然，最后还要用刻好了花纹的模板，在一张张纸上印上福寿团花、瓦当图案之类的暗纹。这最后两道工序一般是由妇女来做。她们无论手拿刷子将湿漉漉的纸刷在墙上，还是手拿印模在洁白绵柔的成纸上印上暗纹，动作都如舞蹈一般，娴熟而优美。

在石堰村有一处完整的四合院，坐落在青山下竹海中，被当地人称作"大千纸坊"。这个典型的川西民居，见证了国画大师张大千同夹江国画纸的一段特殊情缘。张大千先生曾经到重庆寻找纸源。这时有人给他推荐了夹江手工纸。张大千听说后来到夹江马村，发现了夹江纸虽总体不错，但存在拉力不足等缺陷，便与当地槽户石子青一起反复试验，在纸浆中适当加入棉麻之类，以增强纸的柔韧性，经过反复试制、试写、试画，新一代夹江国画纸问世了。而且，当时张大千还根据绘画的需要，亲自定下了夹江纸的大小规格"四尺乘二尺、五尺乘二尺五寸"，还亲自设计了宽纹纸竹帘，并巧妙地制成暗纹印在纸上，在纸的两端做上云纹花边和"大风堂造"的字样。经过这番改进，一车车洁白细腻，浸润性好，书画皆宜的夹江书画纸走向了山外，成为文人们争相追捧的书画用纸。如今，大千纸坊内完整地保留了夹江纸制造所需要的器械，如镰刀、石槽、筛子、刷纸墙等，甚至很多已经过时的工艺器材，大千纸坊依然保留着。

在"青衣绝佳处"的夹江千佛岩，坐落着全国唯一一家手工造纸博物馆。它前临青衣江，后枕千佛山，风景优美，环境宜人。博物馆共分四个展厅：功垂千古、作范后昆、古泾流风和蔡伦纪念馆。馆藏文物和实物标本2300多件，并陈列有数百个品种的古今中外名纸和全国著名书画家的数十幅夹江书画纸作品。"功垂千古"展厅，以文物图画和实物标本，展现了纸前时代人类记事的各种方法和造纸术在中国的发明发展。进门首先看到的是蔡伦的塑像，并有再现蔡伦改进造纸术的图画。"作范后昆"展厅，以夹江手工造纸的工具、原料等实物，表现了手工造纸的工艺流程，对72道工序、15个环节都有所介绍。同时，这里还形象地展示了造纸工具，包括料池、篁锅、石臼或石碾、纸槽、纸帘、大壁、纸架等。"古泾流风"展厅，展示的是夹江造纸的悠久历史，以及夹江生产的各类纸品、纸加工品和使用夹江纸的各类书画作品、报刊等。其中，最有价值的是明代以来手工造纸的86个品牌、130多个花色样纸，张大千30年代在夹江研制、改良并监制的"大风堂造"书画纸和古契约也弥足珍贵。第四展厅是"蔡伦纪念馆"，塑有蔡伦坐像。夹江人把造纸之师蔡伦奉为纸乡之神。馆内还有碑刻，纪念蔡伦以及为纸乡做出贡献的人们。

在华夏五千年文明的悠悠长河中，总有一些曾经闪耀数百年甚至上千年的中华绝粹无法穿越历史的迷雾，悄无声息地陨落。然而历史在带给我们更多遗憾和迷惑的同时，却总会在不经意间给我们莫大的惊喜。四川夹江马村一带，其传承古法的手工舀纸制造技艺，上承晋代的"竹纸"生产工艺，下与明代《天工开物》所载工序完全相合，几乎原版地复活了蔡伦造纸术，至今仍闪耀着中华民族的文明华光！

元宵节里高桩会

每年春节，丰富多彩的民俗文化活动，是夹江父老乡亲们过节的最爱，也是我挥之不去的乡愁。而"高桩彩会"就是其中的保留节目之一，也是人们每年春节之后津津乐道的话题。

高桩彩会是峨眉山下特有的一种传统民间造型表演艺术。这一传统的民俗表演，反映了故乡人对传统民俗文化活动的需求，更展示了父老乡亲的聪明才智和艺术水准，被称为巴蜀文化大花园中的一朵奇葩。

高桩彩会是一种空间造型艺术。它把各种造型的演员（一般都是小孩），高悬、支撑在空中，构成立体精彩的艺术画面，产生奇特惊险、不可思议的视觉艺术效果。如一台名为《踏伞》的高桩造型，装扮成剧中人物的女演员，凌空站在撑开的油纸伞上，摇摇欲坠但就是不坠，很是惊险奇特；再如一台《活捉王魁》的高桩，那扮成穆桂英的女孩站在鬼卒手持的提牌上，居然就是掉不下来。当然，我还见过更刺激的，就是让演员置身在刀锋之上摆造型，也是不可思议的事情。这些风格各异，惊、险、奇、美的造型，使不少观众瞠目结舌，叹为观止。夹江的父老乡亲，就是通过这种表演方式，鲜明地展示自己的审美和爱憎。

高桩彩会的造型内容，取材于中国传统戏剧、历史小说中的精彩场面，而故乡人喜爱的川剧故事是其中的首选。单是一部与故乡峨眉山有关的《白蛇传》，就能够衍生出"水漫金山""船舟借伞""断桥相会""盗灵芝"等不同的高桩造型。此外，《水浒传》中的"十字坡"，《封神榜》中的"哪吒闹海"，《说岳全传》中的"朱仙镇"等，都是高桩彩会造型的惯熟题材。

夹江高桩彩会，将戏剧情节中的精彩场面，由真人表演定型为立体画面伫立于空中，既神秘又真实，静中有动，动中有静，深受人们的喜爱。因此，每逢元宵夜，家乡的民众社团就要举办高桩彩会。每年的元宵节里，夹江城里或者一些乡镇，人头攒动，盛况空前。人们老早就等候在街道两旁，翘首以待。每当运载着一台台造型奇特美观、被装饰得五光十色的高桩车队缓缓驶来，人群就会发出阵阵喝彩，伴随礼花升空，锣鼓喧天，热闹的气氛升到了高潮。

高桩彩会绑扎技艺是夹江、峨眉山一带民间长期以来开展各项节日文化活动的结晶，展示了人们的聪明才智和艺术水准。

夹江高桩彩会活动历史悠久，在川内，特别是乐山市内颇负盛名，在中国民俗文化大花园中独树一帜。它由清末夹江乡间的"平台""地会"民俗表演逐步延续演变而来，至今已有100多年的历史。原来在我峨眉山下青衣江畔的故乡，平台、地会和高桩，是三种不同的民俗表演形式，后来人们逐渐用高桩取代了平台和地会，但吸取了其中的一些精华部分。高桩彩会的早期，是在八人抬的方桌上表演，称作"高桩平台"，行话叫"会墩"，相当于演戏的舞台。那时受制作材料、表演道具和器材等因素的限制，整个造型只能固定在方圆一平方米左右的大方桌上。这样的弊端是，只能孤独的人物造型，没有相应的背景衬托，显得较为淡薄简陋；且只能人工费时费力地抬着走，路程长了受不了，就会停下来歇会儿再走，影响了活动的连贯性。更谈不上声、光、电等科技手段的运用，虽然古朴，但显单一。

随着社会的发展和进步，夹江高桩彩会也在不断推陈出新。故乡的高桩彩会表演的改变，首先从运输方式的进步开始。从上世纪七十年代开始，由原来人工抬着走，逐渐变为用手扶拖拉机载着走，其优势为行走更加平稳，平台面积上也有较大突破，可以给民间艺人们更大的发挥空间。这种尝试得到社会一致好评后，他们又大胆创新，过渡到用农用货车或载重平板车运载。平台变大了，造型内容就可以更加丰富多彩，场面更加壮观恢弘。特别是利用声、光、电等先进技术，将原人力抬着游行的"会墩"改在汽车上，场面容量大，增加了人物配景，使夹江高桩彩绘绑扎技艺制作更加完美、精湛，形体表演从静止到动感，从无声到有声，从无照明到灯光布景。

搭建平台和绑扎手段的改变，也给艺术创作提供了更大的自由。艺人们在节目取材上，不仅继续保留传统的戏曲经典场景故事，也大胆采用一些反映现代生产生活的内容，比如登月计划、航空母舰、龙舟大赛等，把传统艺术和时代气息相融合，起到了出人意料的效果。

总之，运载方式的改变，带来绑扎技艺和艺术创作方式的改变，使夹江高桩彩会更具稳固性、安全性，也更具有艺术性和审美效果。

高桩彩会在追求惊、险、奇、巧、美等艺术魅力的过程中，非常讲求力学原理，达到惊而不险、奇中有巧的效果，是艺术和力学的完美统一，其奥妙就在于民间艺人高超的绑扎技艺。我的父老乡亲们，就是通过奇巧大胆的艺术构思和精巧娴熟的绑扎造型，把看似不可能的空间立体画面，展示给节日里参与庙会的人们，实现他们求新求变、求巧求奇的艺术追求。

大俗才能大雅，大美藏于民间。这些艺人们，都是民间艺术的传承者和创造者。长期以来，他们都在追求美、创造美。表现在高桩彩会上，则是将传统戏曲或现实生活中的典型人物，通过艺术化的服装、道具、化妆等艺术造型，使其成为所要表现的对象。对参与表演小孩的挑选，有两个主要标准：一是年龄、个头要相宜，不能太大太高，否则不好支撑；二是身体结实，性格坚韧，要能够和愿意在支架上坚持一个多小时（如果加上绑扎的过程，时间就会更长）。还有就是要与所饰演的角色接近。因为年龄等条件相对苛刻，一个小孩最多参加两次表演就会被淘汰。听说我有次成为了表演的候选人，被母亲一口否决了。理由是我身体不行，怕坚持不下来。但那些平日里一起玩的小伙伴，一上戏装就变了个样，特别是扮作小生花旦的，美得不行，让人羡慕。

挑选到合适的小演员后，再将这些小模特高悬、腾空于"会墩"之上，成为元宵节里万众聚目的焦点。他们或站在指尖上，或吊于刀尖下，以示其"险"；将人物立于转动轮上，或立于飞带之中，扮演动物，绘声绘色，以示其"奇"；小模特的服装道具制作精良，加之整体造型大方、协调，以示其"美"；整台高桩造型藏其机关、隐其锐角，暗藏转动滑轮、播放录音等秘密手段，使观众迷惑不解。

观看高桩彩会的人们总在思索追寻，他们是怎么做到的。后来探访高桩绑扎老人，我才略知一二。其中的奥秘，就在于支撑艺术模特的一根根铁棍上。这些铁棍不大也不小，但足以支撑表演的孩子们。铁棍一头固定在平台上，一头绑扎在模特腰间，看似很危险，实则牢靠安全。不过这些起到固定作用的铁棍，被戏服和道具巧妙地挡住了，一般人看不出来。不过，过去用人工抬着走时，也出现过失误，因不堪负重而将演员颠下了平台，露出了里面的铁棍机关。近年来采用汽车运载着沿街慢行，这种掩饰的效果就更到家，一般外乡人更不容易看出名堂。

近年来，故乡夹江的高桩艺人们，又把灯会和杂技的一些技法运用到高桩彩会中来，创新高桩彩会的表现形式，所使用的也不仅是铁棍和布条，还有光学、电学，参与制作的人也年轻化了。故乡的新老两代人一起努力，让这一民俗艺术彰显出更加迷人的魅力。

乌尤山上腊八粥

又是农历腊月初八,一个民俗传统中喝腊八粥的日子。

乌尤寺食堂里,食客们一拨接着一拨,精心熬制的腊八粥,正冒着热气,香飘四溢。市民有序地排队取粥,队形长蛇阵一般弯弯曲曲。热气蒸腾的厨房里,寺庙里的和尚和居士们还在忙碌地熬制着腊八粥,身后摆满了熬制腊八粥的原料,红枣、莲子、花生、枸杞、芝麻……满满的食材摆了一桌。

腊八节是中国农历腊月最重大的节日。关于腊八节的由来,据说是从先秦起,每年过年前夕的这天,家家户户都要摆上精心熬制的粥祭祀祖先和神灵,祈求丰收和吉祥。喝腊八粥最早可追溯至宋代,每年腊八节,不论是朝廷、官府、寺院,还是黎民百姓家,都要做腊八粥。到了清朝,喝腊八粥的风俗更是盛行。在民间,家家户户都要做腊八粥,一家人聚在一起喝腊八粥。东北有句谚语:"腊八腊八,冻掉下巴。"意指腊月初八这天非常冷,吃腊八粥可以使人暖和、抵御寒冷。

乐山人喝腊八粥,也是自古有之。也许

是这里寺庙众多、佛缘广播的缘故，他们喝腊八粥，似乎从来都和寺庙有着联系。一到腊月初八，人们总爱到附近的寺庙去喝粥。而寺庙的僧人也会在这天，提早就准备好足够的腊八粥，施舍给前来喝粥的人，共同祈求来年吉祥幸福。特别是近年来，峨眉山和乐山两地的人们，都兴起了喝腊八粥的习俗，而且一年比一年更加讲究，喝粥的人一年比一年多。其中尤以乌尤寺喝腊八粥境况最为兴盛。一到腊月初八上午，乐山城里去往乌尤寺的道路上，到处都是前往寺里喝粥的人。乌尤后山的登山石梯上，喝粥的人们更是摩肩接踵，络绎不绝。寺里寺外人潮涌动，人们脸上都洋溢着喝上腊八粥后的满足和喜悦，心中都装着来年的希望和梦想。

每年腊八节即将到来的时候，乌尤寺都会早早地准备熬制腊八粥的食材。僧侣们一到腊月初七的晚上，基本上就没有了休息的时间，全都在为明天能够满足大家喝粥而进进出出、忙忙碌碌，他们或搬运着熬粥的食材，打扫着喝粥的场地，或在几口大铁锅前挥动铁铲和大勺，搅动着锅里的粥，不让其粘锅熬糊。这时，也有不少志愿者前来帮忙当下手，自节前晚上八点开始，一直都在同和尚们一道，准备着明天的腊八粥。他们忙着清洗大米，对加入的果实豆类进行泡果、剥皮、去核、精拣。他们手上忙着，脸上却挂满了笑容。一切准备就绪后，寺里要在次日凌晨时分开始熬制。先是加大火力，使锅里的水逐步达到沸点，再将配好的食材放入锅里，煮上十余分钟后，再改用微火慢炖，一直炖几个小时。等到第二天清晨，太阳缓缓升起时，锅里的米一粒粒融化了，所煮的核桃、果仁、山药等酥软了，粥的汤汁变得浓稠了，散发的甜香味愈加诱人了，十几大锅腊八粥这才算熬好了。

在过去的民间，腊八粥熬好之后，要赠送亲友，而且一定要在中午之前送出去，最后才是全家人食用。吃剩的腊八粥，保存着吃了几天还有剩下来的，却是好兆头，取其"年年有余"的意义。现代社会生活节奏快了，如今普通百姓家里，已经不怎么时兴熬制腊八粥了。反正腊八节里要喝腊八粥，就到附近寺庙里去喝。

随着生活水平的不断提高，人们对腊八粥也越来越讲究，腊八粥的食材也越来越丰富、营养。最早的腊八粥是用红小豆来煮，后经逐步演变，融入乐山本地特色，逐渐丰富多彩起来。人们在选择食材上更加精细，搀在白米中的物品较多，如红枣、莲子、核桃、栗子、杏仁、松仁、桂圆、榛子、葡萄、白果、菱角、青丝、红豆、花生……总计不下二十种。这些食材，或去火，或生津，或润肺，或养胃，或补肾，都是冬天里的保健滋补佳品，对调理身体机能很有好处。难怪人们喝了腊八粥，会身轻体健，精神饱满，对未来信心满满。

喝腊八粥这天，乌尤寺里的宽敞斋堂坐的是流水席，刚一拨人喝完，又来一拨接着喝，这样的盛况要从早上持续到午后，络绎不绝。很多时候斋堂里坐不下，一些人便领了粥，找一处临崖而建的长廊或亭阁，坐在美人靠上慢慢喝，远山近水，尽皆入目，江风拂面，其乐融融。人们喝着腊八粥，相互交谈着一年来的经历和感受，述说着来年的希望和打算，也相互鼓鼓劲加加油。有的还不忘给家里人带一些回去，取"带福回家"之意，和家人一道分享祈福。

乌尤寺向市民提供腊八粥，至今已坚持了三十余年。腊八节到乌尤寺喝腊八粥，已成为乐山人的一种习惯。每年腊八节到来前，乌尤寺要准备一千多斤熬粥的食材，为五千多食客提供腊八粥。腊八节这天，人们来这里喝上一碗腊八粥，以祈求来年福气满满，好运当头，开始又一个香香甜甜的新的年份。

最忆乡村九大碗

日出而作、日落而息的农耕文明，最重视的就是人间亲情，而表达亲情的方式，直接表现为一个字——吃。

在我的故乡，凡遇到红白喜事，都要请客喝酒，办一回"九大碗"。比如结婚生子、置房立屋，还有办理丧事等，都要把亲朋好友请到家里来聚聚，借此机会走动走动，办上十几桌几十桌不等，答谢平日大家的关心照顾。甚至过年之前杀过年猪，也要把亲戚朋友和邻居请上，办上几桌乐一乐。俗话说：客走旺家门，办个"九大碗"，图的就是喜气，看的就是亲情。

过去由于物资匮乏，大家生活不富裕，所以每家办的"九大碗"都有定制，就是九个菜，有荤有素，以荤为主。只是因为不同家庭经济条件或主人家的心意，所搭配的菜品略有差别，但总体看大同小异。过去乡村宴席上的九道菜，第一道是"干盘子"，也就是油炸花生、糖酥猪膘肉之类，有荤有素；第二道是凉菜，包括凉拌鸡或者凉拌三丝；第三道为镶碗，就是把油炸过的猪肉、豆腐切成片拼在

/ 195

一起，以海带片、萝卜块做底子，上笼蒸后出锅，既可口又不油腻；第四道菜是墩子肉，是将五花肉煮半熟后，切成一小块一小块的正方体，俗称肉墩子，放在清汤里再煮熟，和着麻辣鲜香的油碟子一块蘸着食用；第五道菜是大菜——猪蹄髈，也就是这一带流行的"东坡肉"，将一整块猪蹄膀放进锅里炖酥软，轻轻捞起来后浇上麻辣酸甜的香浓汁水，食之柔嫩化渣，肥而不腻，肉香诱人，口感鲜美；第六道菜是咸烧白，也就是北方人所说的霉干肉，将半肥瘦的猪肉，经过煮熟、油炸、切片，和着当地的特制芽菜和小青菜一道蒸煮，便成了肥而不腻、鲜香可口的一道菜；第七道菜是甜烧白，也称作夹沙肉，就是将煮得半熟的猪肉，切成相连的两片，在中间放入芝麻和白砂糖等制作的陷，用糯米饭打底子上笼蒸煮，香甜滑腻，酥软化渣；第八道菜是炖酥肉，将猪肉切成小块后裹上芡粉汁，下油锅炸成酥肉，再放进炖锅里用文火慢炖，然后撒上葱花上桌，也是很受欢迎的一道菜；第九道菜是随意的一道添加菜，可以是炒菜，也可以是豆腐汤之类，讲究的上清炖全鸭或全鸡，也有上红烧鱼的。总数九道菜，八仙桌上满满登登，望去琳琅满目，很是丰盛。

近年来，为适应人们对饮食科学合理的要求，现在的农村"九大碗"已经大为改观，首先是食材上不再以吃猪肉、打牙祭为主，鸡、鱼、鸭，甚至海鲜，样样齐全；其次是烹饪手段，在继承了过去以炸、炖、蒸为主的基础上，加入了许多现代川菜的烹制方法。在夹江县举办的"乡村厨师节"上，来自全县的百余名乡村厨师与周边地区的乡村厨师欢聚一堂,交流经验,探讨厨艺。金黄锃亮的香辣蟹、香甜糯软的甜烧白、鲜香酥脆的炸排骨……一道道美食令人垂涎欲滴,一桌桌美食都出自乡村厨师之手,正印证了一句话:美食在民间。

乡村宴席美味无穷,这要感谢烹制酒席的乡村厨师们。他们似乎一年四季都在忙着,今天生日宴,明天乔迁宴,后天满月酒……承办"九大碗"的单子已经从冬月接到年后了,这其中还有一天办两三家宴席的情况。"起得比鸡早,睡得比狗晚。"这是对承办"九大碗"厨师的总结。哪家请到这些厨师办席,他们前一天晚上就要去那家里,在空地上搭起临时灶头,把"九大碗"所需的材料都准备好,忙完已是凌晨,睡几个小时后,第二天早上五六点,又开始忙碌,准备中午几十桌的菜品。等这家的生日宴办完已是晚上八九点,却又要赶到另一个乡镇,为刚修了新房的一家人办乔迁宴。厨师们都知道,办"九大碗"虽然是做嘴巴的生意,但实质是人情世故的来往。如果这家主人有很多亲戚,厨师把这家人的宴席办好了,就相当于把这家主人的亲朋好友招待好了。所以办"九大碗"不仅要有手艺,更要有诚信。厨师坦言:"我们就是乡亲的'移动厨房'。"

作为乡村宴席的烹制者,厨师们也最能感受乡村生活的变化。以前的"九大碗"是猪肉当家,一桌子菜的原料都是猪身上的东西,现在的"九大碗"不仅大换"包装",由猪肉为主拓展到鸡、鸭、鱼、海鲜等,同时菜式也远远不止九道了。此外,以前的"九大碗"重数量,有肉就行,肉多就行;现在的"九大碗"重质,味道是王道,生活水平提高了,老百姓的日子每天都像过年,也越来越会吃了,大家来是吃味道,不再像以前,盼着吃"九大碗"打打牙祭改善生活。这就给厨师提了更高的要求,既要做得干净卫生,又要做得讲究,色香味形都要拿够,大家才"买账"。以前厨师就只负责做菜,现在要求的是全能型的厨师,老百姓要的是一条龙服务,厨师们就提供多种多样的菜品,供大家选择,其次,还负责买材料做菜、提供桌子凳子、自带打杂人员。现在老百姓不仅红白喜事要办"九大碗",就连请人吃饭都不想动手,直接一个电话就搞定。

农村吃"九大碗",品味的是味道,感受的是乡情。农家场院,随地就势,十几桌几十桌一溜溜摆满,请来帮忙给厨师打下手的人,在院子里进进出出,一会儿洗菜洗碗,一会儿端菜上酒,手脚那个麻利,如经过了专业训练,其间的绝活令人咋舌。待招呼入席的鞭炮欢快地炸响,客人们便鱼贯入席。往往参加的长辈和贵客,要安排坐在堂屋或者正中的桌子上,以示对他们的敬重。其余的来宾就随便入座,也不会有人提意见。这时主人请来的支客师(主持人)讲话,说着临场发挥的"四言八句"顺口溜,代表主人向大家表达谢意,主持完毕该次喜事必要的仪式,然后宣布开席。此时,客人们大快朵颐,大杯饮酒,菜香酒香洋溢在农家内外。特别是席间,乡里乡亲坐在一起,叙叙旧情,拉拉家常,相互间问声好,脸上笑开花,心里乐悠悠。席间给长辈夹夹菜,以表示孝敬和尊重;给邻里乡亲敬敬酒,一些不愉快便烟消云散。近年来一些人常年在外奔波,难得回乡一次,借了亲戚办喜事，回到家里和大家一聚，相见就更为亲热，相互间有说不完的话。外面的世界很精彩，外面的世界也很无奈，把平日掩藏的酸甜苦辣都往外掏掏，掏出来了心里就痛快了。其乐融融的乡村宴席，其乐融融的绵绵乡情。

尽管我们的生活是芝麻开花，但说起哪家办"九大碗"，总会不自觉地想起那满院子的乡村宴席，顿觉香味扑鼻，口齿生津。民间有首《九碗歌》的歌谣："主人请我吃晌午，九碗摆得胜姑苏。头碗鱼肝炒鱼肚，二碗仔鸡炖贝母，三碗猪油焖豆腐，四碗鲤鱼燕窝焯，五碗金钩勾点醋，六碗金钱吊葫芦，七碗墩子有块数，八碗肥肉啪噜噜，九碗清汤把口漱，酒足饭饱一身酥。"这是以戏谑的口吻，表达了对乡村"九大碗"的钟爱与怀念。

特别是远离故土的游子，也许他尝遍了各大菜系，尝遍了山珍海味，但故乡的"九大碗"总是不能忘怀，总会时时唱起这首乡土味十足的民歌，其中包含的乡愁不言而喻。

麻辣鲜香豆腐脑

走进物华天宝的乐山，无论城市还是乡村，人们都喜欢吃豆花。他们因为喜欢，所以就爱在上面动脑筋，玩出点新花样，以满足人们的食欲要求。其中麻辣鲜香的豆腐脑，就是乐山民间创新的一道美食。

乐山的嫩豆花非常有名，其特点是鲜嫩爽口，清香诱人，配上用红油、芝麻、花椒、葱花等佐料精心调制的油碟，其口感刺激又鲜香，令人难忘。但乐山民间又在此基础上，将豆花做得更嫩，让佐料变得更香，干脆就将嫩豆花与麻辣佐料合二为一，精心调制在一个碗里，再加上更多的其他配料，变成人们解决嘴馋的风味小吃。

乐山的豆腐脑，以主城区和夹江、峨眉、五通桥等地做得最好，也最盛行，豆腐脑小吃店分布在大街小巷，随处可见。几个地方的做法大同小异，但也各有风格。通常说来，乐山的豆腐脑喜爱加粉丝和香浓的牛肉汤，增加其滑腻入口和牛肉的鲜美口感；峨眉的豆腐脑一般要加酥肉，提升其酥脆的口感；五通桥的豆腐脑，则吸取了两地的特点，既加入粉条也加进酥肉，显得更加完美一点。

　　我最喜爱的还是夹江豆腐脑。这里的豆腐脑既不加酥肉，也不加粉条，而是加入了鸡丝或粉蒸肉。特别是鸡丝豆腐脑，可称是夹江最著名的小吃，味道鲜美，四季皆宜，是夹江人最喜爱的食物，也是平时消遣的好东西。其做法是：放入味精、酱油、红油辣椒、花椒末、葱花、芹菜叶、油酥黄豆和花生仁、馓子等十多种配料，最后再加一大撮银线般的鸡脯肉丝，就大功告成了。当然，食客们也可以凭自己的喜好，加上一两笼粉蒸牛肉，和豆腐脑搅拌着吃。其中的油酥花生和馓子，比其他地方的豆腐脑增加了香脆味道；再加入了鸡丝或粉蒸牛肉后，豆腐脑既滑嫩鲜香，又有了嚼劲。夹江豆腐脑有一个特点：在麻辣的味道之外，还可以选择糖醋口味，糖醋豆腐脑那酸酸甜甜的味道，让不少食客流连忘返。

　　据我观察，每个地方在豆腐脑的具体做法上各有差异，但万变不离其宗，主要有如下几个步骤。

　　首先，要准备一些川味小吃中常用的调味小菜。葱适量，香菜适量，切成小段；大头菜切成粒；花生粒适量。大头菜可以在农贸市场卖腌制菜品的摊位买到，如果是非四川地区不好买的话，个人认为榨菜粒可以替代。正宗的豆腐脑使用的是炸黄豆，因为家庭不好制作，所以一般使用花生粒替代，如果是炒过或炸过的花生粒就更好了。调味小菜准备好，装盘备用。下面介绍另一样重要的配料——馓子，就是面粉和着蛋清一块儿入锅油炸，制成一种酥脆的小食品，可就这样作休闲食品食用。馓子遇上豆腐脑,那真是绝配,酥脆与滑嫩,一刚一柔,一脆一鲜,别有一番风味。同时准备一盘粉蒸牛肉,将牛肉切成小条,调好味(加豆瓣酱或只加盐、酱油等,口味不重的可什么都不用加),与蒸肉粉搅拌均匀,上锅蒸20分钟即可。至于夹江豆腐脑所用的鸡丝,最好用土鸡的胸脯肉,加上香料煮熟后,撕成一条条的肉丝,装在盘子里备用。豆腐脑烹制完成后,用筷子拈一撮放在上面即可。

接下来是重要的一环:调制豆腐脑。先烧开一锅水,如果有条件,这锅水可换成骨头汤,口味更鲜美。然后将超市购买的普通淀粉,用冷水调成均匀的稀水糊状,待锅里水开之后,将冷水调好的淀粉慢慢倒入,同时用筷子搅拌,待凝固成浓稠的糊状,再切少量的嫩豆腐片到汤汁里,用超市卖的内脂豆腐为最佳,一般的豆腐切薄片也可。加豆腐片后可不开火,用本来的温度焖热豆腐。如果豆腐片较冷,或糊糊较少,可开火煮开即可。另取一个碗,碗内先放底料,我放的是红油辣椒、酱油、盐、味精和糖(只是提味,不能放多吃出甜味)。将糊糊和豆腐片盛到碗内,撒上馓子、大头菜粒、香菜末、葱花,配上粉蒸牛肉或鸡丝等,就算大功告成。

置身虽然简陋但不失整洁的小店,面对桌上一碗红红绿绿、白白嫩嫩的豆腐脑,我总会觉得生活如此简单却又如此美好。用陶瓷的小调羹轻轻搅动,豆腐脑的各种香味顿时扑鼻而来,猛烈刺激你的味蕾,让你垂涎欲滴,欲罢不能。于是,你低下头去舀上一勺,一边轻吹，一边吞下香香滑滑的豆腐脑，麻辣香脆烫等各种感觉一起袭来，鼻尖上立即冒出细密的汗珠，香辣的味道从身体的各个部位透出来，怎是一个"爽"字了得。遇上赶场天的时候，大街小巷的豆腐脑店生意都特别好，有的食客即使没有坐到位置，也甘愿不顾形象地站到大街上痛快地吃上几大碗。其实，豆腐脑就是一风味小吃，品尝时也用不着什么讲究，衣冠楚楚也好，不修边幅也罢，文质彬彬也好，粗犷奔放也罢，都没有人去计较和评论。完全放松自如的心态，更能品味到美食的真味。

　　我的好吃嘴朋友中，不少人把豆腐脑当作解馋的小吃，走到店子前便迈不开腿，不由自主地坐了下来，叫上一碗豆腐脑，一勺接一勺地慢慢尝鲜。也有人把豆腐脑当作正餐，但往往一碗豆腐脑不经饿，还要叫上一笼蒸饺，或者一两张卡饼，也就是在普通烧饼中间放进麻辣蒸肉，一勺豆腐脑一个蒸饺，一勺豆腐脑一口卡饼地品尝，又解馋又充饥，不亦悦乎？

　　最近，民间小吃豆腐脑也开始登上"大雅之堂"。这道风味小吃，经过厨师们的发掘提升，堂而皇之地出现在了宾馆酒店的宴席上，成为一桌菜肴的亮点。豆腐脑通常是用一精美硕大的器皿盛着，端上桌以后由服务小妹轻轻搅匀，然后分别盛到每个客人的碗里。也有不怕麻烦，分别盛入精致小碗端上桌来的。精细的制作，独特的口感，加上所盛器皿的讲究，常常能收到别开生面的效果。特别是对于外地来客来说，更觉得新奇别致，赞不绝口。

一方水土养一方人，一方人成就了一方美食。乐山人用自己的聪明智慧和创新精神，发现和提升了豆腐脑这道美食，增加了这方水土的迷人魅力，也成为游子挥之不去的乡愁……

民歌悠悠唱三江

"好久那个没到这方里来哎,这方的凉水长哎青苔哎。吹开来青苔喝凉水哟,长声吆吆唱起来哎,哎好久没到这方哎,唱起歌儿过山岩哎,站在坡上望一望哎,凉风悠悠噻吹哟过来,好久没到这方来哎,这方的树儿长成材哎,青山绿水逗人爱哎,一对秧鸡儿噻飞哟过来……"这是一首曾经广泛流传于青衣江畔的民歌,以其诙谐幽默的歌词,欢快热烈的曲调,打动着每一位听歌者。

其实,青衣江流域的民歌,历史源远流长,最远可追溯到唐宋时期。那时,生活在这一带的青衣羌人,以及后来黔地来四川定居的獠人,都是热爱歌唱和舞蹈的民族,他们在生产生活中,创作了许多生动活泼的民歌,抒发对生活的由衷热爱和对事物的自我评判。那时流行于乐山一带的"竹枝词",就是典型的民间歌词创作样式。比如唐代女诗人薛涛所写的《题竹郎庙》,就是一首竹枝词。陆游主政嘉州(今乐山),忙完公务之后,来到岷江上游的青衣县,立即被乡村男女的田间对唱所吸引,特别是他们抒发感情的质朴深情,让他

/ 205

自愧不如。于是他学习创作了竹枝调的《玻璃江感赋》，诗曰："玻璃江水深千尺，不如江上离人心。君行未过青衣县，妾心已到峨眉阴。"诗人俨然化身为一位多情女子，对情郎的绝情离去悲悲戚戚，依依不舍，却又心生怨恨。清初诗人王士祯来到嘉定城中竹公溪，一连写作了《汉嘉竹枝词五首》："漏天未放十分晴，处处江村有笛声。水远山长听不足，竹郎祠下竹鸡鸣。""竹公溪水绿悠悠，也合三江一处流。珍重嘉阳山水色，来朝送客下戎州。"……诗人可谓一气呵成，把这方水土上的民风民俗做了真切的刻画。清代乐山诗人陈宗源创作的《青衣江打渔歌》四首，也是其中的代表之作。其实，历代大诗人都注意从民歌中吸取养分，对民间的歌曲样式很感兴趣，虚心向当地山民学习，留下了不少十分宝贵的堪称典范的民歌。

青衣江流域山多，所以这里的民歌又叫山歌。这里的人们居住在山间，劳作在山间，歌唱在山间。他们从这个山头朝着那个山头随便一唱，立即就会得到对面山头的回应，形成山歌对答、此起彼伏的效果。他们所唱的内容，大多和生产生活紧密联系。那时候，民歌伴随着他们的每一个生活环节和侧面。他们劳动时歌唱，空闲时歌唱；他们高兴时歌唱，痛苦时歌唱。他们用民歌疏解疲劳，鼓舞干劲，比如各种劳动号子；也用民歌歌唱生活，抒发感情，像众多的情歌；也有讥讽达官贵人、表达个人爱憎的。民歌歌唱者随性而为，不拘格律，于即兴创作中体现才华，表达喜怒哀乐。而今阅读经过整理的若干民歌，我们不能不佩服歌唱者随机应变的机敏才情。

青衣江水道，连接着南方丝绸之路与茶马古道，自古以来航运十分发达，江上舟来楫往，帆影飘逸，拉纤便成行船的常态。船工们在拉纤中，创作出了丰富多彩的船工号子。拉纤是一项需要相互协调配合的强体力劳作，船工们为了协调全船操作步调，鼓舞职工劳动情绪而形成的各种旋律格调，是具有独特地方风格的民间音乐。岷江由于船只吨位大，五十吨以上的木船都配有号子。喊号子的人称"号工"。行船时，船夫听到号子如得军令，一起奋力拉纤或划船。乐山境内的几条大河，因其沿袭的传统不一样，拉纤的号子也各不相同。比如岷江上行船相对平缓，船工号子多在动作的协调上下功夫，其节奏相对不那么急促。大渡河水流相对湍急，上滩过浪的时候较多，其号子重在鼓劲，节奏比较急促，调子雄浑激昂。而青衣江的水流时缓时急，岷江号子与铜河号子的特点兼而有之，悲凉苍劲，雄浑沉郁，铿锵有力。

俗语言："十里不同风，百里不同俗。"夹江独特的地理环境造就了独特的民俗文化。作为夹江民间艺术"五朵金花"之一的竹麻号子，就是夹江最具地方特色的号子民歌，流行于马村、中兴、迎江、华头等产纸区。以往打竹麻制浆全为人工操作，生产中边打边唱，一人领唱众人和，既协调了动作又减轻了疲劳。因此，嗓音好歌词记得多的人很受重视，老板争相聘请他们担任领唱。竹麻号子的曲牌和腔调自成体系，有高腔、平调、"当当且"、"连环扣"、"扯麻花"、"银丝调"、"石王调"等十多种。竹麻号子可一曲单唱，又可数曲联唱，

/ 207

节奏较强,变化较多,具有地道的夹江纸乡气息。歌词内容与山歌大同小异,既有随意套唱,又有即兴创作,见啥唱啥,连过路的路人都可入歌。

相比那些船工号子、竹麻号子而言,平日里田间劳作所唱的山歌,就相对轻松活泼一点。他们插秧时有栽秧歌,打谷时有打谷歌,割草时有打草歌,放牛时有牛儿歌。这些民歌依然是见什么唱什么,或者想起什么唱什么,但总体和所从事的劳动生活相关联,把劳动作为"起兴"的由头,所以大体上有个选材范围的框定。比如《好久没到这方来》:"好久没到这方来,大田栽秧排对排,乡亲老表一起来噻,欢乐的歌声唱哎起来,好久没到这方来呀,哟哟,这方的姑娘长成材哟,呀呀,呀儿海棠花儿香,呀儿海棠花儿香,大姐是个好人才呀,哟哟,幺妹担水送茶来哟,呀呀!"他们甚至把农活的时令节气和技术要领编进民歌,以达到口口相传的目的。穿行在春天或者秋天的田野上,不时有悠扬粗犷的山歌,越过成片的秧苗或树林,映山映水地传过来,此起彼伏地传入耳帘,这是一种多么愉悦的感受。

爱情自古以来都是人们常谈常新的话题。婉转多情的三江流水,不仅哺育了两岸的子民,也哺育了两岸的爱情。这一流域的民歌,最新鲜活泼也最打动人心的,还是其中的情歌。他们劳作时唱情歌,空闲时也唱情歌;他们站在山巅时唱情歌,坐在自家院子里唱情歌。他们用唱歌的方式来表达爱意,述说衷肠。比如有首夹江民歌《送哥送到田里头》:"送哥送到玛瑙河,妹捧河水给哥喝;阿哥喝了手捧水,三年五载口不渴。"热烈大胆但不直白，可谓含义深厚，余韵悠长。

乐山一带的情歌分两种：独唱和对唱，齐唱的几乎没有。比如独唱的，"青江涨水淹石包，石包上面栽葡萄。好吃还是葡萄果，好耍还是小娇娇。"一个人在那里吐露心声，倾诉相思。比如对唱的，"（女）耳听情郎好声音，躲在哪里不作声，是好是坏见一面，免俺时常挂在心。（男）草鞋烂了四股筋，青蛙死了脚长伸，黄鳝死了不闭眼，爱妹至死不变心。"女的小心试探，男的信誓旦旦，在一男一女的深情对唱中，展开了一幅动人心魄的风情画卷，让你内心荡起温暖的涟漪。

这些情歌，或者含蓄婉转，或者热烈大胆。不论是哪种风格，都一样直入人心，胜过许多装腔作势的现代诗歌。他们所取意象的鲜活，是关在屋子里面绝对想不出来的。比如"大河涨水小河浑，鲢鱼跳到鲤鱼坑，河内鱼多浑了水，情妹郎多乱了心。"借河里鱼多作比，表达对情妹的责备，每一个意象都新鲜而独特。品味这些情歌，你会想起《诗经》或是汉乐府里有关爱情的经典诗句。只不过这些民歌更加机敏俏皮，更加"接地气"。

青衣江民歌伴随着青衣江水滚滚流淌，长流不息。虽然今天的社会已经多元，人们用来表达情感的方式已经各异，但打捞这些先民劳动生活中口口相传的民歌，却可以让我们浮躁的心变得平静。俗话说，大俗才能大雅。这些乡村俚调的民歌，自有其深刻的民族艺术属性和民族艺术基因，也正是我们今天艺术创作应该吸收的宝贵资源。品味青衣江流域的民歌，如同品味一坛陈年老酒，醇香而浓烈。

寻访罗城老戏台

老戏台是民间文化源远流长的一个重要标志,是故乡游子永远牵挂的一份乡愁。但纵观现在的乡村,许多老戏台几乎都淹没在了时间的长河中。犍为罗城船型街的老戏台,则是保存至今并依然在使用的一处。于是,我们抽了个时间,沐浴着岷江之滨明媚的秋阳,寻寻觅觅而来。

走进罗城街道,只见人头攒动,摩肩接踵。附近四里八乡的人们,或穿行在条石砌成的街沿上,或漫步在宽敞的凉厅下,赶街或贸易。宽屋檐构成街道两边的凉厅,是罗城船型街的一大特色,几百年来生生不息的人们,在凉厅下开店、喝酒、吃肉、饮茶、观灯、看戏、听书、下棋、打牌、掏耳朵、抽叶子烟、卖狗皮膏药,仿佛这里是房屋围起来的一方世外桃源,人们怡然自得地享尽人间红尘的清福。我们穿行在熙熙攘攘的人群中,看见乡亲们饶有兴致地挑选着喜爱的小商品:绣花围裙、卷边童帽、千家衣、假面具、烟杆嘴……从东头经老镇的下节街挤到了船型街,我们仿佛刚刚穿越时空隧道,走进了古时的世俗街景。在这里，没有新型机动车辆来往轰鸣，没有现代音响器具鼓噪喧器，一切都以自古沿袭的传统特色而存在着，让我们时空穿越般感受着浓郁淳厚的乡土气息。

但我所关心的还是罗城老戏台。我们进入船型街口，站在船型街中央抬头望去，一座老戏台出现在眼前。作为古镇标志的戏楼，罗城老戏台位于船型街中部。戏楼分三层：底层是下节街经船型街到上节街的通道，中层就是戏台，顶层四角飞檐高翘，状如云中飞鹏，姿态舒展，气势高昂。戏楼两旁的大木柱上挂有木黑板对联，联曰"昆高胡弹灯曲绕黄粱，生旦净末丑功出梨园"。内壁正中高悬横匾，匾云"神听和平"。戏楼前沿横排镂雕的图案，人物场景栩栩如生，活灵活现。戏楼背后挺立着一座石牌坊。与别处的石牌坊不同，无角无檐，却气势雄劲，高大壮观。牌坊四柱上镌刻着两幅对联。其中一幅是"入怀有铁岭松风何须南海，到处是阳春白雪显属灵官"，横额为"濯濯永流"。整个戏楼给人一种古朴、典雅、庄重、沧桑的感觉。戏台是乡场中乡民们的文化娱乐场所，而两边宽敞的凉厅给场镇活动提供了全天候的服务，逢场天是集市，节日是广场，平日是交通，夜间可游玩。戏台前面两边就是船篷一样的厅廊。人们晴天看戏可挤满戏台前的小广场，如遇雨天则可站在凉厅里观看。

在古代，遇上节日或其他喜庆活动，常常是有钱人家请了附近的戏班子，在戏台上一连唱几天的戏，生旦净末丑轮番登台表演，川剧的变脸让观众看得如痴如醉。如今这里依然保留了这一习俗，每逢年节或庙会，戏楼上便有整台的川剧演出，如《御河桥》《打金枝》之类，也演出灯影戏、木偶戏和民间杂耍，戏台上剧目异彩纷呈，戏台下观众乐不思归。戏楼前街道也是镇上居民进行活动的场地。每逢节日和庙会，家家户户张灯结彩，人们穿红着绿，纷纷奔涌到这里来观看花灯、秧歌、平台和民间高跷表演，这里因此成为远近闻名的"罗城夜市"，想象中那该是何等热闹的场景。

老戏台前还经常活跃着一种奇特的民间灯舞——罗城麒麟灯，在省内享有较高知名度，已经被列入民间"非遗"加以保护。朋友告诉我们，"罗城麒麟灯"取材于民间神话传说中的"麒麟送子"故事，有较完整的故事情节。相传，美丽的七仙女与董永相爱后，王母命天兵将七仙女强行带回天宫后生下一子。董永强压悲愤，一心苦读，高中状元。玉帝闻讯后，派一名天将护送董永的儿子乘坐麒麟下凡，在长安会仙桥将其子送与董永，这就是民间"麒麟送子"的传说。

我在乐山的一次节庆活动中，有幸目睹麒麟灯的精彩。只见灯舞的表演，围绕情节展开：麒麟送子来到人间，土地前去迎接，云童、风女、旗阵、灯队簇拥相伴，天将威风凛凛舞动花枪，麒麟欢腾跳跃起舞，烘托出一派喜庆气氛。其间天将的威猛仪态、土地的善良滑稽、仙童的活泼顽皮、云童的矫健身手、风女的婀娜多姿，无不精彩纷呈，吸人眼球。麒麟灯表演的独特之处，在于它有较完整的故事情节，从服饰、音乐到表演动作，都借鉴了传统川剧的表现形式，具有显著的地域文化特色。

在四川，无论城乡，喝茶与看戏似乎都密不可分。我看见戏楼旁边有茶铺，便乘兴坐下体验了一把。我们刚在竹椅上落座，便有一个肩搭毛巾、一手托碗、一手提壶的堂倌走过来，问一声"师傅喝茶嗦"，然后麻利地摆碗，冲水。茶叶在碗中旋转，立时扬起扑鼻的清香。我拿茶碗盖子拂弄着漂浮的茶叶，任由那清香在眉宇间飘荡，享受着一种莫名的惬意和舒畅。抬头望去，整条街几百个茶座，木桌竹椅，座无虚席。镇上老者，远方来客，团团围坐，一边喝着清香的茶水，一边打牌下棋，或咸咸淡淡地摆着"龙门阵"。

其实戏台是一个广义的概念，自古以来都是台上唱戏，台下也唱戏。每个人既是演员，也是观众，共同构成了一部五彩斑斓的社会大戏。比如罗城，不仅有大戏台，还有丝绸之路上的大商贸，还有大商贸中的大融合。

穿过戏楼和石牌坊下的通道，汇入赶场的人群向上节街缓步前行。街道越走越窄，以致成了曲曲弯弯的小巷。建构石阶和铺筑古街的条石，当路的被踩踏磨损，线条不再挺直；靠边的长满苔藓，布满沧桑。古镇不仅有三观五庙五会馆，还有长瘐门、中和门、启明门、霭吉门、水星门、太和门、明远门七大闸门，留下了作为曾经的军事重镇的痕迹；另有正西街、正南街、中菜市、半边街、兴隆街、兴顺街、石桥街、横街、兴街等九条街与四小巷口，布局合理严谨。老店铺诸多，如"三元号"、"万泰祥"、"民乐园"、"铁山春"、"祥泰天"、"亨又亨"、"天然居"、"舟和圆"菜坊、"船中楼"客栈、

"杏花村"酒家、"雅仕居""丰泰号"茶馆,悬挂着"未晚先投宿,鸡鸣早看天"等古老招牌,尽显川南小镇街坊特色。每逢赶集、庙会,逢年过节或"黄金周"等喜庆日子里,街上往往车水马龙,热闹非凡。

离开罗城老戏台以及戏台周围的船型街时,我想起了著名作曲家肖斯塔科维奇曾经说过的一段话:"许多事物在我们眼前老去了、消逝了。可是,我想,许多似乎已经时过境迁的事物最后会显得新鲜,强有力和永恒。"是的,对这些经历风雨沧桑保存下来的古街道、老戏台,应该视如珍宝,无比珍惜,而不是熟视无睹,肆意摧残。保护好这些古老的乡村风貌,就是保护好我们自己的精神家园。

沐川草龙舞起来

翻腾、叩首、摆尾……在铿锵有力的川剧锣鼓声中，两条金光灿灿、栩栩如生的"中华龙"，在50名身穿民族服装的壮汉进退有序的合力共舞中"活"了起来，它们时而腾空望月，时而卧地盘旋，时而双龙戏珠，时而九曲游动，引起观众们的一阵阵喝彩。这就是被列入国家级非物质文化遗产名录的沐川草龙。

沐川草龙的起源颇具传奇色彩。传说在唐朝开国之初，李世民带领军队征伐各地割据势力。一天，由于过度劳累，他便倚靠在一个大草堆边，很快就进入了梦乡。在梦中，李世民梦见自己正乘草龙，身着黄袍，由四周灵兽保驾，巡行神州各地。后来，李世民成为唐太宗，应了梦境。为了答谢草龙给他的瑞兆，在贞观二年（公元628年），他下令全国各地举行舞草龙比赛。于是，全国各地纷纷扎制草龙，进京参赛。开赛那天，在众多飞舞的草龙中，有一条草龙身体矫健，翻腾飞舞，灵性十足，一下引起了唐太宗的注意。经查那条草龙由西蜀剑南道嘉州玉津县（今沐川）进献。唐太宗在重奖之余，御封玉津县为"草龙之乡"。从此，沐川百姓年年举办草龙表演，耍草龙的习俗也得以世代相传。特别是伴随龙图腾的深入人心，舞龙的习俗从未衰减，像沐川这种金光灿灿、寓意吉祥的草龙，更是得到一代代发扬传承，一千多年来延续至今。

沐川草龙独特的工艺实属罕见，具有化腐朽为神奇的魔力。沐川是乌蒙山区农业县，每年一到秋收时节，收割后的稻草便随处可见，人们或用于喂牛，或用于煮饭，或弃之不管任其腐烂。但你怎么也想不到，那威风凛凛、鳞甲飞扬的龙，就是用这些稻草精挑细选后绑扎而成的。沐川草龙因其金黄纯正，又称黄龙，是从三千多公斤当年收割的稻草中，精选八十四万八千余根无斑点、无缺陷，且经过骄阳暴晒后呈金黄色的稻草作原料。据沐川草龙传人陈焕彬介绍，由于扎草龙对草的要求很高，所以，稻草资源很关键。"有时，我们找了几百亩田，能够上标准的，往往不到两三亩。"陈焕彬强调说："田太肥，生长的稻草茎部过于柔软和粗大，不适宜做；也不能采用深泥田里的稻草，那些草纤维疏松，缺少韧性。最好的是浅泥田，生长的稻草硬且坚韧，比较好。"有时，沐川草质不好，他们还需要到犍为，或者乐山、眉山去找稻草。

找齐稻草后，就开始设计和绑扎龙骨架。要选取二至三年生慈竹，划成柔韧的篾条，作为龙骨架的支撑。龙身全长一般五十米，其龙头、龙身、龙尾的设计必须精巧，相互之间既相互关联又相对独立，必须协调灵活；龙眼、龙须、龙角、龙鳞、龙爪，体现草龙精气神的部分，更是要求活灵活现。经过精选的稻草，还要用硫磺熏蒸使其金黄柔韧，防止虫蛀，然后才能将其绑扎上骨架，成为闪闪发光的龙鳞，最后把龙头、龙身几个部分连接起来，再在已经基本成型的草龙上装饰以龙须和犄角等。编扎草龙的重点在龙头。龙头必须给人鲜活和气势非凡的感觉。龙头部分主要由眼、须、齿、舌、上颚、下颚、龙角、胡子、鼻及火焰组成。之后，用熏蒸好的稻草为龙头的骨架上草，上草时必须给草喷点水。稻草的节要对齐或呈规则变化，一草一扎，环环相扣。龙身部分首先要根据草龙长短，编扎若干竹圈，然后呈鳞片状地在竹圈周围依次上草。待龙尾编扎好后，开始编龙筋，安装在龙背上。再将龙头、龙身、龙尾及龙筋总装好，一条草龙就做好了。

据说编扎一条长五十米的草龙，需要近两百个工人。2003年他们制作了两百多米的草龙，申报吉尼斯世界纪录获得成功，这条草龙成为世界上最长的草龙。据行家里手讲，要让这条长龙舞动起来，必须要150人的齐心协力。由于长期跟随父亲陈鼎福扎制草龙，陈焕彬和哥哥陈焕均，都深得父亲草龙扎制真传。"除了扎制草龙，我们还能够扎制十二生肖。"

绑扎草龙当然是用来舞动的。沐川草龙的精妙之处，还在于舞。

每到草龙出巢之时，数十名受过专业训练的强健汉子，身着黄色短裤、头戴草帽、身披草肩、腰系草裙、脚穿草鞋，在铿锵的锣鼓音乐伴奏下，舞龙腾飞。经过历代的技艺沉积，沐川舞龙逐渐有了自己的风格和招数。常见的姿势有：雪花盖顶、盘根打柱、纺线线、走之字台步、黄龙缠腰等。这些动作的编排，寓意深刻，将巨龙腾飞、二龙戏珠、群龙朝拜、神龙搅海、尊龙吐雾等显示龙的灵性和威严的形体动作，演绎得淋漓尽致。那几十号人，一齐出场，伴随着草龙舞动，一齐高呼，声震九霄。那气势简直就像真龙降临，磅礴壮观，如风雷奔涌，翻江倒海一般。人们激越欢快的舞龙动作里，流露出了丰收的喜悦和对于吉祥、安康、幸福日子的追求与向往。

为了增加"沐川草龙"的艺术魅力，沐川文化部门请有关专家进行了精心设计与编排，增加了武耍技巧与高难动作，改换了服装道具，既突出舞龙逶迤磅礴的气势，又不失原始古朴的韵味，增强了艺术性与观赏性。表演时，往往是涂大花脸的壮汉赤膊上阵，他们头戴草帽、身披草肩、腰系草裙、脚穿草鞋，更显得剽悍有力，孔武英气。他们在激越的鼓声中腾挪闪动，把一活灵活现的金色长龙舞得威风八面，表现人们祈求风调雨顺的愿望与欢庆五谷丰登的喜悦心情。

在过去，每逢元宵节和农历二月初二（俗称龙抬头），沐川当地都要舞龙灯。在农历正月十三，狮子龙灯即开始排街游行，到正月十四、十五晚上，县城里万人空巷，争相目睹新扎草龙的风采。在一阵鞭炮炸响之后，由数十名健壮汉子举着草龙如横空出世，沿着大街举着草龙狂舞而来，他们在领舞人的指挥下彼此协调，齐心协力，边舞边走，忽左忽右。头上的金色长龙在阵阵烟花中虎虎生威，腾挪变换，矫健异常。围观群众用焰火花往耍龙人身上喷，激起阵阵欢呼之声。此情此境，天上人间，恰如辛弃疾在《青玉案·元夕》中所写："东风夜放花千树，更吹落，星如雨。宝马雕车香满路，凤箫声动，玉壶光转，一夜鱼龙舞。"午夜时分，人们再将龙烧掉，俗称"烧花"，四面八方的人都会前来看热闹，场面一片欢腾。

如今，舞草龙已成为当地节日庆典和文化活动中不可缺少的表演内容，沐川草龙代表乐山市参加了全省、全国的大型节庆活动，以其出色表演，引起了国内外的广泛关注。目前，他们又把舞草龙编排进了大型实景表演"乌蒙沐歌"之中，每个周末都为外地游客表演，使草龙这一民间工艺得到更多展示。

至今不衰的沐川草龙文化，是中华龙舞艺术的代表之一，也是古代巴蜀文化的"活化石"。中华民族的龙图腾，在沐川草龙的翻腾翔舞中，变得鲜活起来，精神起来。

端午节里赛龙舟

乐山地处岷江、大渡河、青衣江交汇处，境内江河纵横，水系发达，风景如画，胜似江南。以岷江水路为主导，自古以来舟来楫往，航运发达，成为南丝路的重要节点。水与这方百姓关系密切，水文化便应运而生。

每年端午赛龙舟，也是乐山水文化的表现形式之一。只不过乐山龙舟竞渡，与别的地方有所不同，除了纪念爱国诗人屈原外，也曾用以纪念"川主神"李冰。李冰因修灌县都江堰和凿乐山乌尤离堆等水利工程，造福川人，故被尊为"川主神"，因此各地修建了许多川主庙。隋代眉山郡（治地在乐山）太守赵昱曾率众疏浚岷江河道，民间将他的事迹神化为"赵昱斩蛟"，后来唐太宗追封他为"神勇大将军"，并赐建龙圣祠（又称龙神祠），今乐山城中九龙山犹存龙神祠残殿。在盐滩五通桥，赛龙舟还与盐业发展有密切关系。他们更多的是"祭拜龙神"，祈祷龙王保佑运盐的船只一帆风顺，因此，这里的龙舟会最初叫作"龙船会"。可以说，乐山的一场赛龙舟，囊括了水文化的全部内涵。

赛龙舟习俗由来已久。有记载的最早的赛龙舟，可追溯到唐代，女诗人薛涛最喜欢观看的就是"铜鼓争上"的赛龙舟场面，称为"赛竹王"比赛。这一传统习俗延续到了清代仍长盛不衰，王世祯有诗云："竹公溪口水茫茫，溪上人家赛竹王。铜鼓蛮歌争上日，竹林深处拜三郎。"据说在清代乾嘉时期，官府集巨资疏浚和整治河道以方便竞渡，当然也便利盐运煤运之需。《犍为县志》载："五月端午节，五通桥尤竞行龙船会。仕女游江，舟多如鲫，其盛况冠于治域及沿江各场。"早期龙船会在王爷庙码头进行，由各大民间码头、帮会、商家和会馆集资举办。端午时，各码头的盐船趸船在简单装饰后齐聚龙王庙或川主庙前，祈求保佑盐船及船工平安。到了后来，乐山三江流域的五通桥、夹江、峨眉等地，都要举办规模不同的龙舟会，其中五通桥参赛龙舟最多时竟达130余只。

南方地区的赛龙舟，一般是专门制作的龙舟，端午到来时搬出来修整一下参赛，平日就束之高阁，无人理会。但乐山地区的龙舟，大多都是临时改制的。这些用作比赛的龙舟，都是平日里的生产用船和用作过渡的客船，人们给这样的龙舟取了个好听的名字"双飞燕"。"双飞燕"只有龙头和龙尾是做好了存放起来，比赛时再请出来安装上去。一旦选中了哪只船用作龙舟，他们先要检查该船的船身有无毛病以作修补，并再刷一遍桐油以减少与水面的摩擦，在船身涂上金灿灿的鳞甲等彩绘，以增强龙舟的文化审美，然后搬出精心保管的高昂的龙头和高扬的龙尾，小心安装在船上，一条用作比赛的龙舟就完成

/221

了,望去威风凛凛,气度不凡。这样的龙舟搬出去,在气势上就先赢了一筹。也有的地方在赛龙舟中增加了一环:赛舟型,就是比比看谁的龙舟做得更好,至于评判"好"的标准,不外乎龙舟结构的科学合理性,外观造型的美观别致,还有对龙舟文化的理解表达,等等。

过去的龙舟竞渡,有游江的环节,也就是所有参赛的龙舟,一起划到参赛水面上展示龙舟以及每支参赛队的阵容。但现在都省略了这一环节,改作了其他相关的项目。待所有参赛龙舟准备完毕整装待发,比赛的信号弹嗖嗖地划过上空,精彩的龙舟夺标就隆重开始了。只见异彩纷呈的龙舟如万马奔腾,如蛟龙出海,在平静的河面激起欢快的浪花。此时,激昂的乐曲响彻江面,阵阵咚咚的皮鼓声铿锵有力,声声催征的铜锣如阵阵号角。那高亢的龙舟号子,从一只只龙舟上响起,振奋得赛手群情激昂、热血沸腾。每只参赛龙舟上,身着一色的十四名健儿分列两舷,在鼓声、锣声、号子声的激励下,奋力划桨,奋勇争上,只只龙舟如离弦之箭,冲刺向前。"千顷水面琉璃滑,百艘龙舟竞争先。"此时,竞赛场两岸人山人海,观者如潮,眼见得百舸争流,场面壮观,人们更是按捺不住内心的激动,缤纷的彩旗不断挥舞,阵阵"加油"声山呼海啸,此起彼伏。正如唐代诗人张建封的《竞渡歌》所写:"鼓声三下红旗开,两龙跃出浮水来。棹影斡波飞万剑,鼓声劈浪鸣千雷。鼓声渐急标将近,两龙望标目如瞬。坡上人呼霹雳惊,竿头彩挂虹蜺晕。前船抢水已得标,后船失势空挥桡。"整个龙舟赛场,就是一片波涛汹涌的海,浪花和欢呼一起绽放，号子和激情一起迸射，希望和梦想也一起从这里出发！

最后的抢鸭子竞赛也是龙舟会上精彩纷呈的项目之一，是白天活动的高潮。一只只鸭子抛向空中，嘎嘎叫着扑腾到水面。龙舟上敲着急促的锣鼓，选手划桨奋力击水，围追堵截，鸭子扑打着翅膀纷纷逃避。只见抢鸭子勇士跪蹲船头，双眼凝视着猎物，一旦接近目标，便眼疾手快地跃入水中，眼看鸭子在劫难逃，不料它们狡黠异常，竟然悄悄地潜水遁去，消失得无影无踪。然后，暂停鼓锣，船上岸边的人们聚精会神注视着水面，一旦鸭子露面，立刻喊声乍起，各船迅速拨转船头重新"围剿"，水面立时锣鼓喧天。就在小伙子跃入水中的一刹那，鸭子再次潜入水中逃出重围。观众中响起一片掌声，为抢鸭手鼓劲加油。抢鸭勇士个个跃跃欲试，浪尖逐角。那些抢到鸭子的勇士们，激情满怀地把捕获物高高举起，赢来了船上和岸上的阵阵欢呼声和热烈的掌声。

今天的乐山龙舟会，除了传统意义之外，人们又赋予了它更加丰富的内涵，创新了更加多彩的形式。如今这里经常会举办洽谈会、招商会、交易会等，有时还举办相应的民俗文化论坛，同时把其他相关的民俗活动结合进来，极大拓展了龙舟会的外延。比如沐川的舞草龙、夹江的高桩会和纸乡的秧歌、犍为的麒麟灯、峨眉山的威风锣鼓、中心城区的峨眉派武术、小凉山区县的彝族歌舞和苗族芦笙舞等等，通过巡游的方式，展示乐山地区多姿多彩的民俗文化，使龙舟会变得更有看头。

入夜，在沿岸街灯的映照下，只只河灯如满天星星，在宁静的江面上美丽绽放，闪闪烁烁，与岸边的灯火交相辉映，非常动人。美丽的河灯带着人们美好的祝愿，顺流而下，奔向远方……

跷起脚来吃牛肉

找一当街的铺面，垒起一座曲尺型柜台，在柜台上嵌入一两口锅灶，然后留足台面的位置，再做一个摆放菜品的小橱窗。柜台侧面和后面，放置着一张张小方桌、长条桌和一些配套的小方凳、长条凳，供客人们进食时落座。操作的厨师里面一站，生意就开做了。这是乐山小吃店一般的格局。乐山城内外大大小小的跷脚牛肉店，铺面也大抵如此，似乎一百年都不曾改变。

跷脚牛肉汤锅已成为乐山源远流长的地方名食。相传在上世纪三十年代初，老百姓民不聊生，贫病交加。当时此地有位擅长中医药、精通岐黄之术的罗老中医，他怀着济世救人之心，在乐山西郊苏稽镇河边悬锅烹药，救济过往行人。罗老中医的药汤不仅防病止渴，还能治一般风寒感冒、胃病、牙痛等。其间，他看到一些大户人家把牛杂（诸如牛骨、牛蹄、牛尾巴、牛肚之类）扔到河里，觉得很可惜。于是，他把牛杂捡回洗净后，放进有中草药的汤锅。结果发现熬出来的汤味甚是鲜香，一道乐山名小吃由此诞生。因跷脚牛肉味道鲜美，又有防病治病的功效，特意来饮者络绎不绝，堂堂爆满。其间没有席位者，有的站着，有的蹲着，有的就直接坐在门口的台阶上跷着二郎腿端碗即食，人们因此形象地称呼这道小吃为"**跷脚牛肉**"。

  但这种说法只是一种偶然的因素，更为可靠的原因有二：一是与苏稽这一带的肉牛宰杀加工产业有关。长期以来，苏稽、杨湾一带都有屠宰肉牛加工、分销的传统，他们从峨边等地把肉牛买回，再经过一段时间的精心喂养后进行宰杀，然后将品质高、品相好的牛肉销售到成都、重庆、宜宾、雅安等地市场，剩下的内脏、牛蹄、牛筋等下脚料，就低价卖给本地的普通市民和一些"苍蝇馆子"，成为跷脚牛肉的主要原料。二是与乐山发达的水运有关。作为"码头城市"的乐山，无数的苦力以行船拉纤为生，形成了粗犷、奔放的码头文化，他们讲求的是大块吃肉、大碗喝酒，在饮食上不拘形式，因吃不起价格昂贵的牛肉，就买一些下脚料来，加上香料一锅煮着吃。久而久之，就形成了如今享誉川内外的跷脚牛肉。

  跷脚牛肉的"一锅煮"不算简单。首先是准备过程复杂，单是所需香料就要约二十种，包括荜拨、白芷、三奈、八角、香皮、香草、茴香、草果、砂仁、白蔻、丁香、桂皮、香果、甘松、香叶、草蔻等，既有对人体有着保健作用的中草药，也有川菜常用的增香去腥的香料，所以跷脚牛肉不仅是一道美食，还是一道药膳，有着保暖驱寒、养气生津的功效。然后要用牛骨头熬汤，最好是用棒子骨和牛脊骨来熬，先猛火后文火，一直要熬十来个小时，直到牛骨和牛肉的香味、营养完全融入汤汁。牛骨头汤汁熬好后备用，然后将所要烹煮的原料，包括牛肚、牛肝、牛肉、牛心等，洗净切片，将香菜、香葱切细作配料。同时要准备好海椒碟子，将海椒面、花椒面、盐和味精及其他香料，按比例调和均匀，到时分装到每个客人的碟子里面，用作客人品尝时蘸牛肉之用。

传统跷脚牛肉有两种做法：一是把牛杂装在一只小竹篓里，放入滚烫的底汤里氽一下，然后倒入碗里，浇上牛肉汤，撒点芹菜或香菜，再蘸着干碟或汤碟吃；一是火锅吃法，把各种调料和牛杂煮成一锅，然后起出牛杂，蘸着干碟或汤碟吃。但苏稽本地的跷脚牛肉，既不是前者，也不是后者，更像是把牛杂放在一只大锅里烧煮，之后只要有客人点，厨师当即舀出一碗应市。因此跷脚牛肉好吃与否，关键是一锅烫牛肉的汤。具体来讲，就是要把前面熬制好的牛骨头汤汁放入锅里，加上各种香料和姜葱蒜一块再熬制，直到各种味道相互融合，再加入适量的胡椒、味精和盐，便可用来烫牛肉了。客人所点的牛肉烫好后装入碗内，以生芹菜节垫底，香葱花、香菜末撒于烫熟的牛杂上面，一碗香喷喷的跷脚牛肉就上桌了。

一碗鲜美的跷脚牛肉，必须具备汤色碧清、香味绵长、牛杂脆嫩、吃法多样这四大特色。跷脚牛肉的汤色，看上去清清亮亮，不见半点油花，待你品上一口，才感觉汤汁的浓香，这是它的奇妙之处。跷脚牛肉的香味，不是简单的味蕾刺激，在感觉麻辣鲜嫩之后，还有绵长的回味，让你唇齿留香。烫煮牛杂碎时，要掌握好火候，要保证所烫之牛肉既刚刚好，又保持了嫩和脆的口感，也使营养不致流失。最后，就是要我们在继承传统的基础上不断创新，不断推出新品。这些年除传承传统的烹制方式外，经营者还进行了多方面的创新，从经营格局来讲，已经上升到酒店式经营，讲究装修典雅，环境舒适；从推出的菜品来讲，已经突破了牛杂碎的范畴，提升到"全牛席"的层面，但凡牛肉，无论上品还是杂碎，皆可下锅一煮，特别是煲牛尾汤营养火锅，很受欢迎；从烹制方式来讲，以传统的跷脚牛肉为主菜，配以粉蒸牛肉、卤制牛肉、凉拌牛肉、红烧牛肉等等，丰富了跷脚牛肉的形式和内涵，让客人有琳琅满目的新鲜感。

尽管现在品味跷脚牛肉的环境大为改观，但大多数人还是喜欢那种简单粗犷的风格。有朋自远方来，直接点名要吃乐山跷脚牛肉。那就找一街边整洁的小馆子，选择一张本色的木桌，搬来几根笨拙的板凳落座。然后招呼老板来点菜，且都是一人一份，牛肉、牛肚、牛舌、牛肝、牛脊髓，都烫将上来。再加份卤牛肉、蒸牛肉。还有，菜碗和碟子必须得土陶烧制上土色釉的，包括酒盏都得是土陶的，拿在手上要有粗笨质感的那种。说话间一碗碗跷脚牛肉就上桌了，那就打开酒来，哗啦啦往酒盏（实则是碗）里倒满，然后就大声吆喝着开席了。在这样的环境中不需要假斯文，不需要穷讲究，你就得摘下面具，露出人的本真来，像过去的码头工人那样喝酒吃肉。吃喝高兴了，不妨把一只脚跷起来，踩在自己的凳子上或踏在木桌的横梁上，那一份奔放与惬意，那一种周身通泰，令人终生难忘。

一方水土养育一方人，一方人创造了一方文化。走进乐山城区的大街小巷，跷脚牛肉无处不在。哪里有水汽蒸腾牛肉飘香，哪里就有跷脚牛肉，就像走进天南海北的大都市，遍地都是麦当劳、肯德基一样。每天都有新鲜的牛肉被送进这个旅游城市里来，加工成价廉物美的牛肚、牛肉、牛舌、牛肝、牛脊髓，加工成卤牛肉、蒸牛肉、拌牛肉、牛肉松、牛肉干，等待着食客们的品尝和购买；每天都有一拨又一拨的客人进得店来，他们中有本地市民来解决一顿饭食的，也有外地专门冲着这道小吃来的。他们经过一番咋咋呼呼，一番狼吞虎咽，一番啧啧称赞，一番心满意足，然后分道扬镳，各奔前程。这样的风情已成为乐山一道长盛不衰的景致。

　　我们不否认社会在不断进步，但也应该看到，在不断进步的同时遗失了一些东西，有些东西还非常珍贵。乐山跷脚牛肉之所以受到天南海北人们的欢迎，除了它本身味道鲜美外，是否还有餐饮中包含的传统文化的魅力？答案是肯定的！

西坝豆腐西坝味

把简单家常的豆腐,做出数十上百种菜品,做成一桌堪称"高大上"的宴席,这是乐山五通桥人的创举。

乐山城南岷江西岸有座古镇叫西坝,据说有上千年的历史,可以证明的就是鼎盛于两宋时期的西坝古窑。这里为岷江冲积平原,河渠密布,水网纵横,土地肥沃,物产丰富,是五通桥境内的鱼米之乡。这里不仅出产稻米,也出产大豆,更拥有清澈的溪水。这里的人们从明代时就有制作豆腐美食的优良传统,能够把豆腐的文章做深做透,做得花样翻新,异彩纷呈。天时地利人和,造就了"西坝豆腐"的独特风味和响亮品牌,使它成为乐山美食的一张名片。

至今,西坝古镇还有许多与豆腐有关的遗迹和民间传说。传说很久以前,八仙中的张果老、吕洞宾、曹国舅云游至此,见树木葱茏的山林间有一块平坦的巨石,正好下象棋,于是张果老和曹国舅摆开战场厮杀。晌午,他们肚中饥饿,一旁观战的吕洞宾遂向附近山民讨吃喝。纯朴的山民便煮豆花招待,不想几个时辰过去，豆浆始终煮不开。吕洞宾掐指一算，原来是一金龟精作怪，因为二仙下棋占了它每日晒太阳的巨石。于是吕洞宾一剑刺向沐溪河，金龟受惊升到天空，与吕洞宾展开激战，直杀得昏天暗地，不决高下。杀至凉水井，见一老妪在此纳凉，吕洞宾向她讨水喝，喝过之后功力倍增，斩杀金龟于真武山下。如今，西坝镇有三仙坝、棋盘石、磨刀沟、金龟嘴地名。据传凉水井就是观音洒下的圣水，滋养出西坝三绝：西坝豆腐、西坝生姜、西坝糯米酒。

但据《嘉州府志》记载，与赵匡胤比剑论道于华山的陈抟老祖，曾隐居于西坝境内的圆通寺，炼丹未成却炼出了西坝豆腐。这一史料写在官方的史志上，似乎不能不信。传说虽然是传说，却是饮食文化不可或缺的一部分。西坝关于豆腐的民间传说还有很多，并形成了不少通俗朴实的豆腐歌谣、富有哲理的豆腐谚语与幽默风趣的豆腐歇后语，汇成了豆腐文化的源头。不仅如此，历朝历代咏赞豆腐题材的古体诗就有二十余种，今人咏豆腐的旧体诗词和新诗也在百首以上。这在其他地区的特色美食中是很少见的。

而西坝豆腐的确切历史，要比西坝古窑晚了许多。在明朝万历年间，镇上的人就有吃豆腐之俗。而真正使西坝豆腐声名远播的，是老字号"庆元店"的第六代掌勺人杨俊华师傅。杨师傅磨制的豆腐，洁白、细嫩、绵软、回味甜润，无论蒸、煮、煎、烧、炸，都不碎不烂。在烹制豆腐时，他将烹饪技艺与审美工艺相结合，火候适宜，佐料合理，先后推出了熊掌豆腐、一品豆腐、灯笼豆腐、绣球豆腐、桂花豆腐、雪花豆腐、三鲜豆腐、盖碗豆腐等上百个品种。他烹制的熊掌豆腐，金黄油亮而不冒气，外酥内嫩又滚烫。他烹制的芙蓉豆腐，朵朵金灿灿的"芙蓉花"，盛开在"白雪"之上，入口却香酥化渣。他烹制的一品豆腐，那豆腐如一朵睡莲，漂浮在高汤中而不下沉，形妙、色美、味鲜。

独具特色的西坝豆腐，按其佐料配兑和烹饪方法，可分为红油型和白油型两大类。红油型以麻、辣、烫、绵、软、嫩、香为特点，白油型则玉嫩似髓，色彩油亮，淡雅清醇。这两类豆腐，色、香、味、形兼备，令人观之饱眼福，食之饱口福。经过杨师傅师徒数十年的努力，西坝豆腐已有300多个品种，常做的有108种，精品36种，荟萃成了饮誉中外的美食品牌，也成为乐山旅游文化的重要组成部分。

通过烧、炸、炒、熘、蒸、拌，烹饪出360多种菜肴，荟萃成精妙的豆腐宴席，让人惊叹不已。有人写诗赞美道："四川豆腐甲天下，西坝豆腐冠四川。洁白如玉细若脂，几乎舌头一起咽。""一品豆腐宴，尝尽天下鲜，美味甲环宇，疑似作神仙。"

所谓特产，就是只能此地生产，不能推而广之的东西。比如西坝豆腐，就只能在西坝这个特定的环境中，才能做出那么地道的口感品质，换了其他的地方，同样的师傅同样的工艺，做出来的豆腐宴就差一筹。究其原因，是因为这里有一条清澈的小溪，有一口神奇的凉水井。用这里的水研制这里的豆子，才能做出不一样的豆腐来。正因为如此，每天深夜西坝人还在准备明天磨制豆腐的原料，同时要提前将黄豆泡在水里备用。次日凌晨天不亮，西坝豆腐坊就开始工作了，"皮肤褪尽见精华，旋转磨上流浆液"，再经过大锅里的一番挤浆、烧煮、压单，制成白如玉、细若脂的豆腐，等待包括乐山城里的附近餐馆酒店前来提取。凡做西坝豆腐来卖的，必须每天一早来西坝运豆腐回去，再加工成花样翻新的豆腐宴席，供八方游客品尝。

有人给西坝豆腐总结了几个特点：一是口感细腻绵滑，营养倍加丰富；二是细若凝脂，洁白如玉，清鲜柔嫩；三是托于手中晃动而不散塌，掷于汤中久煮而不沉碎。其味在清淡中藏着鲜美，吃起来适口清爽生津，可荤可素。其实还要加上一点，就是工艺上的巧夺天工。比如灯笼豆腐，能够把豆腐做成灯笼的形状，在里面填上肉馅，上笼蒸熟后浇上酸酸甜甜的汤汁，看上去饱满圆润，油光闪亮，充满喜气。芙蓉豆腐，能把豆腐做成一朵盛开的芙蓉，花瓣娇嫩，色彩诱人，令人产生美好的遐想。熊掌豆腐，先是把几大块豆腐，下锅油炸得松松脆脆，再下锅按照真实熊掌的做法烹制，端上桌来时，一份几乎以假乱真的熊掌豆腐，令人垂涎欲滴。水煮豆腐，按照普通水煮肉片的工艺，将豆腐做出麻辣鲜香、汤色红亮的效果来。如此种种，不一而足。但能够把家常的豆腐做出三百多种菜品，不能不赞叹厨师的生花妙手。这其中有许多菜品，都是按照斋宴的做法，素菜荤做，包含着佛家严谨的经学理念。

西坝豆腐不仅是人们餐桌上的美味佳肴，营养丰富，而且具有医疗保健作用。豆腐及其制品所含的植物蛋白，有人体必需的八种氨基酸。常食用豆腐，可以降低血液中胆固醇的含量，减少动脉硬化。嫩豆腐中还含有大豆磷脂，是生命体的重要组成部分，对人体细胞的正常活动和新陈代谢起着重要的作用。经常食用豆腐不仅对神经衰弱和体质虚弱的人有所裨益，而且对高血压、动脉硬化、冠心病等患者有一定的辅助疗效。目前西坝豆腐已经被全球公认为"国际性保健食品"。

邀请朋友来到乐山，招待他吃西坝豆腐，是一种很真诚的待客安排。一个外地人，面对一道道花样不同的豆腐菜，灯笼豆腐、咸黄豆腐、箱箱豆腐、怪味豆腐、雪花豆腐、一品豆腐等等，那表情一定是兴奋与惊喜的。再一一下箸品尝，有的滑嫩，有的松脆，有的麻辣，有的甜香，荤素兼备，干湿相偕，川菜的色香味形，还有盛菜的青花盘子，色彩缤纷，琳琅满目，几乎完美到无可挑剔。此时，感觉是在欣赏一套艺术珍品，一幅风情画卷。

古人云："玉米三江金天府，峨山沫水秀嘉州。"乐山的好山好水，不仅孕育了地灵人杰，而且蕴藏了天宝物华。风味独具的西坝豆腐，就是这片山水孕育的饮食奇葩。

花灯锣鼓闹新春

"花灯正好月华催,无那书声入耳来。看戏看花都未了,伤心竹马竟成灰。"这是清人刘沅所作的一首《蜀中新年竹枝词》。他自注云:"新年诸戏,俗名花灯,儿童有娱久而畏入学者。"是说春节里花灯到处演出,把少年儿童都吸引过去了,以致只想过年看灯,不想上学读书。

花灯是流传于四川的一种民间文化娱乐形式,兼有四川锣鼓、山歌、灯戏、杂耍等特点,川味浓郁,流传广泛。四川花灯,还有老灯和新灯之分。老灯就是流传较早的花灯,即由川剧微缩成的"灯戏",主要以戏曲曲艺说唱为主,辅之以简单的打击乐器,以增加感染力。已获定名的"四川灯戏",早已被《中国大百科全书·戏曲曲艺》分卷收载,列入"戏曲声腔剧种"。新灯则是在传统基础上,融合民间喜闻乐见的歌舞、杂耍等表演形式,拓展和丰富了花灯的形式和内涵,更符合当代人的欣赏趣味。据专家研究,这种歌舞小戏,源于乡村节庆时平地围灯边歌边舞的"跳灯",生活气息浓,表演形式活,充满喜乐色彩。

/235

四川花灯的历史起源，没有确切记载。但从零散的诗词歌赋和民间故事中，可以大致判定为明朝末年，兴起于清朝中后期。也有种说法是兴起于两千年前，据说佛教传入中国时，人们隐约看见月光下有一群神仙在翩翩起舞，忽然场面被一片浮云遮挡住了，人们大为恐慌，于是纷纷点亮火把打着灯笼寻找跳舞的天神。从此以后，张灯结彩歌舞娱乐便成了每年春节的习俗，目的是祈求来年风调雨顺，吉祥安康。但那是一种广义的花灯，南北都在流行，官民皆可参与，包括了五彩缤纷的灯会、人潮涌动的游园和猜谜等，官府以此体现与民同乐，大户人家以此显摆大富大贵。

而在四川民间，花灯作为一种戏曲曲艺形式来传承，应该是在清朝鼎盛时期。这时的花灯以坐堂说唱的形式出现，有简单乐器伴奏，靠的是嘴皮上的功夫。清末的文化名人嘉陵公子，在其竹枝词诗中写道："一堂歌舞一堂星，灯有戏文戏有灯。庭前庭后灯弦调，满座捧腹妙趣生。"正是当时花灯演出场景的写照。在四川省会成都，过年唱花灯赏花灯依然十分受追捧，在锦江边的一些茶园子老板，或者宽窄巷子里的大户人家，便会请了灯班来坐堂演唱贺春，而且要唱到元宵节之后才肯罢休。那时不仅民间艺人是主力，一批文人墨客也参与其中。出生于四川罗江县的中国戏曲理论家李调元，经常与一批相关人士切磋，并亲自创作花灯曲目，这些曲目有一部分收入了他的《童山文集》。嘉庆年间定晋岩樵叟的《成都竹枝词》亦云："过罢元宵尚唱灯，胡琴拉得是淫声。《回门》《送妹》皆堪赏，一折《广东人上京》。"

城里如此,乡下更盛。据记载,道光年间江西人黄勤业入川宦游,三月三抵达四川嘉定府井研县境内,见春节里的花灯盛行城乡,常常是五六个、十来个人一个花灯灯班,走村串户进行夜场演出,敲锣打鼓,载歌载舞,给节日增添了喜庆快乐的氛围,后来他在《蜀游日记》中写道:"乡人作优戏,登场不多人。""其班曰灯班,调曰梁山调。"可见,观灯唱戏习俗在乐山及周边地区由来已久。

纵观花灯的发展历史,是一个逐渐演变、丰富和完善的过程。有的专家把四川灯曲史归纳为"有灯无戏"、"有戏无灯"和"有灯有戏"三个阶段,描述了从唐宋、明清到现代的花灯发展历史,应该说是比较准确的。

我出生于上世纪五十年代末期,老家在四川盆地西南峨眉山麓,春节看花灯是过年的一大期盼。记忆中的故乡花灯,一般是由村里有威望有专长的热心人,召集一拨相同爱好者,组成一个"灯班",每个灯班一般四五人,也有十多人的。人员分工有主唱、三花脸、幺妹子和乐师等。主唱是整台节目的灵魂,一般是承担主打说唱节目,见真功的也是主唱,唱法分"柳连柳"和"金钱板",唱的内容并不严格区分,除每场的开场"打头"外,著名的唱段有《白蛇传·断桥会》、《梁山好汉·武二郎》、《柳荫记·百花楼》和《刺目劝学》等,主唱的表演也起到串联一台戏曲的作用。而"三花脸",和川剧里的白鼻子丑角接近,出场时也要画上白鼻子,是专门插科打诨"吹牛日白"的，也就是耍嘴皮子功夫，其插科打诨的说唱和滑稽夸张的表演动作，往往逗得观众哈哈大笑。峨眉山、夹江等地还流传着一种民间艺术形式叫"堂灯"，就是在农家堂屋里表演，一般是一男一女唱对手戏，有剧目有故事，有唱曲有伴奏，表演诙谐逗趣，观者兴味盎然，应该是老式花灯的一种传承。

但我最喜欢的还是幺妹子扭秧歌。这些娇小俊俏的川西幺妹子（小姑娘），穿着偏扣窄袖的红上装，下着绿色裤子，显得活泼喜气，她们的主要任务是扭秧歌"柳连柳"，或与三花脸一起表演滑稽小品，有点像北方的二人转。"柳连柳"是一种边跳边唱的歌舞表演，漂亮的幺妹子们（也有男扮女装的），手拿一根长约四尺的铜棍或竹棍，在中间嵌入一些古铜钱以便发出乐音，称为"金钱棒"。表演时随着曲调扭着秧歌，右手握住金钱棒，有节奏地敲打在肩、腰、腿、鞋子或地上，发出节奏明快的"哗哗"声响，好看又好听。伴奏的乐器比较简单，主要有锣、鼓、钹和碰铃等。她们载歌载舞，动作妩媚，节奏感强，往往能够把一台节目推向高潮。

除夕里一家人团聚，祭灶神祭祖先，这些必不可少的仪式化程序进行完毕，到了正月初三，乡亲们就开始放松，走走亲戚，娱乐娱乐。这时各村的花灯班子就开始登场，挨家挨户上门表演，给主人家送去欢乐吉祥，也从中获得一些报酬。其程序是：白天表演队先派人到要去的人家门上贴上"红帖子"，意在告诉这家人要做好迎灯的准备。红帖子要家家都发到，否则被遗漏的人家会被认为是瞧不起，给表演带来不必要的误会。有看重面子的人家会追上前来，非要讨一个说法不可。到了天快黑时，表演队就出发了。因是在晚上表演，还需用竹竿挑起一盏大红灯笼在前照明引路，灯笼上贴着花花绿绿的图案，很有民俗意味，也引起观灯乡亲们的关注。在这盏"花灯"引导下，表演班子锣鼓唢呐吹吹打打一路走来，然后从发了帖子的村头开始，一家一家地演唱。

到了某个人家，有的主人不会轻易让你进到院子里，而是先关上大门唱"开门歌"，也就是用山歌对唱的方式一问一答，歌中所出的题目尽可能刁钻，回答的答案必须要主人满意才会开门。进到院子里后，由领头人说出四言八句，向主人致以新春的祝贺，然后才开始表演。表演节目则根据该队组成人员的特长来安排，会唱川剧的来段川剧唱段，会舞牛儿灯、狮子灯、龙灯的，来段相应的表演。舞狮的，一人在前面逗狮，实则是引导，具体舞的，竭尽全能跳上跃下，翻滚腾挪，表现狮子的威风凛凛和活泼可爱；舞龙灯的，用一布条做龙身，再安装上彩绘的龙头，三两个汉子左右挥动，舞得翻江倒海虎虎生威；舞牛儿灯的，用黑布蒙在牛形骨架上，再安上牛头牛尾，由两个精壮汉子表演，主要模仿一些放牧和农耕的姿态动作，表现牛的憨态可掬、老实笨拙。当然因为时间限制，不会每户人家全部节目都表演，一般只表演其中的一两种，也不会坐下来唱川剧折子戏，除非主人家身份特殊。但每户人家表演到最后，总少不了幺妹子扭秧歌，她们配合铜铃敲击的乐音，唱着"柳连柳"的歌曲，舞动哗哗响动的金钱棒，迈动眼花缭乱的秧歌舞步，将小小的晚会推向高潮。

最后，当然是主人表示答谢。他们有给现金的，也有给年货的，什么香烟、白酒、腊肉、年糕、挂面等等，能够拿出手的都行。一般情况下，特别是时间还早的话，主人还想考考花灯队的武艺，故意将谢礼包装好，挂在一根两丈多高的竹竿上，要花灯队派人爬上去取。但花灯队里早就准备了这类人才，只见走出一人来，灵巧地抱着竹竿，猴子似地嗖嗖爬了上去，很快就将谢礼拿到了手中，还要在上面做个怪相，逗得观众哈哈一乐。还有难度更大的，就是"翻五台山"，把五张八仙桌叠在一起，放在院子中央。一个头戴笑和尚面具的人，倒立着从下面的桌子开始，一层一层翻到最上面的桌子上，还要在顶上做各种惊险动作，确实是十分过硬的功夫活。也不是主人有意刁难，就是想增添点快乐气氛，当然对不同的表演，所支付的酬劳也是不一样的。主人家表示酬谢时，灯班必须要当众表示感谢，一般都要夸大了十倍的数额来报，比如主人给了十元钱谢礼，报出来的数是"感谢主人百元大礼！"主人家打赏的是两包香烟，灯班报出的必须是"感谢主人家打赏香烟两条！"至于具体是多少，大家心知肚明，春节里唱花灯赏花灯，图的就是高兴，图的就是彩头。

谢礼完毕，花灯队随即出了门，又来到下一家重复刚才的程序和表演。正月里元宵节前，他们就这样，不知疲惫地唱了一家又一家，熬了一夜又一夜，苦中有乐，乐此不疲。有时遇上喜欢搅和的人家或者大的村子，表演完时天都快亮了。虽然唱花灯的人辛苦，主人家等得也很辛苦，但无论多晚都要一直等着，等不到灯班来不会睡觉。乡亲们把到自家唱花灯当成一种荣耀，一种喜庆。迎接花灯表演队的到来，似乎就是春节中的一件大喜事。

那时候农村文化生活单调枯燥，一年到头没有几件乐事。所以大人孩子都看重过年的花灯。每年等到正月初三，小孩子们就到处打听灯班的消息，盼着红帖子贴到自家门上，盼着吹吹打打的乐器在村子里响起来。一听说晚上有花灯表演，就如同后来听说晚上要放电影一样，一个白天的心思都在这件事上面。每当花灯队出现在村口，就揣了家里的糖炒黄豆和炒花生，立即带上一只手电筒，不要命地奔到接灯的人家，从密匝匝的人堆里钻了进去，在靠前的地方站定位置，一眼不眨地从头看到尾，脸上那个笑啊就不曾收拢过。这家看完了，又跟到下家，下家看完了再跟到下下家，一直要等花灯班子整晚表演结束才肯罢休。已是数九的寒冷晚上，跟过来跟过去，居然没有一丝困倦。那时最羡慕的就是那些能说会唱还会舞龙舞狮的灯班成员，还有那些扭秧歌的姐姐，欣赏她们人长得美舞跳得好。这些花灯班子里的哥哥姐姐，无疑是我们少年时代崇拜的明星。

现在随着时代的发展，人们更追逐流行歌曲、现代影视，不再对土了吧唧的花灯表演感兴趣了，过了除夕也不再有唱花灯的锣鼓声在夜幕笼罩的村子里响起。特别是近年来，人们纷纷进城打工去了，好不容易等到春节回家全家团聚，可一等除夕过了，又要匆匆准备着返回打工的城市，更没谁有心思来张罗唱花灯的事。

虽然在四川一些地方，政府把花灯列入非物质文化遗产进行保护，也引入一些声光电的现代科技手段和舞台艺术进行推陈出新，但依然难以挽回它的颓势。只有在一些政府主办的大型节庆活动上，才能偶尔看到花灯的某些表演形式。

夹江年画古风在

春节到来了，张贴年画装扮居所，渲染渲染新春的喜庆，更祈祷着来年的吉祥幸福。这是乐山乃至四川地区传承已久的民间习俗，更是远方游子挥之不去的乡愁。

乐山及周边地区的民间，自古就有春节贴年画的习俗，从而催生了夹江年画的创作和制作，逐步形成了一定规模的地方文化特色和文化产业，并产生了广泛的影响。夹江木版年画与绵竹年画、梁平木版年画并称"四川三大年画"，与天津的杨柳青年画齐名。这在《夹江县志》等史志上多有记载。

来到夹江农村，去马村的万亩竹海中看看手工造纸，再到青衣江边欣赏一下年画制作，实在是一次惬意而独特的旅程。

其实，大约在明代万历、天启年间，夹江境内就有年画作坊存在，主要由"帖扎行"兼营。艺人们利用当地造纸的便利条件，制作一些相对简单的年画。据一些老艺人回忆，到清代末叶，位于夹江县城近郊的杨柳村、谢滩村一带，已经有很多年画作坊在大规模生产销售年画。其中，最为著名的作坊是"董大兴荣"

和"董大兴发"。据说那时候，因为年画生产具有很强的季节性，除了那些生意很大的作坊一年四季不停业外，一般从事年画生产的中小作坊农忙时务农，闲暇时购置纸张、研制颜料、雕刻画板，秋收一过，就开始生产年画，一直要忙到腊月底。

夹江年画除了满足周边地区的需求，还远销湖广及南方丝路沿线的滇黔地区，以致那里乡间有"黄丹门神能驱瘟"的说法。年画年销量最大时，超过了千万份。仅"董大兴荣"一家作坊，年制作销售的年画就有几十万份。年复一年，夹江年画便形成了自己的独特流派和品牌。

如今来到夹江，犹可见年画制作的传统工艺，实在是一种幸运与感动。

在夹江年画研究所里，只见民间艺术家们先按照创作好的图案，刻出一张张模板，再放在画案上，刷上墨汁或颜料，覆上本地手工纸，用柔韧的鬃刷子一遍遍地"刷"。几道工序下来，一张年画就基本完成了，然后还要适当染色，比如人物脸腮、衣服、花瓣等等，凡通过印制无法表现的，都要通过染色来渲染强化，使画面更加鲜活喜庆。用艺人们的说法是：细描精刻、田平沟深。色是肉、线是骨，色线相依不分离。兰绿是叶片，黄丹是花朵，叶衬花朵更精神。先色后墨，由浅入深。

夹江年画作为川西南独具特色的农民画，在民间土生土长，经过长期的修改和提炼，集中体现了当地劳动人民的勤劳智慧，包含着广大人民群众对于和平、安康生活的追求和向往。夹江年画在创作构想上，尽量接近生活实际，强调"喜闻乐见"和"有看头"；在色彩运用上，要求色调鲜明，对比强烈；在人物绘画上，要求形象饱满，线条粗犷，风格爽快利落。画工依照作品分别画线稿和色稿，一色一稿。刻工照稿刻版，一色一版。印刷工在画案上压纸校稿，按照先色版后线版的工序，由浅入深，多次套印。夹江年画以当地生产的粉笺做坯纸，质地光滑细腻，既宜观赏，又耐贴用。工艺流程上十分讲究，先用黑烟子印出墨线和黑发眉眼及衣饰，人物面部皱纹，衣服、盔甲、道具上的装饰图案的线条，用赭石色套印上去，再依次套印其他各色，色版多则八套，少则也有四套颜色，形成一种古色古香的风格，有很强的装饰效果。年画常用苏木红、槐黄、品绿、蓝靛、黄丹等色，所用颜色都由植物、矿物研制，色彩鲜艳，和谐悦目，特别是黄丹色不怕风雨日晒，久不褪色。雕版刀法粗犷、朴质，富有稚拙之美。手绘年画色彩淡雅，接近古代文人画的气韵，淡青灰绿的色调和西南岷江流域的田园风格非常协调。

夹江年画造型夸张，内容丰富，题材广泛，既有反映民俗风情、民间故事的题材，也有充满浓厚生活气息的主题画，具有很高的艺术性。年画人物形象秀美，表情细腻，构图饱满，疏密得当。年画还广泛吸纳其他民间艺术的技法，借鉴壁画、木版画的传统造型技法，构图丰满，虚实相间，匀称合理，造型夸张，表情生动，有浓郁的乡土气息和地方特色，具有很高的历史价值和艺术价值。年画的造型和神韵也和别地不同，有着浓郁的川味，柔美清奇，面相也有川人的感觉。夹江年画的内容丰富多彩，题材不受时空所限，主要有祖像类、门神类、山水花鸟、戏剧人物、神话传说等，如"神荼·郁垒""三顾茅庐""耗子结亲""穆桂英挂帅"等都是惹人喜爱的传世佳作。同时也有很多取材于民间生活的年画作品，如"人财兴旺""福禄寿喜""五谷丰收""耕读传家"等，充满浓厚的生活气息。

我国许多民间艺术流传至今，首先要感谢那些矢志不渝的传承人。周发文就是这样的一个人。夹江年画更早的传承人叫罗象庸，周发文是副手。过去在周发文所在的城郊谢滩村，有董、罗、陈、李四大家族制作年画，她是罗姓年画的传人，如今已经八十高龄，犹能进行年画制作。

2012年重庆中国三峡博物馆研究员造访夹江年画研究所，带来上世纪40年代馆藏夹江年画的复制照片，为这一国家级非物质文化遗产找到了珍贵的历史资料。这些年画复制照片，是著名考古学家卫聚贤收藏并捐赠的作品，但是一直未启封。该馆为准备2013年春节年画展，首次启封所赠画卷，发现夹江年画33幅。在这些年画照片上，可以清晰地看到年画作品右下角明显标识"董大兴发""董大兴荣"的字号，均出自夹江著名的年画大作坊，同时还有年画采购商家的字号。另据夹江年画研究所所长介绍，此次所赠的夹江年画复制图片，对于夹江年画史的研究具有重要意义，不仅将进一步还原夹江的民俗文化，还具有重要的研究价值。

春节到了，预示着农历新年的到来。祈求来年风调雨顺，幸福安康，这是人们普遍的心理需求。年画就是这种心理需求的艺术表达。因此在过去，人们春节之前赶腊月场，备过年货，买两张年画是必不可少的。回到家里，和着春联一块儿张贴。贴张灶神，希望来年每顿都有米下锅，不断炊；贴张财神，希望来年能够有财运，改善一家人的生活；贴张"福禄寿喜"，祝福全家人健康吉祥；贴张门神，将邪恶鬼魅拒之门外。正如宋代大诗人王安石《元日》一诗所言："爆竹声中一岁除，春风送暖入屠苏。千门万户曈曈日，总把新桃换旧符。"在春节到来的时候，揭下旧的春联和年画，贴上崭新的春联和年画，一种新的梦想渐渐升起，一种浓浓的年味立即弥散开来……

近年来，每当桃花盛开的时节，在夹江青衣江畔的凤山村，人们在穿行于万花丛中时，会发现不少挡路的墙体上，一幅幅生动活泼的年画惹人眼球。这些墙体彩绘年画，在保持夹江年画木刻水印基本风格的基础上，进行了大胆的艺术创新，线条更加圆润饱满，色彩更加艳丽，内容更加贴近生活，和春暖花开的景象十分融合，真是画中有春意，画外春更浓。夹江年画在传承与创新中，必将焕发出更加夺目的艺术光彩。

完稿于2015年初冬

改定于2016年春季

-*End*-